Bent Ohle
Totenflut

PIPER

Zu diesem Buch

Nichts an dieser Nacht deutete darauf hin, dass sie wieder grausam und blutig enden würde. Jagdhunde entdecken bald darauf in dem Wald die erste Frauenleiche. Bestürzung und Schock sind groß, als insgesamt Körper von siebzehn weiblichen Toten zum Vorschein kommen. Die Gräber sind in Form einer 8 angeordnet und bis zu zehn Jahre alt. Kommissar Schröder bleibt nichts anderes übrig, als eine Soko einzurichten. Aus ganz Deutschland treffen die Experten ein, unter anderem die junge ehrgeizige Elin. Erst ihre Intuition führt auf eine heiße Spur: Die »8« steht für die Nummer des Grabes und ist die Quersumme von siebzehn. Folglich muss es also weitere Gräber geben. Und der Serienmörder ist noch nicht fertig. Er hat Elin im Visier. Es bahnt sich die Enthüllung der größten Mordserie Deutschlands an.

Bent Ohle wurde 1973 in Wolfenbüttel geboren. Nach seinem Studium an der Hochschule für Film und Fernsehen in Potsdam-Babelsberg arbeitet er als Film- und Fernsehdramaturg. Mit seiner Lebensgefährtin und seinen beiden kleinen Söhnen lebt er heute in Braunschweig. »Totenflut« ist sein erster Roman.

Bent Ohle

Totenflut

Thriller

Piper München Zürich

Mehr über unsere Autoren und Bücher:
www.piper.de

Für meinen Vater.
Du gehst immer mit mir.

Mix
Produktgruppe aus vorbildlich bewirtschafteten Wäldern und anderen kontrollierten Herkünften
www.fsc.org Zert.-Nr. GFA-COC-001223
© 1996 Forest Stewardship Council
FSC

Originalausgabe
November 2010

Umschlagkonzept: semper smile, München
Umschlaggestaltung: Hafen Werbeagentur
Umschlagabbildung: Andreas Rentsch / Getty Images (Baumschatten)
Satz: Kösel, Krugzell
Papier: Munken Print von Arctic Paper Munkedals AB, Schweden
Druck und Bindung: CPI – Clausen & Bosse, Leck
Printed in Germany ISBN 978-3-492-26419-8

Inhalt:

My father's house shines hard and bright
It stands like a beacon calling me in the night
Calling and calling, so cold and alone
Shining 'cross this dark highway
Where our sins lie unatoned

Bruce Springsteen

Teil 1

Tropfen

Kapitel 1

Nichts an dieser Nacht deutete darauf hin, dass sie grausam und blutig enden würde. Nichts deutete darauf hin, dass in dieser Nacht ein Leben gewaltsam beendet würde. Im Gegenteil. Diese Nacht war von Leben erfüllt. Ein ruhendes, friedvolles Leben, das auf dem Land zu liegen schien wie ein schlafendes Kind. Der Tod hatte hier keinen Platz. Der Tod gehörte nicht hierher. Er war ein Fremder auf dieser Erde, ein dunkler heimlicher Fremder. Er konnte gar nicht von dieser Welt sein, nein, nicht hier und nicht heute. Es sei denn, es gab noch eine zweite Welt. Eine Welt unter dieser. Eine unterirdische Zone, tief und kalt, und so dunkel, dass nie ein Lichtstrahl dorthin gelangen würde.

In der warmen Sommerluft schwebten die Gerüche der Blumen und Gräser. Grillen zirpten, die Sterne standen klar und groß an dem weit aufgespannten Nachthimmel, und der Mond warf ein angenehm kühles Licht auf die Straßen und Felder.

Auf einem kleinen Feldweg parkte ein roter VW Polo mit dem verschmutzten Rest eines abgerissenen Aufklebers auf der Heckklappe. Annette Krüger hatte den Polo einer älteren Dame abgekauft. Auf dem Aufkleber war der Name eines Kurorts zu lesen gewesen, an den sich Annette schon nicht mehr erinnern konnte. Doch damals hatte sie den Anblick dieses hässlichen Klebestreifens nicht ertragen können und ihn kurzerhand entfernt. Die Rückstände auf dem Lack waren ihr egal gewesen. Hauptsache, man konnte den albernen Sticker nicht mehr sehen.

Annette saß mit Mike im Auto. Mikes Vespa stand rechts neben dem Polo. Der Motor war noch warm, als die beiden sich wieder anzogen. Annette knöpfte ihre Bluse zu, und als sie den letzten Knopf verschlossen hatte, erstarrte sie plötzlich. Sie konnte sich nicht mehr bewegen. Mike, der noch mit bloßem Oberkörper neben ihr saß, bemerkte, dass etwas nicht stimmte.

»Was ist?«, fragte er.

»Ich kann das nicht mehr.«

Mike verstand nicht. Er hatte keine Ahnung, wie die Situation, die für ihn vollkommen klar gewesen war, so unvermittelt hatte umschlagen können.

Mikes ahnungsloses Erstaunen machte Annette aggressiv. Sie musste es tatsächlich erst aussprechen, damit er es kapierte.

»Ich komm mir vor wie eine Nutte! Diese Treffen hier draußen im Auto. Eine schnelle Nummer und du fährst wieder zu ihr. Ich will das nicht mehr!«

»Aber eben war doch noch alles in Ordnung!«

»Nein, es war nie in Ordnung. Du musst es ihr endlich sagen! Oder ich werde es tun!«

»Ich mach's ja. Es ist nur gerade …«

»… nicht der richtige Zeitpunkt«, beendete Annette den Satz für ihn. »Es wird nie der richtige Zeitpunkt sein, Mike. Nie! Weil es immer schwer sein wird. Egal wann. Aber langsam musst du dich entscheiden. Ich werde nicht länger auf einsamen Feldwegen auf dich warten. Ich bin mehr wert als das.«

Sie nahm sein T-Shirt und drückte es ihm vor die Brust. Es war so eine wunderbare Nacht gewesen, doch jetzt war alles vorbei. Annette verlangte eine Entscheidung von ihm, gegen die er sich schon lange sträubte. Er spürte so etwas wie Erniedrigung, als er sich vor ihren Augen wieder anziehen musste. Vielleicht hatte auch sie sich erniedrigt gefühlt, doch in dieser Situation war es ihm egal.

»Entweder du bist stark genug, um bei ihr zu bleiben, oder du bist stark genug, um zu mir zu kommen«, sagte sie und starrte dabei auf die schwarze Windschutzscheibe.

Im Augenwinkel sah sie ihn aussteigen, und dann krachte die Tür ins Schloss. Sie hatte nicht streiten wollen. Sie hatte auch nicht gewollt, dass er ging. Sie wollte, dass er endlich zu ihr stand.

Der Motor der Vespa röhrte auf. Es folgte die kurze Pause vor dem Abfahren, in der Mike sich immer den Helm aufsetzte. Genau in diesem Moment warf sich ein Schatten gegen ihr Seitenfenster. Als Annettes Kopf herumfuhr, war er bereits wieder verschwunden. Der Schreck fuhr ihr glühend heiß in die Knochen, und ihr Herz schlug so hart gegen ihre Brust, dass sie glaubte, es sprenge ihren Brustkorb. Es musste Mike gewesen sein, der noch einmal abgestiegen und zur Fahrertür gekommen war. Vielleicht wollte er ihr noch etwas sagen, sich entschuldigen oder ihr versichern, dass er jetzt endlich eine Entscheidung treffen würde. Doch kaum hatte sie diesen Gedanken beendet, hörte sie die Vespa auch schon losfahren.

»Mike!«, rief sie ihm hinterher und war sich nicht sicher, ob es eine Warnung oder ein Hilferuf war. Im Rückspiegel sah sie ihn nach rechts auf die Landstraße abbiegen, dann entfernte sich der Lichtkegel immer weiter und weiter, und das Motorengeräusch verstummte wie der Nachhall eines Echos. Jetzt war sie allein auf dem Feldweg, und von außen drückte die dunkle Nacht gegen die Fenster.

Annette konnte nichts sehen, aber sie fühlte sich beobachtet. Da war etwas. Etwas lauerte da draußen auf sie, da war sie sich mit einem Mal vollkommen sicher. Etwas, das sie daran hindern wollte, in ihr Leben jenseits der Dunkelheit zurückzukehren. Sie streckte ihre zitternde Hand aus und bekam den Zündschlüssel zu fassen. Ruckartig drehte sie ihn herum, schaltete das Licht ein und gab Gas. Der Motor heulte im Leerlauf auf. Annette legte mit fahrigen Bewegungen den Rückwärtsgang ein. Jetzt musste sie sich umdrehen. Annette fühlte Panik in sich aufsteigen und traute sich kaum, aus der Heckscheibe zu schauen, weil sie vor ihrem geistigen Auge dort im roten Schein des Rücklichts schon denjenigen stehen sah, der den Schatten an ihr Fenster geworfen hatte und jetzt bereit war, sie zu töten. Ein großer Mann im schwarzen Mantel, mit hängenden Armen und narbigem Gesicht. Doch als sie sich umsah, konnte sie lediglich den Grasstreifen in der Mitte des Weges erkennen. Sie gab Gas und fuhr, schneller als sie es sonst tat, rückwärts auf die Landstraße. Noch im Rollen schaltete sie in den ersten Gang und trat das Pedal durch. Mit quietschenden Reifen fuhr sie an und beschleunigte schnell auf 90 Stundenkilometer.

Erst jetzt fühlte sie sich sicher. Ihr eigenes Verhalten kam ihr plötzlich völlig kindisch und lächerlich vor. Annette sah sich im Rückspiegel an und musste laut lachen.

»Angsthase! Häsin! Bunny! Du Angstbunny!« Sie lachte über ihre neue Wortkreation und schaltete das

Radio ein. Sie kannte den Song. *Run to You* von Bryan Adams. Und gerade als sie den Mund öffnete, um mitzusingen, sah sie ihn.

»Scheiße!«, flüsterte sie und trat auf die Bremse.

Kapitel 2

Es war 7 Uhr morgens, als Schröder den Frühstückstisch deckte. Die Kaffeemaschine gurgelte und warf Wasserdampf gegen die Scheibe des Küchenfensters. Schröder zog die Kanne heraus und schenkte sich und seinem Vater eine Tasse ein. Karl sah geduldig dabei zu und nickte, um sich zu bedanken. Er war noch zu müde zum Sprechen. Sein linker Arm lag steif und angewinkelt an seinem Körper an. Er war nach einem Schlaganfall gelähmt. Karl nahm sich ein Brot und legte es auf sein Frühstücksbrett, das mit stumpfen Nägeln versehen war, um ein Wegrutschen den Brotes zu verhindern, wenn er es schmierte. Mit der Butter klappte es ganz gut, doch die Marmelade rutschte ihm immer wieder vom Messer. Ohne ein Wort zu sagen, griff Schröder über den Tisch und half seinem Vater.

Es war ein Morgen, so wie alle anderen Morgen seit vier Jahren auch. Die Abläufe am Tisch waren immer die gleichen, und es kam selten vor, dass die beiden ein Wort miteinander wechselten, außer vielleicht an den Tagen, an denen Schröder nicht arbeiten musste. Doch diese Tage waren sehr selten.

Der Schlaganfall hatte ihrer beider Leben von Grund auf verändert. Karl und Schröder hatten bis dahin allein gelebt. Sie hatten sich vielleicht fünf oder sechs Mal im Jahr gesehen, trotzdem hatte Schröder nicht gezögert, seinen Vater bei sich aufzunehmen. Ein Heim konnte er sich bei seinem Gehalt nicht leisten. In der Anfangszeit kam zweimal pro Tag ein ambulanter Pflegedienst, bis Karl nach einem Jahr wieder in der Lage war, selbstständig zu gehen und kleinere Handgriffe im Haushalt zu erledigen. Aber er brauchte nach wie vor Hilfe beim Anziehen, Waschen und Essen.

Nach dem Frühstück legte sich Karl auf die Couch, und Schröder gab ihm die Fernbedienung für den Fernseher, bevor er zur Arbeit fuhr.

»Ich muss jetzt los.«

»Kannst du meinen Arm noch strecken?«

Den Spasmus im linken Arm konnte Karl nicht selber lösen. Die Physiotherapeutin hatte Schröder einen Trick gezeigt, mit dem er seinem Vater etwas Erleichterung verschaffen konnte. Schröder beugte sich über seinen Vater und griff mit einer Hand an den Oberarm und mit der anderen an Karls Handgelenk. Nachdem er leichten Zug auf den Oberarm ausgeübt hatte, konnte er nun den Unterarm strecken. Und während er das tat, öffnete sich Karls zur Faust geballte Hand von alleine, und der gesamte Arm entspannte sich.

In dem Moment fuhr plötzlich ein heißer, metallener Schmerz wie ein Schwert in Schröders Rücken. Schröder bäumte sich auf, und gleichzeitig gaben seine Beine kraftlos nach. Mit einem gepressten Schrei fiel Schröder auf die Knie und schrie abermals auf, als die Erschütterung die gleißende Klinge noch tiefer in seinen Rücken zu bohren schien. Karl versuchte mit einer Hand seinen Sohn zu stützen, während dieser nach Halt auf dem Tisch suchte. Kalter Schweiß drang Schröder aus allen Poren. Zitternd, stöhnend versuchte er, sich zu halten. Karl stand auf und griff Schröder unter die Achsel.

»Leg dich hin, du musst dich hinlegen!«

»Ich kann nicht!«

»Los, mach schon!«

Schröder nahm all seine Kraft zusammen und hievte sich mit Karls Hilfe seitlich auf die Couch. Wieder schrie er auf. Seine Augen waren weit geöffnet. Er wartete darauf, dass der Schmerz nachließ, doch es passierte einfach nicht.

»Ich ruf Dr. Petri an.«, sagte Karl besorgt und fügte leise hinzu: »Ich weiß manchmal nicht, wer von uns beiden schlechter dran ist.«

Schröder lag auf der Couch wie eine der Pompeji-Leichen, erstarrt und gefangen in einem Korsett aus Schmerz. Wie sein Vater die Nummer seines Freundes und Arztes wählte und was er zu ihm sagte, drang nur dumpf und unverständlich zu seinem Verstand durch. Alles in seinem Kopf und in seinem Körper kämpfte gegen den gleißenden Stahl in seinem Rücken an.

Kapitel 3

Annette Krügers Auto stand auf dem Grünstreifen seitlich der Landstraße. Die ersten Sonnenstrahlen fingen sich in dem Tau, der auf den Scheiben lag. Die Bäume des angrenzenden Waldes und die Heuballen auf den Feldern warfen lange, groteske Schatten. Vögel zwitscherten. Es wäre eine Idylle gewesen, wäre da nicht der verlassene Polo gewesen, der wie ein Mahnmal an der Straße stand. Oder wie ein Grabstein.

Alf Jansen war Lehrer in Belm, einem kleinen Vorort von Osnabrück. Er lebte im Haus seiner verstorbenen Eltern, war vierzig Jahre alt, ledig und war, wie nahezu jeder andere Lehrer auch, sparsam und führte ein unauffälliges Leben. Obwohl er schon fast auf dem Land lebte, besaß er kein Auto, aber ein gutes, solides Fahrrad, das ihn bei Wind und Wetter zur Schule trug und das seit nunmehr sechzehn Jahren. Das war eine stolze Lebenszeit für ein Fahrrad, das derart intensiv genutzt wurde. Es begleitete ihn auch in seine Ferien. Er hatte fast ganz Europa mit dem Rad bereist und konnte sich nicht vorstellen, jemals in einem Flugzeug zu sitzen, um an ein Urlaubsziel zu gelangen. Alf unterrichtete Sachkunde und Deutsch, und man konnte sagen, dass er ein sehr ordentlicher, ja, fast pedantischer Mensch war. Pünktlichkeit und Ordnung waren zwei tragende Säulen in seinem Leben. Vielleicht war es eben dieser Umstand, der bis jetzt verhindert hatte, dass Alf eine Frau fürs Leben hatte finden können. Er wurde von Frauen und auch von seinen männlichen Kollegen gemocht und geschätzt, aber seine Art verbreitete auch immer einen Anflug von Distanz.

Vor zwei Tagen bereits hatte Alf Jansen das Auto bemerkt. Er passierte es jeden Tag zweimal, auf seinem Weg zur Schule und zurück. Schon am ersten Tag ahnte er, dass der Fahrer nicht einfach nur zum Pinkeln ausgestiegen war. Er malte sich alle möglichen Szenarien aus, was passiert sein könnte.

Doch die Wahrheit war so viel schrecklicher, dass die Fantasie eines Alf Jansen nicht ausreichte, um auch nur annähernd ein Bild davon zu zeichnen.

Am dritten Tag verließ er sein Haus dreißig Minuten früher in der Absicht, die Polizei zu alarmieren, falls der Polo sich immer noch dort befände. Um 7 Uhr 15 rief er im Polizeibüro in Belm an und wartete dann fünf Minuten, bis Winkler, der Dorfpolizist, eingetroffen war. Winkler brachte seinen Streifenwagen ein paar Meter hinter dem Polo zum Stehen und stieg aus.

»Morgen, Alf!«

»Morgen, Torsten! Das ist der Wagen!«

Winkler schüttelte Jansen die Hand, stellte sich neben ihn und ließ seinen Blick über den Wagen schweifen.

»Sieht nicht so aus, als hätte er ein Panne gehabt.«

Jansen nickte zustimmend und blickte auf die Uhr.

Der Polizist zückte einen Block und einen Stift und begann um das Auto herumzugehen. Er notierte das Kennzeichen.

»Wann hast du das Auto das erste Mal gesehen?«

»Heute ist Donnerstag. Am Montag auf dem Weg zur Schule. Es ist ja nicht ganz ungefährlich, da dachte ich, ich ruf dich besser mal an.«

»Schon richtig. Ist auch verboten, seinen Wagen so abzustellen.«

»Aber warum macht einer so was?«

»Das wird sich rausstellen.«

Winkler blickte in den Wagen, drückte den Türknopf, und tatsächlich sprang die Tür auf.

»Hoppla!«

Jansen blickte noch einmal auf die Uhr, ging dann aber näher an das Fahrzeug heran, weil auch er neugierig war. Winkler saß bereits im Wagen und inspizierte das Handschuhfach, Mittelkonsole, Seitenfächer und die Sonnenblende. Neben diversen Quittungen, CDs, einem Eiskratzer und einem Kalender fand er auch einen Lippenstift.

»Scheint einer Frau zu gehören.«

Er stieg aus und sah sich in der Gegend um. Nirgends

waren Spuren zu erkennen. Keine Fußspuren, keine Bremsspuren, keine Kleidungsstücke, gar nichts.

»Und jetzt?«, fragte Jansen in die Stille hinein.

»Lass ich das Ding abschleppen, bevor noch einer reinfährt!«

»Brauchst du mich noch? Ich würd gern ...«

»Nein, vielen Dank! Fahr ruhig weiter.« Und mit einem Blick in den Himmel fügte er hinzu: »Sieht nach Regen aus.«

»Ja, und ich dachte, es wird ein schöner Tag.«, antwortete Jansen und schwang sich auf den Sattel.

»Mach's gut!«

»Wiedersehen!«

Winkler ließ seinen Blick ein letztes Mal über das Feld schweifen und stieg wieder in seinen Streifenwagen. Kaum hatte er die Tür geschlossen, zerplatzte der erste Regentropfen auf der Windschutzscheibe.

Die Zeit des Regens begann. Es würde eine lange Regenperiode werden. Das Wasser würde endlos vom Himmel fallen. Der Himmel würde weinen, wie er noch nie geweint hatte. So viel Wasser.

Kapitel 4

Dr. Petri war Schröders einziger Freund. Schröders Beruf ließ kein Privatleben zu, und bei den Kollegen auf dem Revier war Schröder nicht unbedingt in die engere Auswahl für den beliebtesten Kollegen gekommen. Außerhalb des Reviers verbrachte er die meiste Zeit beim Arzt. Es war also nicht weiter verwunderlich, dass sein Knochendoktor irgendwann zu seinem Vertrauten geworden war.

Petri hatte Schröder bereits bei seinem ersten Besuch gemocht. Ein unbeirrbarer Sturkopf, verschroben, aber amüsant und überdies ein sehr einträglicher Patient. Die Ecken, an denen sich die meisten Leute stießen, brachten Petri zum Lachen. Schröder hatte einen staubtrockenen Humor. Wenn er eine witzige Bemerkung fallen ließ, tat er das meist mit einer todernsten Miene. Kannte man ihn nicht so gut, und das traf wohl auf jeden zu, der ihn nicht länger als ein paar Jahre erlebt hatte, konnte man leicht in Unsicherheit geraten, wann er Ernst machte und wann er einen auf den Arm nehmen wollte. Petri hatte Schröder eigentlich nie wirklich lachen sehen. Ein Lachen hätte man in Schröders Gesicht allenfalls in den Augen sehen können, doch dass sich seine Mundwinkel mal mehr als zu einem Lächeln angehoben hätten, so etwas gab es nicht. Und zu seiner eigenen Überraschung vermisste es Petri auch nicht.

Als er im Wohnzimmer die Spritze aufzog, hämmerte der Regen bereits gegen die Scheiben. Karl wendete sich ab, als Petri die Spritze in den Rücken seines Sohnes stieß. Es gab ein knirschendes Geräusch, und Schröder stöhnte durch die Nase. Langsam drückte Petri die leicht gelbliche Flüssigkeit in die Wirbelsäule, zog die Spritze heraus und wischte mit einem Tupfer einen kleinen Blutstropfen fort, der aus dem Einstichloch hervorquoll.

»Ich fürchte, allzu lange wirst du dich nicht mehr um eine Operation drücken können.«

»Hab ich keine Zeit für«, sagte Schröder harsch.

»Hör lieber auf den Doktor!«, sagte Karl.

»Du klingst langsam wie Mama, Papa!«, sagte Schröder, und in diesem Moment klingelte sein Handy. Petri reichte es ihm.

»Ja?« Schröder horchte einen Moment in den Hörer, bevor er antwortete.

»Ich will, dass ihr den Wagen untersuchen lasst! Das ganze Programm! Ich mach mich auf den Weg!«

Kaum hatte er aufgelegt, versuchte er sich aufzurappeln.

»Ich sag ja, ich hab keine Zeit!«

»Kannst du dich nicht krank melden?«, fragte sein Vater und ließ es wie einen energischen Ratschlag klingen.

»Ach, Papa ...«

»Dein Vater hat recht. Lange hältst du das nicht mehr durch.«, sagte Petri.

Schröder kämpfte sich auf die Beine.

»Lasst mich zufrieden!«

Humpelnd durchquerte er die Wohnung, nahm umständlich die Jacke vom Haken an der Garderobe und war ohne ein weiteres Wort verschwunden.

Vier Kriminaltechniker in weißen Schutzanzügen untersuchten den Wagen, als Schröder die Halle betrat. Die gelangweilten Gesichter seiner beiden Kollegen Keller und Trostmann konnten seine ohnehin schon schlechte Laune nicht bessern. Im Gegenteil. Schröder hasste die beiden. Und er war sich nie sicher, ob es gut oder schlecht war, dass sie als Partner immer im Doppelpack auftraten.

Trostmann war ein stumpfsinniger, alter Kauz, dessen Intellekt gerade mal von seiner Haustür bis zur Gartenpforte reichte. Er meinte, die Weisheit mit Löffeln gefressen zu haben, und hielt nicht damit zurück, diese Erkenntnis jedem mitzuteilen. Doch er war ein enttäuschter

Mann. Enttäuscht vom Leben, das ihn in einen Beruf gedrängt hatte, in dem er zwar abgesichert war, der jedoch auch ihm eine gescheiterte Ehe und eine angehende Alkoholsucht beschert hatte. Er war ein unbelehrbarer Zyniker, und Keller, zwanzig Jahre jünger, war sein Papagei, der ständig auf seiner Schulter saß und ihm jeden gequirlten Mist nachquatschte. Keller hatte mit Trostmann seine Zukunft direkt an seiner Seite. Wenn er wissen wollte, wie er kurz vor seiner Pensionierung aussehen würde, musste er nur neben sich schauen. Vielleicht hatte er eine nicht ganz so ausgeprägte zynische Ader wie Trostmann, aber er arbeitete daran.

Schröder humpelte auf die beiden zu und beobachtete dabei die Kriminaltechniker.

»Du siehst echt scheiße aus!«, freute sich Trostmann.

»Quatsch mich nicht voll, Trostmann.«

»Oh, etwas gereizt heute. Kennt man gar nicht von dir.«, sagte Keller.

»Du lernst mich gleich kennen! Also, wessen Wagen ist das?«

Schröder stemmte seine Fäuste in die Hüften und versuchte, sich gerade zu halten. Allein das kostete ihn so viel Kraft, dass ihm der Schweiß in Strömen am Körper hinablief.

»Er gehört einer gewissen Annette Krüger«, begann Trostmann, »achtzehn Jahre alt. Sie ist am Montag als vermisst gemeldet worden. Ihr Wagen stand seit Sonntagnacht an der L 87 zwischen Belm und Wulfen.«

Schröder ging um das Auto herum. Einer der Techniker nahm seine Maske ab und kam auf Schröder zu. Franke, der Chef der Kriminaltechnik, reichte ihm die Hand, nachdem er sich des Gummihandschuhs entledigt hatte. Franke war einer der wenigen, mit denen Schröder auskam. Er sah ein bisschen aus wie Monk, die Detektivfigur aus dem Fernsehen, hatte aber sonst wenig mit dem Serienhelden gemein. Das, was Schröder an ihm am meisten schätzte, war seine Kompetenz. Franke war jemand, der ohne Weiteres Karriere in einer wesentlich größeren Stadt hätte machen können, doch er war ein Mann, der auf unaufdringliche Art zufrieden wirkte mit dem, was er hatte. Schröder war sich sicher, dass er sich bewusst gegen die große Karriere entschieden hatte. Die Gründe kannte er nicht und brauchte sie auch nicht zu kennen. Franke machte hervorragende Arbeit und war dabei eine der ausgeglichensten Personen, die Schröder jemals begegnet waren.

»Habt ihr schon was?«, fragte Schröder.

»War nicht so schwierig. Es lagen zwei Taschentücher im Fußraum des Fahrers. Wir fanden Sperma darin. Fingerabdrücke massenweise, wie es sich gehört, aber kein Blut. Auch keine Kampfspuren«, antwortete Franke.

»Dann kann man eine Vergewaltigung wohl ausschließen.«

»Ich sammle nur die Fakten. Das Deuten ist deine Aufgabe.«

Keller und Trostmann näherten sich von hinten, wahrscheinlich weil sie es nicht länger aushielten, an dem Gespräch nicht beteiligt zu werden.

»Sie schläft mit ihrem Freund. Der macht Schluss mit ihr, sie ist völlig fertig und läuft heulend davon«, mutmaßte Trostmann.

Schröder drehte sich zu ihm um.

»Sie läuft einfach weg. Und der nächste Ort ist wie weit entfernt?«

»Vier Kilometer. Vielleicht ist sie ja per Anhalter gefahren.«

»Nicht zu fassen, dass sie Typen wie dich bei der Polizei arbeiten lassen«, sagte Schröder. Franke konnte sich ein Lächeln nicht verkneifen.

»Mann, in dem Alter ist das doch ganz normal! Die Hormone spielen verrückt, Liebeskummer, Streit mit den Eltern. Man läuft mal weg, dann kommt man wieder. Hatten wir doch oft in letzter Zeit«, fügte Keller hinzu.

Schröder hatte wenig Geduld mit derartig unqualifizierten Äußerungen. Sein Rücken plagte ihn schon genug, da wollte er seine Zeit nicht mit noch mehr solcher Kommentare verschwenden.

»Ich will, dass ihr beide den Tatort untersucht. Alles, was auffällig ist, bringt ihr mir und legt es mir auf den Schreibtisch, verstanden?«

»Tatort?«, fragte Trostmann, »wir haben keinen Tatort, Schröder. Du siehst Gespenster. Wie beim letzten Mal auch.«

Schröder war bereits im Begriff die Halle zu verlassen. Trostmann rief den letzten Satz hinter ihm her. Schröder hielt kurz inne. Es wurde ganz still in der Halle. Alle hier wussten, dass Trostmann einen wunden Punkt getroffen hatte. Aber Schröder ließ es auf sich beruhen und warf die Tür hinter sich ins Schloss.

Kapitel 5

Natürlich war es kein Tatort, dachte Schröder während er im Auto saß. Sie hatten keinen Tatort, weil sie keine Leiche hatten. Nur eine Vermisstenanzeige. Und Schröders Gefühl. Sein Gefühl sagte ihm, dass dieses Mädchen einem Verbrechen zum Opfer gefallen war. Doch auf sein Gefühl setzte hier niemand mehr einen Heller. Es hatte mehrere ähnliche Fälle im Kreis Osnabrück gegeben in den letzten zwei Jahren. Mädchen, die spurlos verschwunden waren. Mädchen, die man nie wieder lebend finden würde. So sah Schröder es. Und mit dieser Meinung hatte er sich isoliert innerhalb des Reviers. Keiner teilte seine Theorie von einem Serienkiller. Allein der Begriff war für die meisten Menschen hier so unreal, dass sie glaubten, Serienkiller existierten nur im Fernsehen und in Romanen. Man wurde regelrecht mit Serienkillern zugeworfen, wenn man sich das Fernsehprogramm oder den Buchmarkt anschaute. Aber in Osnabrück? Nein, hier doch nicht. Osnabrück war eine kleine, saubere, friedliche Stadt. Die Stadt kümmerte sich um seine Studenten, um den Ausbau der Innenstadt, Geschäfte schossen aus dem Boden, Häuser wurden saniert, erneuert, Fassaden poliert. Die Menschen hier sorgten sich um ihre Vorgärten, um Verkehrsberuhigungen vor Schulen, um die Preiserhöhung im öffentlichen Verkehr und im nächsten Supermarkt. Das Aufregendste, was hier passierte, waren die Bombenfunde aus dem Zweiten Weltkrieg, derentwegen regelmäßig ganze Stadtteile evakuiert werden mussten. Schröder musste selbst zugeben, dass ein Serienkiller hier so etwas wie ein Wesen aus einer anderen Welt war.

Umso weniger wusste Schröder, was er Annette Krügers Eltern über ihr Verschwinden erzählen sollte. Er hielt sich für einen schlechten Lügner und glaubte, jede unehrliche Antwort auf eine ihrer Fragen stände ihm sofort ins Gesicht geschrieben. Alles in ihm wehrte sich dagegen, jetzt auszusteigen, doch er musste es tun.

Das Haus stand unter einer riesigen Kastanie, die einen

Regenschatten auf das Haus und einen Teil des Vordergartens warf. Schröders Rückenschmerzen strahlten nun auch in sein rechtes Bein aus. Vor der Haustür nahm er zwei Schmerztabletten aus einem Fläschchen und schluckte sie trocken hinunter. Dann klingelte er.

Dieses war der schlimmste Moment der Polizeiarbeit. Hiervor fürchtete er sich am meisten. Nicht vor den Opfern, mit denen man sprach, und nicht vor den Leichen, die man fand. Man wusste ja nie, was einen genau erwartete, wenn man zu einem Tatort gerufen wurde. Es war ein Sprung ins kalte, aber trübe Wasser. Mit den Angehörigen eines Opfers zu sprechen, war eine Erfahrung, die man einmal machte und sich danach wünschte, es nie wieder tun zu müssen. Nie wieder. Das Leid und der Schmerz, der auf diese Menschen einstürzte, waren für ihn kaum zu ertragen. Nie hatte er sich daran gewöhnen, sich damit arrangieren oder es ausblenden können. Das Grauen der Morde wurde einem bei diesen Besuchen aufs Brutalste bewusst. Hier wurden sie erst Wirklichkeit. Es war der Sprung ins kalte Wasser, nur, dass das Wasser glasklar war und man auf den Grund sehen konnte, wo einen messerscharfe Felsen erwarteten, auf die man aufprallen würde. Trotzdem musste man springen.

Die Tür öffnete sich, und Herr Krüger zog sie so weit auf, dass er sich wie zum Schutz dahinter verstecken konnte.

»Guten Morgen. Mein Name ist Schröder. Ich bin von der Kripo Osnabrück.«

Schröder zeigte seine Marke und versuchte dem mit seiner Angst kämpfenden Vater mit einem Lächeln zu begegnen.

»Was ist passiert?«, wollte der wissen, und seine Augen

versuchten die Antwort irgendwo in Schröders Gesicht abzulesen.

»Darf ich reinkommen?«

Herr Krüger nickte, und während Schröder eintrat, stellte er seine Frage ein zweites Mal.

»Ich kann ihnen noch keine Auskunft geben, wir wissen es nicht.« Kaum hatte Schröder den Satz beendet, huschte Frau Krügers Schatten von einer Glastür zurück ins Wohnzimmer. Sie musste gelauscht haben. Schröder konnte es ihr nicht verdenken. Herr Krüger meinte, sich für seine Frau entschuldigen zu müssen.

»Sie müssen verstehen, sie steht unter großem Stress, wir machen uns solche Sorgen ...«

Schröder legte beruhigend seine Hand auf Krügers Schulter, und der nickte dankbar.

Sie betraten das Wohnzimmer. Die Angst war ebenso fühlbar wie die Hitze, die in dem Raum stand. Eine bleierne, erdrückende Luft. Die Terrassentür war verschlossen, die Gardinen zugezogen. Auf der Terrasse standen Gartenmöbel. Die Stühle waren gegen den Tisch gekippt. Der Regen trommelte dumpf aufs Dach. Frau Krüger saß auf einem Sessel und blickte hinaus.

»Guten Morgen«, sagte Schröder, und die Frau drehte sich nur halb zu ihm herum. Selbst im Profil war ihr von Sorge und Angst gezeichnetes Gesicht deutlich zu erkennen. Ihre Augen waren wund vom Weinen, und sie zitterte am ganzen Körper.

Schröder und Herr Krüger setzten sich zu ihr.

»Es tut mir sehr leid, dass ich Ihnen noch nicht mehr berichten kann.« Es kam keine Reaktion und auch keine Antwort, also sprach Schröder einfach weiter.

»Ich werde den Fall betreuen und Sie über alle Neuigkeiten so schnell wie möglich in Kenntnis setzen.«

Frau Krüger drehte sich langsam zu Schröder um. Der Ledersessel knarzte. Sie sah ihn aus in Tränen schwimmenden Augen an.

»Wo ist mein Kind? Wo ist meine Kleine?«

»Ich kann es Ihnen nicht sagen, Frau Krüger. Ich brauche Ihre Hilfe. Sie könnten mir ein paar Fragen beantworten …«

Frau Krüger drehte sich wieder weg und starrte weiter hinaus. Herr Krüger nickte verständig. Auch er hatte jetzt Tränen in den Augen. Schröder war es so heiß, dass er es kaum aushielt.

»Hat Ihre Tochter einen Freund?«, fragte er und wählte bewusst das Präsens, um bloß nicht den Eindruck entstehen zu lassen, dass er davon ausging, sie sei bereits nicht mehr am Leben.

»Nein«, sagte Frau Krüger schnell und kurz.

Auf einer Anrichte stand ein Foto von Annette, das offensichtlich nach einem Hockey-Spiel gemacht worden war.

»Sind Sie sich da sicher? Sie ist ein hübsches Mädchen und in dem Alter …«

»Ich bin ihre Mutter! Ich werde es wohl wissen!«

»Also scheidet Liebeskummer schon mal aus. Gab es sonst Anzeichen dafür, dass sie unglücklich war, Probleme hatte?«

»Nein, nein, nein!«

Frau Krüger zückte ein Taschentuch aus ihrem Ärmel und wischte sich die Tränen fort. Sie war kurz davor, die Fassung zu verlieren. Schröder wollte die Unterredung zügig beenden.

»Wie sieht's mit einer besten Freundin aus?«, fragte er.

Jetzt schien Frau Krüger sich wieder zu fangen. Sie atmete tief durch und schob das Taschentuch in den Ärmel.

»Karla. Karla ist ihre beste Freundin! Sie kennen sich seit der fünften Klasse.«

»Der vollständige Name?«, hakte Schröder nach.

»Karla Braun. Ich kann Ihnen die Adresse aufschreiben.«

»Vielen Dank. Das wäre nett.«

Als Schröder wieder vor der Tür im Regen stand, atmete er tief durch. Eine große Last fiel von seinen Schultern. Er hatte es durchgehalten, von Annette nicht in der Vergangenheit zu sprechen. Das war das Wichtigste bei vermissten Personen: niemals in der Vergangenheit zu sprechen. Man musste sich unglaublich konzentrieren, vor allem, wenn man wie in diesem Fall sicher war, dass die Eltern ihr Kind bald würden begraben müssen.

Die magere Ausbeute an Informationen ließ es einfach nicht zu, sich ein klares Bild von Annettes Leben zu machen. Schröder hoffte, die Freundin würde in einer besseren Verfassung sein, und außerdem erzählte man einer besten Freundin mehr als seinen Eltern. So sicher Frau Krüger auch war, dass ihre Tochter keinen Freund hatte, Schröder wollte das einfach nicht glauben. Sie war wirklich ein hübsches Mädchen.

Kurz bevor Schröder einsteigen wollte, klingelte sein Handy. Karla musste wohl noch warten. Wegener, sein Chef, zitierte ihn in sein Büro und ließ keinen Zweifel daran, dass es sofort sein musste.

Wegener und Schröder waren mal so etwas wie Freunde gewesen. Zumindest kam es dem sehr nahe. Sie hatten damals zusammen bei der Polizei angefangen, die gleiche Karriere gemacht, und später waren sie sogar Partner geworden. Doch schon bald merkte Schröder immer mehr, wie Wegener sich nach allen Seiten biegen konnte.

Er war ein Ja-Sager und Kopfnicker, einer, der anderen alles nach dem Mund redete, wenn es zu seinem Vorteil war. Auf diese Weise hatte sich Wegener, schneller als Schröder dazu jemals imstande gewesen wäre, an die Spitze der Abteilung gearbeitet. Jetzt war er sein Chef, und jedes Mal, wenn Schröder sein Büro betrat, hatte er ein komisches Gefühl im Magen. Er mochte es nicht, Bittsteller zu sein, und bei Wegener war er das, sobald er die Bürotür geöffnet hatte. Sie waren so gut wie nie einer Meinung. Und Schröder hatte für den Führungsstil seines ehemaligen Partners nicht viel übrig.

Schröder platzte in sein Büro, ohne anzuklopfen, was Wegener hasste. Schröder wusste das.

»Herein!«, sagte Wegener als Schröder schon vor seinem Schreibtisch stand.

Schröder hatte sich vorgenommen, Ruhe zu bewahren und alles ganz nüchtern und sachlich zu erklären. Was Wegener sagen wollte, wusste er sowieso, deshalb ließ er ihn erst gar nicht das Gespräch beginnen.

»Gut, dass du angerufen hast. Wir müssen reden.«

»Setz dich doch, Schröder!«

»Geht nicht.«

Wegener erkannte an Schröders Haltung, dass er wieder von Rückenschmerzen geplagt war.

»Herrgott, geh endlich zum Arzt! Lass dich operieren! Mach irgendwas!«

»Hör mir zu, wir haben da ein verschwundenes Mädchen …«

»Ich hab die Geschichte schon gehört.«, fiel Wegener ihm ins Wort.

»Ich möchte, dass wir eine Soko zusammenstellen. Wir haben jetzt sechs Fälle in zwei Jahren! Zwei davon in den letzten fünf Monaten!«

»Dein letztes Opfer mit eingerechnet?«

Natürlich musste Wegener diesen Fehler jetzt ansprechen. Schröder ärgerte sich über sich selbst. Mit diesem verdammten Fehler hatte er sich seine Glaubwürdigkeit und damit die Chance auf die Zusammenstellung einer Soko zerstört. Ein kleiner Irrtum und alles war vorbei. Aber er wollte nicht aufgeben. Er wusste, wie wichtig es war, jetzt trotzdem zu kämpfen.

»Ich weiß, dass ich mich geirrt habe bei ihr. Doch diesmal ist es anders …«

»Natürlich ist es das, war es das letzte Mal auch. Ich hab dir vertraut, und du hast die ganze Stadt in Angst und Panik versetzt. Weißt du überhaupt, was deine Aktion gekostet hat? Mein Kopf wird hier rollen, wenn du noch mal so ’ne Scheiße baust, mein Kopf!«

Wegener wurde rot im Gesicht, und seine Halsschlagadern schwollen bläulich an, während er mit dem Zeigefinger nachdrücklich auf seine Brust tippte. Er schloss eine Akte und legte sie beiseite, so als wolle er die Diskussion damit für beendet erklären und fügte hinzu: »Gib dem Mädchen Zeit. Wie ich höre, kommt sie aus ’nem guten Zuhause. Die ist schneller wieder da, als du denkst.«

»Bernd, so viele Zufälle gibt es einfach nicht! Die Anzahl der vermissten Mädchen umgerechnet auf die Einwohnerzahl ist …«

»Komm mir nicht mit deinen verdammten Statistiken!«

»Das ist eine Serie! Ich bin mir ganz sicher! Diese Mädchen sind tot!«

Wegener stand auf. Schröders Knie zitterten, er musste sich bald hinlegen. Seine Kraft ließ rapide nach.

»Ich kann mich nicht auf den Instinkt eines rückenkranken Bullen verlassen, der sich mit Schmerzmitteln das halbe Gehirn aufgelöst hat! Du bist nicht mehr zurechnungsfähig! Mach Urlaub und sieh zu, dass du dein Leben in den Griff bekommst! Osnabrück hat kein Geld für Polizisten wie dich!«

»Lass mich wenigstens allein an dem Fall arbeiten!«, sagte Schröder und biss sich vor Wut auf die Lippe. Wieder bettelte er wie ein kleiner Köter um einen Knochen.

»Es gibt keinen Fall!«, schrie Wegener ihn an. Seine Geduld war am Ende, doch er war selbst etwas erschrocken darüber, wie laut er geworden war.

»Trostmann und Keller werden die Sache weiter verfolgen. Du bist raus!«

Ohne ein weiteres Wort zu verlieren, verließ Schröder das Büro. Er schlurfte unter den Blicken seiner Kollegen, die alles mitgehört hatten, in sein Büro. Er wollte nichts weiter, als so schnell wie möglich auf seinen Spezialstuhl und sitzen, endlich seinen Rücken entlasten. Er hatte sich einen Spezialstuhl angeschafft, der ihn zwar zwei Gehälter gekostet hatte, der aber tatsächlich Linderung verschaffte. Doch als er sich setzen wollte, entdeckte er diesen großen Plastikbeutel auf seinem Tisch. Schröder konnte nicht genau erkennen, was sich darin befand, also ging er näher und hob den Beutel hoch. Es war Hundescheiße. Hinter ihm fingen Trostmann und Keller an zu lachen. Sie standen in der Tür und waren so amüsiert, dass ihre Gesichter glühten.

»Du sagtest doch, wir sollen dir alles Auffällige vom Tatort auf den Tisch legen. Tja, und da haben wir diesen auffällig großen Haufen Scheiße gefunden.«, sagte Trostmann.

»Wir haben bereits eine Probe ins Labor gebracht, und stell dir vor: Der Fall ist gelöst! Der Täter ist eine Deutsche Dogge!«

Trostmann und Keller lachten schallend und hielten sich die Bäuche. Schröder brachte den Beutel in die Toilette und entsorgte ihn in einen Mülleimer. Er wollte sich die Hände waschen, was sein Rücken aber nicht mehr zuließ. Er nahm zwei weitere Tabletten und wartete auf die Wirkung. Dabei blickte er in sein Spiegelbild und fragte sich, ob das wirklich noch er war, ob das wirklich das Leben war, das er bis ans Ende seiner Tage führen musste.

Kapitel 6

»Ich bin's!«, rief Schröder als er mit ein paar Akten unter dem Arm seine Wohnung betrat. Sein Vater antwortete nicht. Der Fernseher lief und warf flackerndes Licht an Wände und Decke. Karl lag auf dem Sofa und war eingeschlafen. Schröder legte die Akten auf den Tisch. Er fand in der Küche eine unbenutzte Pfanne auf dem Herd und in der Spüle das Geschirr vom Frühstück heute Morgen.

»Papa?«

Karl öffnete die Augen.

»Hast du heute überhaupt was gegessen?«, fragte Schröder und stellte sich neben seinen Vater. Der blinzelte noch benommen.

»Seit wann bist du zurück?«

»Hast du was gegessen?«

»Sicher! Wie geht's deinem Rücken?«

»Hör zu, wir können auch einfach jeden Mittag was bestellen. Essen auf Rädern oder so was.«

»Es geht mir gut, mach dir keine Sorgen.«, sagte Karl.

Schröder tat es in der Seele weh, seinen Vater so zu sehen. Natürlich hatte er nichts gegessen, natürlich bestritt er es, weil er keine Umstände machen wollte, weil er Angst hatte, Schröder könnte ihn in ein Heim stecken.

So viele Sorgen bedrängten Schröder, und er hatte einfach keine Lösung parat. Er ging zum Tisch und beugte sich über die Akten. Arbeiten war das Einzige, das ihn alles vergessen ließ.

»Arbeitest du jetzt wegen mir zu Hause?«, fragte Karl und kam zu seinem Sohn an den Tisch.

»Nein, Wegener hat mir den Fall entzogen.«, sagte Schröder, und Karl schien das nicht weiter zu wundern.

»Was sind das für Mädchen?«

»Ich hab eine ungute Ahnung, aber keine Beweise dafür.«

Schröder entnahm jeder Akte das Foto und legte alle auf dem Tisch nebeneinander.

»Die sind sich sehr ähnlich.«, sagte Karl, und Schröder nickte.

»Nur die passt nicht da rein.« Karl deutete mit dem Finger auf ein Mädchen mit dunklen, kurzen Haaren. Schröder erkannte sie sofort. Sie fiel tatsächlich aus der Reihe. Alle anderen waren brünett und hatten schulterlanges Haar. Sie war Schröders Irrtum gewesen.

»Sie ist die Einzige, die wieder aufgetaucht ist!«, sagte Schröder. Er musste schlucken nach dem Satz. Ein dicker Kloß saß ihm im Hals und wollte einfach nicht verschwinden.

Die Gesichter der Mädchen starrten Schröder an. Sie alle schienen ihn zu fixieren, sie alle schienen ihm etwas sagen zu wollen. Schröder wusste, was es war. Er fühlte ihre Blicke, fühlte, dass er ihr einziger Anwalt, ihr einziger Freund war. Er allein vermochte zu sagen, was ihnen zugestoßen war. Sie hatten ein gemeinsames Schicksal, das sie für immer verband. Ein Schicksal, eine Begegnung, ein Schmerz. Schröder schloss die Augen, und unkenntliche Bilder schossen wie Lichtblitze durch seinen Kopf. Und dann war da noch etwas. Ein Rauschen, ein schwarzes, ruhiges Rauschen. Es war ganz nah, so nah, dass Schröder meinte, es sei kein Geräusch, das von außen an sein Ohr drang, sondern vielmehr ein Rauschen, das in ihm war und ihn durchflutete wie ein dunkler Fluss.

Es war fast 6 Uhr morgens, als Schröder aus einem tiefen Schlaf erwachte. Er saß immer noch am Tisch, das Licht brannte, und die Fotos lagen neben ihm. Karl schlief in seinem Zimmer. Schröder konnte ihn schnarchen hören. Dunkel konnte er sich jetzt an den Ratschlag seines Vaters erinnern, doch endlich ins Bett zu gehen. Sein Vater hatte natürlich recht gehabt. Das Schlafen im Sitzen hatte seinem Rücken keinen guten Dienst erwiesen. Schröder musste sich mit aller Kraft hochstemmen. Was ihm am meisten half, sich wieder aufzurichten, war der Gedanke an den Fall. Er hatte ein Ziel. Heute würde er mit Karla reden, Annettes bester Freundin. Sein Gefühl sagte ihm, dass er dort etwas Entscheidendes erfahren würde.

Eine Frau stand im Vorgarten und schnitt die Rosen. Sie nutzte wohl die kurze Regenpause an diesem frühen Morgen. Es hatte die ganze Nacht geregnet. Pfützen standen auf den Wegen, und dort, wo die Sonne mit ihren Strahlen den Boden erreichte, verdampfte das Wasser in kniehohen Nebelschwaden. Doch von Westen her sah man neue Regenwolken aufziehen. Wie eine mächtige dunkelblaue Welle schoben sie sich über den Himmel.

»Frau Braun?«, fragte Schröder, und die Frau ließ die Schere sinken.

»Ja?«

»Mein Name ist Schröder, von der Kripo Osnabrück.«

»Geht es um Annette?«

Schröder nickte. Frau Braun zog ihre Handschuhe aus und reichte ihm die Hand. Sie gingen ins Haus, Frau Braun vorweg. Im Flur blieb sie stehen und rief die Treppe hinauf: »Karla? Kommst du bitte mal runter?«

»Was ist denn?«, hörte man eine schwache Stimme hinter einer Tür.

»Hier ist jemand von der Polizei!«, rief sie und sprach dann leiser zu Schröder: »Lassen Sie uns ins Wohnzimmer gehen!«

Schröder folgte ihr und lächelte verlegen, als Frau Braun ihm einen Platz auf einem sehr niedrigen, weichen Sessel anbot.

»Hätten Sie vielleicht einen Stuhl für mich? Ich habe Rückenprobleme und fürchte, ich komme nicht wieder aus dem Sessel heraus.«

»Sicher.«, sagte sie und verschwand kurz, um mit einem Küchenstuhl wiederzukommen.

»Vielen Dank«, sagte Schröder, und da standen auch schon zwei Personen in der Tür. Karla und Mike.

»Hallo, Karla«, sagte Schröder, »Ich bin Oberkommissar Schröder. Ich habe ein paar Fragen an dich, Annette Krüger betreffend.«

Mike senkte seinen Blick. Karla und Schröder gaben sich die Hand.

»Das ist Mike, Karlas Freund.«, stellte Frau Braun den jungen Mann vor. Auch Mike reichte ihm die Hand, und Schröder fiel auf, dass er ihm nicht in die Augen blicken konnte.

Sie setzten sich um den Glastisch. Karla wunderte sich kurz über Schröders Stuhl, doch da begann er auch schon, seine Fragen zu stellen.

»Karla, Annettes Mutter sagte mir, dass du ihre beste Freundin bist. Kannst du dir vorstellen, dass sie einfach weggelaufen ist? Und wenn ja, warum?«

Karla schüttelte schon den Kopf, noch während Schröder die Frage stellte.

»Nein. Einfach abzuhauen ist nicht ihre Art, wissen Sie. Sie ist sehr direkt und geht auf die Dinge zu. Aber in letzter Zeit war sie irgendwie komisch.«

»Inwiefern?«

Schröder sprang sofort darauf an. Es war wie das erste Zucken an der Angelschnur. Er beugte sich etwas vor und nahm Karla immer mehr in den Fokus.

»Ich weiß nicht, sie war irgendwie anders als sonst. Wir haben uns immer alles erzählt, aber ich hatte das Gefühl, dass sie etwas bedrückt. Gesagt hat sie aber nie etwas.«

»Was könnte das sein? Was meinst du?«

»Keine Ahnung.«

»Liebeskummer vielleicht? Ihre Mutter sagte, sie hätte keinen Freund gehabt, stimmt das?«

»Ja!«

Schröder war unzufrieden mit dieser Antwort. Er hatte sich etwas anderes erhofft. So taten sich keine neuen Wege auf, denen man nachgehen konnte. Schröder dachte über seine nächste Frage nach, und sein Blick fiel dabei auf Mikes Hände. Sie waren zu Fäusten geballt. Seine Knöchel traten weiß hervor. Mikes Blick war fest auf einen Punkt im Nirgendwo gerichtet.

»Habt ihr euch am Tag ihres Verschwindens gesehen?«, fragte Schröder, nahm seine Augen aber nicht von Mike.

»Wir haben nur telefoniert. Ich wollte abends mit ihr weggehen, doch sie hatte keine Lust.«

»Seid ihr oft weggegangen?«

»So wie alle anderen auch.«

»Ist Annette vielleicht mit irgendwelchen Männern mitgegangen?«

»Nein, so eine war sie nicht. Sie hat immer auf die große Liebe gewartet.«

Mikes Kinn begann zu zittern.

Schröder hatte genug gesehen und gehört.

»Vielen Dank, Karla! Du hast mir sehr geholfen.«

»Was ist ihr bloß passiert?«, fragte Karla.

»Ich weiß es nicht. Aber ich werde sie finden«, sagte Schröder. Damit hatte er recht. Doch keiner, nicht einmal Schröder, konnte sich die Umstände ihres Auffindens ausmalen.

Schröder verließ das Grundstück, und Mike beobachtete ihn aus dem Fenster in Karlas Zimmer. Sein Herz klopfte ihm noch bis zum Hals. Er wusste nicht, ob es richtig gewesen war zu schweigen. Am liebsten wäre er jetzt dem Polizisten hinterhergelaufen und hätte ihm alles über die Nacht erzählt. Aber das war nur ein Traum. So wie man davon träumt, reich und berühmt zu werden. Die Realität war hier in diesem Zimmer. Karla saß zusammengesunken auf dem Bett und schluchzte. Er musste sich um Karla kümmern, das war seine Aufgabe, dachte Mike und setzte sich neben sie aufs Bett. Er schlang einen Arm um sie und drückte sie fest an sich.

»Ich hab solche Angst, dass ihr was Schlimmes passiert ist«, weinte Karla, ließ sich zur Seite fallen und legte ihren Kopf auf Mikes Schoß. Er streichelte ihr übers Haar und dachte zurück an die Nacht, dachte an Annette und daran, dass sie im Streit auseinandergegangen waren. Auch er hatte schreckliche Angst, dass ihr etwas zugestoßen war, und gleichzeitig gab er sich die Schuld dafür. Er hatte sie alleingelassen da draußen. Wäre er bei ihr geblieben, hätte er nur ein Wort der Zustimmung gesagt, wäre das nicht passiert. Oder war sie so böse auf ihn, dass sie ihn bestrafen wollte und das alles inszeniert hatte? Wollte sie ihm eins auswischen? *Siehst du, wie's dir geht, wenn ich nicht mehr da bin? Kein schönes Gefühl, oder? Also sag's ihr endlich!* Aber sie würde doch niemals ihre Eltern derart in Angst und Schrecken versetzen. Nein, das würde sie nicht tun. Dazu war sie zu vernünftig. Sie war so unglaublich vernünftig.

Mike bemerkte, dass er aufgehört hatte, Karla zu streicheln. Karla atmete jetzt ganz flach und regelmäßig. Sie war ein eingeschlafen. Vorsichtig legte Mike ihren Kopf auf dem Bett ab, deckte sie zu und ging.

Im Vorgarten begegnete er Frau Braun.

»Fährst du jetzt?«, fragte sie.

»Ja, sie schläft.«

»Es bricht ihr das Herz. Es ist gut, dass du für sie da bist!«

Ich habe sie betrogen! Ich betrüge sie seit über einem Jahr mit ihrer besten Freundin! Ich breche ihr das Herz! Ich!

»Bis dann!«

»Kommst du nachher noch mal wieder?«

Mike nickte und ging durch die Gartentür.

»Gut.«, sagte Frau Braun und sah dem Freund ihrer Tochter hinterher. Er war ein guter Junge, dachte sie. Ein guter Junge. Karla brauchte ihn jetzt. Sie war froh, dass er da war.

Schröder wartete kaum zwanzig Minuten, da sah er Mike auch schon aus der Gartenpforte kommen und seinen Motorroller besteigen. Der Junge fuhr los, ohne ihn zu bemerken, und Schröder folgte ihm bis zur Haustür. Erst hier, als Mike seinen Helm absetzte, entdeckte er den Kommissar in seinem Rückspiegel. Schröder kam auf ihn zu, und augenblicklich war Mike vor Angst wie gelähmt.

»Ich hab dich eben beobachtet. Ist auch nicht leicht für dich, oder? Hast du Annette gut gekannt?«, fragte Schröder mit ruhiger Stimme.

»Wir waren alle zusammen auf der Schule.«

»Du weißt, dass wir den Wagen gefunden haben, nicht wahr?«

Mike zuckte nur mit den Schultern und klammerte sich an seinen Helm wie ein Schiffbrüchiger an ein Stück Holz.

»Willst du mir vielleicht etwas sagen?«

»Nein, warum?«

»Mike, ich hab das eben vor Karla nicht sagen wollen, aber ich glaube nicht, dass wir Annette lebend wiederfinden.«

Schröder sah, dass er einen Treffer gelandet hatte. Mike konnte seine Gefühle nicht verbergen.

»Wir haben Taschentücher in dem Wagen gefunden. Ich würde mein gesamtes Hab und Gut darauf verwetten, dass das Sperma darin von dir ist. Hab ich recht?«

Mikes Gedanken schossen wie Flipperbälle durch seinen Kopf. Was sollte er antworten? Sollte er überhaupt antworten? Womit machte er sich verdächtig? War er schon verdächtig? Dachten sie vielleicht, er hätte ihr etwas angetan? Mike wurde schwindelig, und er musste sich zusammenreißen, um nicht von seinem Roller zu kippen.

»Mike, du hast sie wahrscheinlich als Letzter lebend gesehen. Du könntest uns sehr helfen!«

Natürlich wollte er sagen, wie es gewesen war. Aber damit würde das gesamte Lügengebäude, das er und Annette seit vierzehn Monaten aufrechterhielten, zusammenbrechen. Er würde jeden enttäuschen, der ihn kannte.

»Aber Karla darf davon nichts erfahren, sie darf nichts davon wissen!«, bettelte er plötzlich.

»Ich versteh dich. Doch hier geht es um viel mehr. Hier geht es wahrscheinlich um Mord. Das ist wichtiger als alles andere.«

»Aber ich hab sie nicht umgebracht!«

»Ich weiß. Beruhig dich! Alles wird wieder gut. Komm jetzt.«

Schröder nahm den Jungen am Arm, half ihm vom Roller und führte ihn dann zu seinem Auto.

Kapitel 7

Noch während der Fahrt erzählte der Junge alles, was er über den Abend wusste. Schröder glaubte ihm jedes Wort. In all den Jahren als Polizist hatte er unzählige Menschen gesehen und ihre Reaktionen auf den Tod. Echte Trauer, echte Angst, echtes Entsetzen konnte man nicht spielen. Die Wahrheit spiegelte sich in jedem Menschen wider. Ob nun in den Augen, in einer Geste oder in einem falschen Wort. Schröder hatte mal einen Fall gehabt, bei dem eine Frau ihren Mann über Monate hinweg vergiftet hatte und er einen grausamen Tod gestorben war. Als Schröder bei ihr vor der Tür gestanden hatte, war sie in Tränen ausgebrochen, hatte geschluchzt, gejammert und gewimmert. Sie war eine gute Schauspielerin gewesen und wahrscheinlich hatten sogar echte Trauergefühle mitgespielt. Aber es hatte nicht eine Sekunde gegeben, in der Schröder unsicher gewesen war, ob ihre Reaktion echt war oder nicht. Sie war es nicht. Menschen sind Menschen. Und das Leben war kein Krimi aus dem Fernsehen, wo Kommissare von den Mördern ständig getäuscht wurden. Wenn man den Mörder vor sich hatte, wusste man das auch. Die Schwierigkeit wie in diesem Fall war, keinen Täter aus dem näheren Umfeld zu haben. Ein Phantom zu jagen, einen Schatten, das war eine unglaublich schwierige Aufgabe. Und es waren immer diese Fälle, die ungelöst zu den Akten gelegt wurden.

Aber der Fall um Annette Krüger und die anderen verschwundenen Mädchen durfte einfach nicht in den Regalen verstauben. Schröder spürte eine große Gefahr auf sich zukommen. Er trieb in tiefer Nacht mit einem Floß über einen Fluss. Und da war dieses Geräusch, das anfänglich nur ein leises klares Plätschern war, das sich aber immer mehr auswuchs zu einem Rauschen und dann zu einem Donnern, und er wusste, dass er auf einen Wasserfall zutrieb von immensen Ausmaßen. Ein riesiger Rachen tat sich vor ihm auf, und die Wassermassen würden mit ihm in die grausame Tiefe stürzen, und er würde für immer verschluckt von dem tödlichen Schlund.

Trostmann und Keller staunten nicht schlecht, als Schröder ihnen Mike übergab und erklärte, dass er der junge Mann sei, der zuletzt mit Annette Krüger zusammen gewesen war und mit ihr Sex gehabt hatte. Er trug ihnen auf, Mikes Aussage zu protokollieren und sprach dem Jungen Mut zu. Es würde sich alles zum Guten wenden.

Anschließend ging er zu Wegener ins Büro, ohne anzuklopfen.

»Ich hab den Jungen, der bei Annette Krüger war!«

»Verdammt, ich hatte dich von der Sache abgezogen!«, rief Wegener und sprang von seinem Stuhl auf. Langsam stieg auch die Wut in Schröder hoch. Er hatte es satt, nicht angehört und ständig angeschrien zu werden. Er hatte mehr Respekt verdient.

»Um was geht's dir eigentlich? Ist das ein Sache zwischen uns? Willst du mir beweisen, dass du mehr Macht hast als ich? Du bist der Chef hier! Auch wenn ich der bessere Polizist bin.«

»Du dämliches Arschloch! Dein Neid wird dir noch mal das Genick brechen!«

»Lass mich einfach nur meine Arbeit machen!«

»Du machst deine Arbeit aber nicht! Stattdessen erzählst du deine Hirngespinste überall herum, und ich, ich muss alles wieder ausbaden! Ich musste die Pressekonferenz halten und mich mit diesen Pressetypen rumschlagen, ich kriege ständig Druck vom Bürgermeister und alles nur deinetwegen!«

»Du kommst mit Druck nicht so gut klar, was?«

»Raus!« Wegener war außer sich vor Wut. Schröder musste zugeben, dass er vielleicht etwas zu weit gegangen war. Er hätte ihn nicht noch zusätzlich provozieren müssen. Dennoch taten seine Spitzen Wegener nicht ganz Unrecht. Wegener dachte immer zuerst an sich und was er alles erleiden musste in diesem Job. Was jedoch die verschwundenen Mädchen anging, war er viel zu gleichgültig. Manchmal dachte er, alles würde sich von allein lösen oder andere taten es für ihn. Aber so war es nicht. Auch er würde handeln müssen. Und der Zeitpunkt rückte immer näher.

Schröder versuchte sich einzureden, dass es gut war, jetzt mehr Zeit für sich und seinen Vater zu haben. Er könnte zu Hause einige Dinge in Ordnung bringen und zusammen mit Karl über die Zukunft nachdenken, planen, wie Karl besser versorgt werden konnte.

Zuallererst kochte er sich und seinem Vater ein richtiges Abendessen. Er hatte Kalbsschnitzel eingekauft und machte dazu Bratkartoffeln mit Zwiebeln und Speck und ein paar Spiegeleier.

Karl lag wie immer auf der Couch und sah fern. Der Tisch war bereits gedeckt, und im Kühlschrank standen vier Flaschen Bier kalt, um das Menü abzurunden. Schröders Rücken ging es heute Abend ein wenig besser. Dennoch hatte er einen Stuhl in der Küche stehen, auf den er sich hin und wieder setzen musste, um auszuruhen.

Die Schnitzel waren so gut wie fertig, und Schröder öffnete bereits die ersten beiden Biere, als sein Vater nach ihm rief.

»Schröder, komm mal schnell!«

Schröder ging ins Wohnzimmer. Karl deutete auf den Fernseher. Dort war Wegener in den Regionalnachrichten zu sehen. Er hielt eine Pressekonferenz.

»Mach mal lauter!«, sagte Schröder.

Wegener saß hinter mehreren Mikrofonen. Er sah nervös und angespannt aus.

»Leider blieb die Suche nach Annette Krüger bisher ergebnislos. Aber die Osnabrücker Polizei konnte heute Vormittag einen Verdächtigen festnehmen, der zur Zeit noch verhört wird«, sagte Wegener.

»Was redet der da?«, sagte Schröder fassungslos.

»Heißt das, dass Sie davon ausgehen, dass Annette Krüger einem Verbrechen zum Opfer gefallen ist?«, fragte ein Journalist.

»Nach dem derzeitigen Stand der Ermittlungen können wir das nicht mehr ausschließen.«

Schröder musste sich setzen. Ein weiterer Journalist meldete eine Frage an. Schröder kannte ihn. Er war von der Osnabrücker Zeitung.

»Ist der Verdächtige ein Einzeltäter, oder kann er auch für das Verschwinden von weiteren Mädchen infrage kommen?«

»Ich kann an dieser Stelle nur sagen, dass wir keinerlei Hinweise auf ein wie auch immer geartetes Serienverbrechen haben. Der Verdächtige stammt aus dem näheren Umfeld des Opfers. Wenn überhaupt, wird es eher ein persönliches Motiv sein, doch wie gesagt, müssen wir erst das Ergebnis des Verhörs abwarten.« Wegener wurde unruhig. Mehr Fragen wollte er nicht mehr beantworten.

»Ist es wahr, dass sie Kommissar Schröder von diesem Fall abgezogen haben?«, fragte der Reporter erneut. Wegener blickte kurz zur Seite, als suche er dort nach einer Antwort.

»Oberkommissar Schröder hat aus gesundheitlichen Gründen um eine Beurlaubung gebeten.«

Schröder schlug auf die Fernbedienung, und das Bild wurde schwarz.

Vorsichtig blickte Karl zu seinem Sohn.

»Tut mir leid, Junge.«

Schröder saß nur da und konnte sich nicht regen. Er verstand nicht, wie es dazu hatte kommen können. Das war wie ein Traum. Ein ganz verdrehter Traum. Der einzige Zeuge, den sie hatten, wurde einfach zum Verdächtigen gemacht. Und das Schlimmste war, der Junge hatte ihm vertraut. Ohne Schröders Zutun wäre er nie in diese Situation geraten.

»Ich glaub, da brennt was!«, sagte Karl. Aus der Küche

quoll Rauch ins Wohnzimmer. Schröder lief durch schwarzen Qualm zum Herd und drehte ihn ab. Schnell öffnete er die Fenster, warf die Pfanne in die Spüle und ließ Wasser darüberlaufen. Es zischte laut, und winzige Wassertropfen spritzten heiß auseinander. Von den Schnitzeln waren nur noch kohleartige Reste übrig.

Vor ein paar Wochen war Karl etwas Ähnliches mit Rühreiern passiert. Damals hatten sie beide darüber lachen können, auch wenn Schröder danach eine neue Pfanne hatte kaufen müssen. Heute Abend war ihm nicht nach Lachen zumute. Er sank auf den Stuhl und blieb niedergeschlagen vor dem Herd sitzen.

Kapitel 8

Es war ein kühler Samstagabend. Der Regen hatte die Temperaturen sinken lassen, und eine feuchte Kälte lag in der Luft. Nebel hatte sich in den Senken und auf den Feldern gebildet. Ein Bus fuhr durch die Nacht. Seine Scheinwerfer brachten die Nebelschwaden zum Glühen. Die Feuchtigkeit legte sich in winzig kleinen Tröpfchen auf die Scheiben.

In der hintersten Reihe saßen Jenni, Marie, Kelly und Lisa. Sie waren auf dem Weg in die Disco, wie der Rest der Fahrgäste auch, aber sie waren mit Abstand die jüngsten. Sie hatten alles daran gesetzt, ihr Alter von fünfzehn Jahren mit Schminke und freizügiger Kleidung um mindestens drei Jahre anzuheben. Und man musste tatsächlich einen zweiten Blick auf sie werfen, um zu erkennen, wie jung sie wirklich waren. Kelly und Lisa schminkten sich ein letztes Mal im Bus und zupften an ihren Frisuren herum.

»Ihr seht aus wie zwei Nutten!«, sagte Jenni, und die Mädchen brachen in lautes Gelächter aus.

»Hauptsache, wir sehen aus wie achtzehnjährige Nutten!«, entgegnete Kelly.

»Und wenn sie uns dann immer noch nicht reinlassen wollen, hol ich die hier raus!«, sagte Lisa und drückte ihre großen Brüste hoch. Die Mädchen begannen zu kreischen, und die anderen im Bus drehten sich zu ihnen um.

Sie waren angekommen, und der Bus entließ die Jugendlichen auf die schwach beleuchtete Straße. Die Mädchen gingen im Pulk zu der auf einer Freifläche stehenden Disco, die in der diesigen Luft aussah wie ein soeben gelandetes Raumschiff.

»Wir gehen am besten einzeln rein. In der Gruppe wissen die gleich Bescheid«, sagte Marie.

»Okay, und wer's rein schafft, geht auch rein! Wer nicht, hat Pech gehabt!«, sagte Kelly. Sie wollten endlich ihre erste Disconacht erleben, auch wenn das bedeutete, dass es nicht alle vier schafften. Sie küssten sich ein letztes Mal und mischten sich dann unter die anderen Besucher. Marie stand ganz hinten in der Schlange. Ein paar Meter vor ihr stand Kelly. Am Eingang warteten vier Türsteher in schwarzen Bomberjacken, die einige Jungen aus der Schlange holten und sie nach Waffen abtasteten. Marie versuchte, ihre Nervosität zu verbergen, und schaute sich von den älteren Mädchen ab, wie die sich verhielten. Jetzt fiel ihr auf, dass kein Mädchen alleine hier rein wollte. Mädchen gingen immer in der Gruppe. Ihr Vorschlag war ein Fehler gewesen.

Jetzt war Kelly an der Reihe. Sie geriet an einen großen glatzköpfigen Türsteher. Er nahm sie kurz in Augenschein und winkte sie dann durch. Marie lächelte aufgeregt. Kelly war drin. Und die anderen konnte sie auch schon nicht mehr sehen. Auch sie mussten es geschafft haben. Vor ihr waren noch zwei Jungen. Der Türsteher nahm den ersten beiseite und tastete ihn ab. Sein Freund wartete brav hinter ihm. Marie hatte jetzt freie Sicht in die Disco. Sie konnte Kelly, Lisa und Jenny schon im pulsierenden Licht stehen sehen. Der Weg war doch im Grunde frei. Der Türsteher war beschäftigt. Wahrscheinlich würde er gar nicht richtig auf sie achten. Also ging Marie schnell hinter den Jungen vorbei auf ihre Freundinnen zu.

»Stopp, Stopp, Stopp!«, hörte sie plötzlich die Stimme des Türstehers. Sie spürte eine dicke, fleischige Hand auf ihrer Schulter und drehte sich um.

»Nicht so schnell! Dein Ausweis!«, sagte der Mann.

Marie wusste nicht, was sie tun sollte. Sollte sie lügen und behaupten, sie hätte ihn nicht dabei? Aber das taten sicher alle. Der Kerl würde sie durchschauen. Sie dachte, sie sollte besser ehrlich sein, und gab ihm den Ausweis.

»Tut mir leid«, sagte er kurz.

»Aber meine Freundinnen sind schon drin!«, rief Marie und deutete auf Kelly.

»Tut mir leid!«, beharrte der Türsteher und drückte sie in Richtung Ausgang. Maries Enttäuschung war so groß, dass ihr die Tränen in die Augen stiegen. Jetzt war sie allein hier draußen. Ihre Freundinnen würden drinnen tanzen, trinken und Spaß haben, während sie nach Hause fahren musste. Augenblicklich schämte sie sich für ihr Outfit. Wie gern hätte sie jetzt eine Jacke gehabt, um sich darin zu verstecken, um zu verbergen, was sie heute Abend vorgehabt hatte. Sie ging bis zur Straße und drehte sich noch einmal um. Sollte sie es ein zweites Mal versuchen? Wenn sie an einen anderen Türsteher geriet, würde der sie vielleicht reinlassen. Sie stand wie angewurzelt da und überlegte, haderte mit sich. Da rauschte plötzlich der Bus an ihr vorbei. Sie drehte sich um und sah, dass die Haltestelle leer war. Er brauchte nicht anzuhalten. Um diese Zeit fuhr niemand nach Hause, außer minderjährigen Mädchen, die nicht durch die Kontrolle gekommen waren. Sie begann zu laufen, doch es war aussichtslos. Bei diesem Wetter konnte der Busfahrer sie nicht im Rückspiegel sehen. Nach kurzem Abbremsen beschleunigte der Bus wieder und verschwand im Nebel. Völlig außer Atem stand sie an der Haltestelle und sah ihm hilflos hinterher. Ihr Gesicht war feucht und glänzte im kalten Licht der Straßenlaterne. Von der Disco drangen dumpfe Bässe herüber. Menschen konnte sie keine mehr erkennen. Außer ihr war niemand auf der Straße. Der nächste Bus würde erst in einer Stunde kommen, und Marie wollte auf keinen Fall so lange hier in der Kälte warten. Sie machte sich auf, zu Fuß nach Hause zu gehen.

Bereits nach wenigen Schritten hatte der Nebel sie vollständig verschluckt. Es wurde noch kälter und Marie zitterte. Sie ging immer schneller und schneller. Sie wollte nach Hause, am liebsten hätte sie sich dorthin gebeamt. Sie wollte in ihr Zimmer und sich ins warme Bett kuscheln. Ihren kleinen Fernseher einschalten und irgendeinen albernen Film gucken, bis sie einschlief.

Sie stoppte so abrupt, als sie das Brummen hörte, dass sie beinahe ausgerutscht wäre. Sie horchte nach allen Seiten, konnte aber nicht sagen, aus welcher Richtung das Geräusch kam. Vorsichtig machte sie drei Schritte nach vorn, und da sah sie einen schwachen Lichtschein im

Nebel vor sich auftauchen. Es waren zwei verschwommene rote Kreise, die Rücklichter eines Autos. Der laufende Motor hatte das Brummen verursacht. Sie ging langsam näher. Das rote Licht brachte den Nebel zum Leuchten. Das Auto war nicht zu erkennen. Aber etwas anderes tauchte auf. Ein schwarzer Schatten. Marie starrte die schemenhafte Gestalt an und wusste: Sie war ein netter Mann oder eine nette Frau, die sie mitnahm und nach Hause brachte. Oder es war jemand, der ihr etwas antun wollte. Jemand, der nicht vorhatte, sie nach Hause zu bringen, sondern der sie dieser Welt entreißen und an einen dunklen Ort bringen wollte, von dem sie nie mehr zurückkehren würde.

Kapitel 9

Mike saß im Verhörraum des Polizeireviers. Seine Haare klebten nassgeschwitzt an seinem Kopf. Seine Augen waren gerötet und lagen tief in ihren Höhlen. Sein Gesicht glänzte fettig, und er blinzelte angestrengt durch den Zigarettenrauch, den Keller ihm ins Gesicht blies. Er war seit über vierundzwanzig Stunden in diesem Raum. Die Müdigkeit hing wie Blei an seinen Gliedern. Er war so erschöpft, so furchtbar erschöpft, dass er heulen musste. Er heulte mit offenem Mund, und Speichelfäden zogen sich über seine Lippen.

»Sag mir, wie es war!«, rief Keller.

»Ich kann nicht mehr!«, flehte Mike und krümmte sich zusammen.

»Sag mir, wie es war!«, rief Keller noch lauter und

schlug auf den Tisch. Mike raffte sich auf, als habe man ihn eben zusammengeschlagen.

»Wir haben uns auf dem Feldweg getroffen. Sie war schon da, als ich kam. Dann bin ich zu ihr ins Auto, und wir haben miteinander geschlafen. Dann haben wir uns gestritten, und ich bin gegangen.«

»Ich will die ganze Geschichte hören!«

»Das war alles!«

»Oh nein, das stimmt nicht! Sag mir, wie es war! Los, sag es! Sag mir, wie du sie umgebracht hast!«

»Oh Gott, bitte! Bitte, lassen sie mich! Ich muss schlafen! Lassen sie mich doch!« Mike bettelte wie ein kleines Kind. Die Tür ging auf, und Trostmann kam herein.

»Mach mal Pause«, sagte er zu Keller. Der stand auf und verließ den Raum. Trostmann setzte sich mit einem Stöhnen.

»So, Mike, jetzt beruhige dich erst mal. Wir wollen dir nur helfen, Junge. Du steckst bis zum Hals in Schwierigkeiten. Das Mädchen ist verschwunden. Du warst bei ihr, und ihr hattet einen Streit. Deine Fingerabdrücke sind überall im Wagen, und dein Sperma haben wir auch.« Trostmann machte eine Pause und starrte Mike an, der sich kaum noch aufrecht halten konnte. Er schwankte wie ein Betrunkener auf seinem Stuhl.

»Du warst bestimmt verliebt in sie, das glaub ich dir. Sie war ein hübsches Mädchen, aber du hattest eine Freundin. Annette hat dich unter Druck gesetzt, sie wollte dich zwingen, es Karla zu sagen. Aber du wolltest Karla nicht verletzen, weil du sie liebst, stimmt's? Sie sollte das nicht erfahren, und da ist dir einfach eine Sicherung durchgebrannt. Du wolltest Karla schützen und hast Annette zum Schweigen gebracht, stimmt's? Du hast auf der Landstraße auf sie gewartet, ja? So war es doch?«

Mike schaute Trostmann aus verzweifelten großen Augen an. Er hatte keine Kraft mehr zu widersprechen. Er hatte doch schon tausendmal widersprochen, aber sie hörten einfach nicht auf zu fragen. Alles begann immer wieder von vorn, immer wieder von vorn.

»Du hast getan, was du tun musstest, damit es nicht rauskommt. Du hattest keine andere Wahl! Daran erinnerst du dich doch noch?«

Mike schüttelte stumm den Kopf. Es war der einzige Weg, um Nein zu sagen. Sprechen erschien ihm jetzt wie eine unmöglich zu bewältigende Anstrengung.

»Du weißt nicht mehr, wie es passiert ist? Du wolltest ihr gar nicht weh tun. Es ist einfach passiert! Vielleicht wollte sie schreien, und dann hast du sie gewürgt! Hat sie geschrien?«

Mike schüttelte den Kopf.

»Nein? Oder hast du einen Filmriss? Das kann schon passieren, wenn man so etwas erlebt. Das Gehirn blendet das aus. Du musst in Panik gewesen sein. Bald wäre die Affäre rausgekommen! Wie hätte Karla wohl reagiert? Überleg doch! Weißt du noch, wie du dich gefühlt hast?«

Mike nickte. Tränen liefen seine Wangen herab.

»Weißt du noch, wie du sie abgefangen hast? Sie hielt an, hatte dich bestimmt gleich erkannt, und dann stieg sie aus, ja? Und dann hast du's getan! Erinnerst du dich?«

Mike hing an Trostmanns Augen. Alles war sinnlos. Alles, was er sagte, prallte ab. Seine Worte prallten an diesen Polizisten ab und zersprangen dann wie Glas. Der ganze Boden war mit Scherben bedeckt. Mike sah Annette vor sich, wie sie schrie und um sich schlug. Sie wehrte sich mit aller Kraft. Ihre Haare flogen umher, und sie kreischte und kreischte. Mike wusste nicht mehr, ob er schlief oder wach war. Er schwebte haltlos in einem

Raum voller Bilder, und er konnte die Realität nicht mehr vom Traum unterscheiden. Alles verschmolz zu einer wirren, nicht greifbaren Masse. Ein großer Klumpen klebriger Teig füllte seinen Kopf und erdrückte seinen Verstand.

»Ja, jetzt erinnerst du dich, nicht wahr? Das ist gut! Du wolltest es nicht, aber es war ein Unfall! Du hast es getan, nicht wahr? Erinnerst du dich? Ja? Sag es doch, dann kannst du endlich schlafen, dann kannst du dich ausruhen, so lange du willst!«

»Ja, vielleicht.«

»Wie bitte?«

»Vielleicht war es so, ich weiß es nicht mehr!«

»Vielleicht?«

»Ja, doch. Ich denke schon. Ich glaub, dass ich es war. Oh Gott, bitte lasst mich jetzt schlafen! Ich bin's gewesen!«

Trostmann richtete sich triumphierend auf. Stolz blickte er in den doppelseitigen Spiegel. Er wusste, dass auf der anderen Seite Keller und Wegener standen und das Gespräch aufzeichneten. Sie hatten das Geständnis. Endlich hatten sie das Geständnis.

Wegener klopfte Keller auf die Schulter. Eine riesige Last war nun von ihm abgefallen, und er blickte mit Vorfreude auf die Pressekonferenz, die er nun ansetzen würde. Er könnte diesen Schreiberlingen sagen, dass sie ihn gefasst hatten. Alle würden ihn bewundern, die ganze Stadt würde ihn bewundern und ihn loben. Er könnte sich morgens mit seiner Frau beim Frühstück die Artikel durchlesen, die man über ihn schreiben würde. Sie würden Sekt trinken, und seine Frau würde furchtbar stolz auf ihn sein.

Draußen vor der Tür kam plötzlich Unruhe auf. Wegener hörte aufgebrachte Stimmen, als die Tür aufflog und Schröder in den Raum hineinplatzte.

»Was zum Teufel macht ihr hier?«

»Wir leiten ein Verhör!«

»Der Junge ist unschuldig!«

»Er hat soeben gestanden, Schröder! Es ist vorbei. Das war's.«

Schröder trat näher an Wegener heran, bis sich fast ihre Nasenspitzen berührten.

»Ich schwöre dir, wenn du das durchziehst, hetze ich dir die Dienstaufsicht und die Presse auf den Hals! Du wirst keine ruhige Minute mehr haben, glaub mir!«

Schröder blickte ins andere Zimmer. Mike saß zusammengesunken am Tisch und weinte, dass sein ganzer Körper zuckte.

»Holt ihn endlich da raus!«

Wegener überlegte kurz und nickte dann Keller zu.

»Du bist so ein armseliger Feigling!«, sagte Schröder enttäuscht, und dieser Satz tat Wegener mehr weh als jede Beleidigung, die Schröder ihm jemals ins Gesicht geschrien hatte. Es war nicht nur die Tatsache, dass er ihn einen Feigling nannte, nein, es war die echte Enttäuschung in seinen Augen und in seiner Stimme, die aus einer Beleidigung eine kalte Wahrheit werden ließ.

Herrgott, wenn er ehrlich mit sich war, konnte er sich auch nicht vorstellen, dass dieser Junge Annette Krüger umgebracht hatte. Es war einfach nur am plausibelsten. Wer sollte es sonst gewesen sein? Es gab keinerlei Hinweise auf eine dritte Person. Keine Spuren, keine Zeugen. Fest stand, sie hatten sich gestritten, und Wegener waren etliche Fälle bekannt, in denen man aus eben solchen Motiven zu einer Tat getrieben wurde. Alles deutete nun mal auf den Jungen hin. Aber Schröder würde nicht aufgeben. Schröder konnte sich festbeißen wie ein verdammter Straßenköter. Wegener musste sich absichern. Er musste mehr in der Hand haben, als dieses Geständnis. Er brauchte Annette Krügers Leiche.

Er trug Keller und Trostmann auf, ein Team mit Leichenspürhunden aufzustellen und das Gebiet um den Feldweg herum und am Fundort des Autos zu durchkämmen. Auch das Grundstück von Mikes Eltern sollte abgesucht werden. Und als Wegener seine Anweisungen gegeben hatte, sah er eine Unsicherheit in Kellers Augen, ein unheilvolles Zögern, das zeigte, dass er mehr wusste als Wegener.

»Was ist, Keller?«, fragte er barsch, weil er jetzt keine Meinungen oder Vorschläge von irgendjemandem hören wollte. Er wollte, dass alles so lief, wie er es aufgetragen hatte.

»Vielleicht gibt es ein Problem.«

»Verdammt, was kann denn jetzt noch kommen, sag es endlich!«

»Letzte Nacht ist wieder ein Mädchen verschwunden.«

Kapitel 10

Schröders Wut war unbändig. Er hätte am liebsten alles in diesem nach Unvermögen und Dummheit stinkendem Revier verwüstet, umgeschmissen und zertreten. Doch sein Rücken ließ das nicht zu. Der Stahl krümmte sich in seinen Wirbeln und zwang ihn fast auf die Knie. Seine Gelenke rieben trocken aneinander und zerquetschten seine Nerven. Genau so fühlte es sich an. Das war das Bild, dass er immer vor Augen hatte, wenn der Schmerz so war wie jetzt. Und es würde noch schlimmer werden. Wenn sich erst das Adrenalin in seinen Adern abbauen würde, dann wäre an keinerlei Bewegung auch nur zu denken. Er musste zu Petri, jetzt sofort. Petri musste ihm etwas spritzen. Er durfte nicht handlungsunfähig werden, jetzt, wo Wegener der Fall aus dem Ruder lief. Es bahnte sich eine Katastrophe an für Mike, für Wegener und für all die Mädchen, die noch folgen würden.

Als Schröder die Rezeption in Petris Praxis erreicht hatte, lief ihm bereits der Schweiß von der Stirn, als sei er hierher gesprintet. Jeder Muskel war bis aufs Äußerste angespannt, nur um seinen Körper aufrecht zu halten. Schröder stützte sich auf den Tresen und sprach eine Sprechstundenhilfe an, die er noch nicht kannte.

»Ich muss zu Dr. Petri!«

»Haben Sie einen Termin?«, fragte das Mädchen gleichgültig.

»Nein, er nimmt mich immer so dran.«

»Waren Sie schon mal bei uns?«

»Sicher, verdammt! Wo ist Veronika?«, rief Schröder ungeduldig. Er hatte es satt, wie sie ihn von oben herab behandelte und dabei ignorierte, wie schlecht es ihm ging. Eine andere Sprechstundenhilfe kam aus dem hinteren Behandlungszimmer und erkannte Schröder und seinen Zustand sofort.

»Herr Schröder! Ist es wieder so schlimm?« Schröder nickte. Tina legte ein paar Röntgenbilder beiseite und öffnete ihm gleich eine Tür.

»Herr Schröder kann in die drei gehen!«, sagte sie zu der Neuen, und Schröder manövrierte sich auf die Behandlungsliege.

Wie viele Minuten vergingen, bis Petri kam, konnte Schröder nicht sagen. Vielleicht war er weggedöst vor Erschöpfung, vielleicht hatten seine Gedanken ihn ein wenig zu weit fortgetragen, jedenfalls musste jemand schon einen Infusionsständer samt Medikamentenbeutel hereingefahren haben, als Petri mit der Nadel vor ihm stand.

»So, das wird erst mal gegen deine Schmerzen helfen, aber ich werde dich heute auch in ein Krankenhaus einweisen lassen! Ich seh mir das nicht länger mit an!«

Petri staute Schröders Vene und stach den Butterfly hinein. Er traf immer die Vene. Schröder hatte schon viele Ärzte erlebt, die nicht die geringste Ahnung davon hatten, wie man eine Infusion legte oder Blut abnahm. Bei Petri ging es schnell, sicher und schmerzlos. Er war wirklich ein guter Arzt in allen Belangen. Nur redete er zu viel.

»Das wird jetzt ein Stunde durchlaufen. Versuch dich zu entspannen. Nachher kann Tina dir ein Taxi rufen, aber wie ich dich kenne, fährst du mit deinem eigenen Wagen. Ich muss jetzt weitermachen. Wir telefonieren heute Abend!«

Schon war er draußen. Schröder hatte nichts gesagt. Ob das sein Einverständnis signalisierte, war ihm egal. Er hatte einfach nur keine Kraft für ein Wortgefecht gehabt. Er war dankbar, dass Petri keinen Aufstand gemacht und ihn gleich an den Tropf gehängt hatte. Es dauerte zwar, bis die Wirkung einsetzte, aber es tat unendlich gut. Als die geschäftigen Geräusche von draußen immer dumpfer und entfernter klangen und Schröder tatsächlich einschlief, fühlte er sich irgendwie gerettet.

Das Entfernen der Nadel weckte Schröder wieder auf. Tina legte ihm einen kleinen Tupfer auf die Einstichstelle und winkelte seinen Arm an.

»So halten, bitte!«, sagte sie wie immer, nahm den Infusionsbeutel vom Haken und warf ihn in den Mülleimer. Dann zückte sie den Einweisungsschein aus ihrer Kitteltasche und platzierte ihn auf Schröder Brust.

»Und der ist für Sie! Lassen Sie sich endlich mal helfen!«

»Fangen Sie nicht auch noch damit an!«

»Tut mir leid wegen vorhin, aber meine Kollegin ist erst zwei Tage hier.«

»Ist Veronika im Urlaub?«, fragte Schröder und versuchte, sich aufzusetzen.

»Nein, sie hat gekündigt!«

»Gekündigt? Warum das?«

»Fragen Sie doch Ihren Freund ...«, sagte Tina und verließ gleich darauf den Raum. Schröder hatte sie noch nie so über Petri reden hören.

Teil 2

Wellen

Kapitel 11

Es war früh am Morgen. Feiner Regen schwebte wie Staub in der Luft, legte sich auf die Blätter, sammelte sich dort und fiel hier und da in dicken Tropfen von den Bäumen. Der Wald roch frisch und kräftig. Unter den Baumkronen war es noch sehr dunkel, weil sich die Wolkendecke an keiner Stelle öffnen wollte. Die Sonne hatte nicht genug Kraft, um durchzudringen, und dadurch schien der gesamte Wald noch zu schlafen. Nur ab und zu hörte man einen Vogel zwitschern, aber nie sehr lang. Es war ungewöhnlich still an diesem Morgen. Umso deutlicher waren die Schritte des Hirsches zu hören, der aus dem Unterholz heraus eine Lichtung betrat. Immer wieder blickte er wachsam auf und horchte in alle Richtungen. Da fiel der Schuss. Ein ohrenbetäubendes Krachen zerriss die Luft, und das Echo schien kilometerweit durch den Wald widerzuhallen. Die Hinterläufe des Hirsches brachen ein. Er röchelte und kämpfte noch einige Augenblicke darum, nicht niederzugehen, weil er wusste, dass das seinen Tod bedeuten würde. Doch die Kräfte verließen seinen Körper, und er fiel auf den aufgeweichten Boden. Seine Beine zuckten. Mit weit geöffneten Augen tat er seine letzten Atemzüge. Dann starb er.

Am östlichen Rand der Lichtung lagen Grabowski und Schmidt hinter der Wurzel eines umgefallenen Baumes auf der Lauer. Aus dem Lauf von Grabowskis Gewehr stieg eine feine Rauchfahne empor. Gehorsam, aber ungeduldig saßen ihre beiden Weimaraner neben ihnen. Sie jaulten und stierten mit ihren leuchtenden, bernsteinfarbenen Augen auf das getötete Tier.

Schmidt und Grabowski waren alte Freunde, die sich während des Studiums kennengelernt und schnell ihre Vorliebe für das Fischen und Jagen geteilt hatten. Zwischen ihnen gab es immer so etwas wie einen Wettstreit, auch wenn sie es nie zugegeben hätten. Wer fing den größeren Fisch, wer schoss den kapitalsten Zwölfender, wer konnte die Spuren am besten lesen? Alleine ging keiner von beiden auf die Jagd. Wenn der andere im Urlaub oder krank war, wartete man eben, bis er wieder zurück oder genesen war. Sie mussten die Jagd zusammen erlebt haben und hinterher darüber erzählen, streiten und fachsimpeln.

»Guter Schuss! Für dein Alter«, sagte Schmidt. Grabowski lächelte, weil er so etwas erwartet hatte. Schmidt zog ihn immer mit seinem Alter auf, obwohl der mit 53 nur zwei Jahre jünger war als Grabowski. Sie gaben ihren Hunden das Kommando. Die Tiere stürmten drauflos und hatten nur wenige Sekunden später den Hirsch erreicht. Die beiden Jäger liefen hinterher. Ihre Stiefel versanken tief im Matsch. Ihre Hunde kreisten aufgeregt um den Kadaver herum, schnüffelten, jaulten, ließen aber rasch von ihm ab und liefen dann scheinbar einer anderen Fährte hinterher. Kreuz und quer über die Lichtung. Sie waren fast außer sich. Die Hunde drückten ihre Schnauzen in die feuchte Erde und buddelten kurz, aber nur um gleich wieder weiterzulaufen und dasselbe an anderer Stelle zu wiederholen.

»Was ist denn mit denen los?«, fragte Schmidt.

»Vielleicht ein Fuchsbau«, vermutete Grabowski. Die Weimaraner gruben nun gemeinsam an einer Stelle.

»Ich glaub, sie haben ihn!«, sagte Grabowski leise und nahm sein Gewehr wieder in Anschlag. Schmidt tat es ihm gleich, und sie gingen vorsichtig auf die Stelle zu. Ein Bau oder eine Höhle war nicht zu erkennen. Doch es lag etwas in der schwarzen Erde. Sie gingen näher und zerrten ihre Hunde an den Halsbändern zurück. Fast gleichzeitig erkannten sie den Arm und schreckten derart heftig zurück, dass sie rücklings in den Dreck fielen. Die Hunde hatten einen menschlichen Arm ausgegraben. Die weiße Haut leuchtete im schwarzen Morast. Und an einem Finger konnte man sogar einen Ring erkennen. Es war eine Frauenhand, und ihr restlicher Körper musste unter ihnen begraben liegen.

Schröders Wecker zeigte 7 Uhr 03 an, als das Telefon klingelte und ihn aus seltsamen Träumen riss.

»Schröder?«

»Hallo, hier ist Bernd!«

Schröder verstand nicht, was Wegener um diese Zeit von ihm wollen konnte, dass er überhaupt noch etwas von ihm wollen konnte.

»Was ist los?«

»Wir müssen reden. Kann ich dich gleich abholen?«

»Ich bin in fünf Minuten fertig!«

»Gut. Bis gleich!«

Wegener legte auf. Schröder sah eigentlich nur einen Grund für diesen Anruf. Sie mussten Annette Krügers Leiche gefunden haben, und irgendwie musste sich herausgestellt haben, dass Mike nicht der Täter sein konnte.

Schröder stand vorsichtig auf, um seinen Rücken zu schonen, sagte seinem Vater Bescheid und verließ dann leise die Wohnung. Unten auf der Straße musste er nicht lange warten, bis er Wegeners Wagen kommen sah. Er stieg zu ihm ein und schloss die Tür. Wegener sagte nichts, sah ihn nicht an, setzte einfach nur den Blinker und fuhr los. Schröder musste eine Weile warten, bis Wegener zu sprechen begann.

»Ich brauche deine Hilfe. Wir haben da etwas entdeckt, das du dir ansehen musst.«

»Warum ich?«

»Weil du wahrscheinlich recht hattest.«, sagte Wegener und sah zu ihm herüber. Schröder erkannte eine unendliche Besorgnis in seinen Augen.

Nach zwanzig Minuten Fahrt erreichten sie einen Waldweg, in den Wegener einbog und ihm ein paar hundert Meter folgte, bis mehrere Polizeiautos in Sicht kamen. Auf der rechten Seite des Weges führte ein kleiner Wassergraben entlang, über den an dieser Stelle zwei dicke Stahlplatten gelegt worden waren. Wegener parkte hinter dem letzten Auto, und sie stiegen aus. Schröder erkannte Reifenspuren von Baggern, die über die provisorische Brücke in den Wald hinein verliefen. Ohne ein Wort zu sagen, folgte Schröder Wegener in den Wald.

Als sie die Lichtung erreichten, waren dort drei kleinere Bagger und über vierzig Polizisten mit Spaten und Suchhunden im Einsatz. Schröders Kehle schien auf einmal zuzuschwellen. Er bekam kaum noch Luft. Angst staute sich in ihm auf, Angst vor dem, was er gleich sehen würde. Er war nur noch Augenblicke, nur noch ein paar Schritte davon entfernt, dem ins Auge zu blicken, was ihn sein ganzes Leben verfolgen würde. Sein Leben und das vieler anderer Menschen auch, änderte sich genau jetzt und hier auf dieser Lichtung. Und das nicht zum Guten.

Das Böse hielt Einzug in dieser Welt, in dieser Stadt, in Schröders Leben. Das Böse selbst, denn etwas Vergleichbares hatte es nicht gegeben. Hier begann es. Hier war der Ursprung. Ab jetzt würde nichts mehr so sein wie vorher.

Sieben Gräber waren bereits ausgehoben. Schwarze Leichensäcke lagen neben ihnen. Unter der Anweisung eines Polizisten hob ein Bagger gerade ein weiteres Loch aus, und als er die Schaufel in die Höhe hob, zerbröckelte die feuchte, dunkle Erde und eine halb verweste Leiche wurde sichtbar.

»Großer Gott!«, entfuhr es Schröder.

»Was tut ihr hier eigentlich?«, schrie er Wegener an.

»Das ist ein Riesenareal, wie sollen wir denn ...«

»Doch nicht so! Ihr zerstört alle Beweise! Und das, das ist pietätlos!« Er deutete auf die exhumierte Leiche. Wegener gab dem Polizisten ein Zeichen, den Motor abzustellen.

Schröder konnte nicht begreifen, was hier geschah. Vor ein paar Minuten hatte er noch zu Hause im Bett gelegen, hatte sich gesorgt, wie sein Vater das Frühstück ohne ihn zubereiten sollte, und jetzt stand er hier auf dieser Lichtung, in einer völlig anderen Welt. Das hier konnte nicht real sein. Bagger hoben Leichen aus der Erde. Spürhunde schlugen ununterbrochen an. Polizisten wendeten sich ab, brachen zusammen, weinten, übergaben sich.

»Sieben Leichen haben wir bis jetzt gefunden. Keiner weiß, wie viele noch da liegen«, sagte Wegener. Schröder hätte gern etwas gefragt, hätte gern etwas erwidert, doch er konnte jetzt einfach nicht sprechen. Fassungslos blickte er auf diesen Rummelplatz des Schreckens, während Wegener sich abwandte, eine Hand auf seine Schulter legte und ihm einen Satz ins Ohr sagte. Dieser Satz, der nicht nur ein Zugeständnis war, sondern auch eine Entschuldigung.

»Du kriegst deine Soko!«

Kapitel 12

»Komm, wir gehen«, sagte Schröder zu Mike. Der Junge hatte auf seiner Pritsche gesessen und die Wand angestarrt. Nachdem er aus einem tiefen Schlaf erwacht war und sich hier in der Zelle wiedergefunden hatte, erinnerte er sich nur verschwommen an die Nacht im Verhörraum und dass er am Rande der Erschöpfung eine Tat gestanden hatte, die er nicht begangen hatte.

Schreiend hatte Mike gegen die Zellentür geschlagen, gerufen, dass er es nicht gewesen war, dass er Annette nicht umgebracht hatte, aber nichts war passiert. Niemand hatte die Tür aufgeschlossen, niemand hatte mit ihm gesprochen, ja, es schien ihn nicht einmal jemand gehört zu haben. Seine Hände schmerzten, sein Kopf auch.

Schröder in der Tür zu sehen, war gut. Er hätte sich keinen anderen gewünscht, nicht mal seine Eltern, weil er wusste, dass nur Schröder ihm helfen konnte. Er hatte ihm geglaubt und für ihn gekämpft. Und jetzt holte er ihn hier raus. Der Albtraum war vorbei. Was ihn persönlich anbetraf, hatte Mike recht. Er war frei und konnte wieder nach Hause gehen. Doch der wahre Albtraum begann erst jetzt.

Schröder fuhr Mike nach Hause. Mike war immer noch so erschöpft, dass er kein Wort sprach, auch wenn er sich gern bei dem Kommissar bedankt hätte.

»Du musst das nicht auf sich beruhen lassen.«, sagte Schröder irgendwann. Mike sah ihn verständnislos an.

»Die haben dich zu einer Falschaussage genötigt. Das war ein Geständnis unter Folter. Du solltest mit deinen Eltern einen Anwalt aufsuchen.« Wahrscheinlich würde er das auch tun, doch im Moment fühlte Mike sich einfach nur leer. Er konnte nichts mehr fühlen, auch keine Wut. Aber die würde noch kommen. Bis dahin würde er sich diese eine Frage immer und immer wieder stellen, und er stellte sie jetzt Schröder. Er würde sie ihm ehrlich beantworten.

»Was ist nur mit ihr passiert?«

Schröder vertrat die Meinung, dass die Angehörigen ein Recht darauf hatten, alle Informationen über die Tatumstände und den Stand der Ermittlungen zu erhalten. Nur in ganz seltenen Fällen hatte er Dinge verheimlicht oder abgemildert. Er wusste, dass Mike früher oder später davon erfahren würde, aber er konnte ihm einfach nicht sagen, was sie heute morgen entdeckt hatten. Nicht jetzt. Schröder zuckte nur mit den Schultern und zwang sich dazu, aufmunternd zu lächeln.

Schröder hatte darum gebeten, dass er Mike nach Hause bringen durfte, und Wegener war sehr erleichtert darüber gewesen. Er wollte diesem Jungen nie wieder begegnen. Zuerst war Mike seine Rettung gewesen, dachte er. Doch nachdem sich die Fakten so grausam gewandelt hatten, konnte der Junge ihm sogar gefährlich werden. Das erzwungene Geständnis würde zum Politikum werden, das ihn seinen Job kosten konnte. Aber daran wollte und konnte er jetzt nicht denken.

Im Revier lief eine riesige Maschinerie an. Unter strengen Geheimhaltungsauflagen wurden Experten kontaktiert, um eine Soko für diesen Fall zusammenzustellen. Das Archiv des Reviers wurde kurzerhand zu einer Einsatzzentrale umgebaut. Alles musste unglaublich schnell passieren. Inzwischen glaubte jeder im Revier, dass es ein nächstes Opfer geben würde. Der Countdown hatte begonnen, und nur der Mörder wusste, wie schnell heruntergezählt wurde.

Wegener hatte ein erstes Treffen für 15 Uhr anberaumt. Schröder war anschließend in die Kriminaltechnik und in die Gerichtsmedizin gefahren, um über alle neuen Erkenntnisse genauestens Bescheid zu wissen. Er hatte sich bereits eine Strategie zurechtgelegt, wie er den Fall angehen wollte. Er war neugierig auf die Experten und konnte es kaum erwarten, endlich gemeinsam mit ihnen an die Arbeit zu gehen.

Um kurz vor drei war er in der Einsatzzentrale, in der noch die letzten Aktenschränke entfernt wurden. Tische und Stühle wurden hineingetragen, und die ersten Beamten tauchten auf. Schröder setzte sich in die erste Reihe ganz nach außen, sodass er sich einen Überblick über die Personen verschaffen konnte. Trostmann und Keller waren auch da. Am liebsten hätte er auf sie verzichtet, doch es wurde jeder Mann gebraucht. Es stand ihnen eine Unmenge an Arbeit bevor. Wegener trat ein, schloss die Tür und stellte sich vor die versammelte Mannschaft.

»So, herzlich willkommen an alle! Mein Name ist Wegener. Ich bin der Chef der Abteilung und freue mich, dass Sie alle so schnell meiner Anfrage gefolgt sind, um uns bei diesem Fall zu unterstützen! Heute früh haben wir im nördlichen Teutoburger Wald, nordöstlich von Osnabrück, siebzehn Leichen gefunden.«

Ein Raunen ging durch den Raum. Mit einer solchen Anzahl hatte hier niemand gerechnet.

»Einen derartigen Fall hat es in Osnabrück und in Deutschland meines Wissens noch nicht gegeben. Ich bin froh, dass Spezialisten aus Hannover, Braunschweig, Hamburg und Berlin den Weg zu uns gefunden haben. Des Weiteren stehen wir auch per Internet und Telefon mit anderen Forensikern und Kriminologen in Kontakt.

Dieser Raum hier, der eigentlich das Archiv ist, wird unsere Einsatzzentrale werden. Gegen 18 Uhr heute Abend wird der Raum fertig eingerichtet sein mit Computern, Monitoren und allem, was wir brauchen werden. Sie müssen dieses kleine Chaos hier entschuldigen, aber unsere Kapazitäten sind doch sehr beschränkt.

Unsere Arbeit wird sich in den nächsten Tagen zunächst einmal auf die Identifizierung der Leichen konzentrieren. Ich habe bereits kleinere Teams eingeteilt, und wenn Sie noch Fragen haben, was die Koordination betrifft, wenden Sie sich bitte an mich!«

Schröders Wut auf Wegener kehrte zurück. Er tat schon wieder Dinge, die eigentlich in Schröders Zuständigkeit lagen. Aber er würde sich nicht das Heft aus der Hand nehmen lassen. Das hier war seine Soko. Und er hatte bereits einen Plan.

»Für alles Weitere möchte ich Ihnen nun die Leitung dieser ›Soko 17‹ vorstellen!«

Es war gut, dass Wegener jetzt endlich an ihn abgab. Noch mehr hätte er sich auch nicht angehört. Schröder stand langsam auf und drehte sich zu dem Team um. Da hörte er Wegeners Stimme in seinem Rücken.

»Frau Elin Nowak von der Kripo Hamburg!«

Schröder sah, wie eine junge Frau, die hinten links gesessen hatte, aufstand und nach vorne kam. Sein Kopf schnellte zu Wegener herum. Der spürte seinen fassungslosen Blick, versuchte ihn aber zu ignorieren. Schröder konnte nicht glauben, dass Wegener ihn derart eiskalt abservierte.

»Frau Nowak ist Kriminalpsychologin und als Profiler im gesamten Bundesgebiet im Dauereinsatz, kann man sagen. Sie hat sehr viel Erfahrung mit Serienverbrechen gesammelt und ist die erste Wahl für diese Soko gewesen.«

Schröder setzte sich und durchbohrte Wegener mit seinen Blicken. Elin Nowak machte einen Schritt nach vorn. Ihre dunklen Augen stachen aus ihrem blassen Gesicht hervor. Sie waren zu dunkel für ihre blonden Haare, dachte Schröder. Sie hatte eine angenehme Ausstrahlung, auch wenn sie unterschwellig verschlossen und ein wenig abweisend wirkte. Elin erhob ihre Stimme.

»Vielen Dank! Guten Tag! Ich will nicht lange Reden schwingen, dazu haben wir keine Zeit. Wir werden in den nächsten Tagen und Wochen eine Flut an Informationen verarbeiten müssen. Daher schlage ich vor, dass wir den Dienst hier um 6 Uhr in der Zentrale beginnen. Jeden Tag um 9 Uhr möchte ich ein Meeting ansetzen, in dem jedes Team seine Ergebnisse vorlegt. Machen Sie sich in den nächsten Wochen darauf gefasst, dass es so gut wie keinen Feierabend geben wird. Privat- und Familienleben wird für Sie nicht mehr existieren. Die Soko wird einem erheblichen Druck seitens der Öffentlichkeit ausgesetzt sein. Die Presse wird unser ständiger Begleiter sein. Und dazu möchte ich zum Schluss noch etwas sagen. Alles, was an die Presse weitergegeben wird, läuft über mich! Niemand außer mir gibt irgendwelche Informationen an die Presse weiter! Ich hoffe auf eine gute Zusammenarbeit! Danke!«

Wegener teilte die Teams ein und setzte das nächste Treffen auf 19 Uhr an, dann verließen alle den Raum, bis nur noch er und Schröder übrig waren. Schröder wartete auf eine Erklärung.

»Ich weiß, was du jetzt sagen willst. Aber das hier ist eine Nummer zu groß für uns. Wir brauchen Spezialisten für diese Sache.«

»Herrgott, Bernd, aber doch keinen Teenager! Wie alt ist sie?«, fragte Schröder und stand auf.

»Ich bin 28.«, sagte Elin Nowak, die noch einmal in den Raum zurückgekommen war und nun im Türrahmen stand.

»Sie sind sicher Oberkommissar Schröder! Ich habe schon von Ihnen gehört!«

»Komisch, ich von Ihnen nicht!«

»Haben Sie ein Problem mit meinem Alter? Oder glauben Sie, dass ich als Frau nicht qualifiziert genug bin?«

Schröder antwortete ihr nicht. Er musterte die angriffslustige junge Frau und machte sich ein erstes Bild von ihr. Sie kam näher auf ihn zu.

»Ich habe Psychologie studiert. Ich war auf der Polizeischule und habe eine Ausbildung beim FBI in Langley absolviert.«

»Schröder, sie hat überall exzellente Abschlüsse gemacht. Sie war Klassenbeste an der Uni und auf der Akademie. Sie ist die Richtige für diese Aufgabe!«, insistierte Wegener.

»Ich bin jetzt siebzehn Jahre bei der Polizei, Frau Nowak. Wie alt waren Sie vor siebzehn Jahren?«, fragte Schröder, und er sah, dass Elin die Antwort peinlich war.

»Sie waren elf! Wissen Sie, es geht hier nicht um Zahlen auf einem Zeugnis! Wir haben es hier mit Menschen zu tun! Mit guten und mit bösen. Meistens mit bösen. Sehr bösen Menschen. Da hat ein kleines Mädchen wie Sie nichts zu suchen!«

Schröder ging an ihr vorbei auf den Ausgang zu.

»Wo willst du hin?«, rief Wegener ihm hinterher.

»Was soll ich noch hier! Du hast mich abgesägt!«

»Falsch! Ihr seid ein Team!«

Schröder blickte zu Elin. Sie war nicht überrascht, also hatte sie das auch schon vor ihm gewusst. Hier passierte alles hinter seinem Rücken. Man ließ ihn außen vor, bis man irgendwann wieder seine Hilfe brauchte und er die Drecksarbeit erledigen durfte. Und jetzt hatte Wegener ihn auch noch diesem Teenager unterstellt. Das Maß an Respektlosigkeit war übervoll. Er drehte sich um und ging. Wegener entschuldigte sich sofort bei Elin für Schröders Verhalten.

»Keine Angst, er wird sich schon an mich gewöhnen.«, sagte sie fast fröhlich und folgte ihm.

Schröder hatte sich gerade in seinen Wagen gesetzt und den Zündschlüssel ins Schloss gesteckt, als die Beifahrertür aufgerissen wurde und Elin zu ihm einstieg. Sie stellte ihre Tasche auf den Rücksitz und sah ihn selbstbewusst an.

»Ich würde gern den Fundort sehen.«

»Sehe ich vielleicht aus wie ein Taxifahrer?« Elin gab darauf keine Antwort. Sie lächelte zuversichtlich gegen Schröders Stolz an. Schröder wollte nicht schmollen wie ein kleines Kind. Sich ihrem Willen beugen wollte er aber ebenso wenig. Doch es half nichts, sie musste den Fundort begutachten. Schröder verfluchte Wegener, als er den Wagen startete und losfuhr. Elin beobachtete ihn eindringlich, während er versuchte, nur auf die Straße zu blicken.

»Sie gehen komisch! Haben Sie eine Verletzung? So wie Sie humpeln, tippe ich auf Hüfte oder Ischias.«, sagte Elin.

Statt zu antworten, schaltete Schröder das Radio ein und drehte es demonstrativ laut auf.

»Verstehe! Mögen Sie Musik? Welche Musik mögen Sie? Lassen Sie mich raten! Sie sind ein ruhiger, introvertierter Typ. Stille Wasser sind tief, also mögen Sie auch etwas mit Tiefgang. Aber Klassik ist nichts für Sie. Ich würde sagen, in Anbetracht Ihres Alters, entweder Bob Dylan oder vielleicht Billy Joel! Billy Joel, stimmt's?«, fragte sie und freute sich auf die Antwort.

»Ich hasse Billy Joel! Analysieren Sie besser den Täter!«

»Keine Angst, das werde ich! Und nennen Sie mich nie wieder kleines Mädchen!«

Kapitel 13

Der Regen war stärker geworden. Von Osten her blies jetzt ein kühler, böiger Wind. Es war kaum wärmer als an einem Tag im Oktober. Das Wetter spielte verrückt. Und keiner konnte sich erklären, warum. Dieser Sommer würde als einer der schlechtesten in die Geschichte des Osnabrücker Landes eingehen. Und als der grausamste.

Schröder und Elin standen auf der Lichtung. Jedes der siebzehn Gräber war mit Absperrband umzäunt, das lautstark im Wind flatterte. Elin machte Fotos. Schröder suchte nach weiteren Spuren im Morast.

»Haben Sie Abdrücke gefunden, bevor die Bagger hier alles zerstört haben?«, fragte Elin. Sie musste laut sprechen, damit Schröder sie verstehen konnte.

»Nein, leider nicht.«

»Warum haben Sie das nicht veranlasst?«, fragte sie und schützte ihre Augen mit einer Hand vor dem Regen.

»Ich war zu der Zeit beurlaubt.«

Das hatte Elin nicht gewusst. Auch sie merkte, dass Wegener nur ganz bestimmte Informationen weitergab.

»Darf ich fragen, warum?«

»Dürfen Sie nicht.«

Elin kam auf Schröder zugewatet und stellte sich dicht neben ihn.

»Hören Sie, wir müssen eine Zeit lang miteinander auskommen. Auf Dauer halte ich so eine Spannung zwischen uns nicht aus. Kommen Sie mir wenigstens ein bisschen entgegen. Ich bin Elin, wie heißen Sie?«

Elin streckte ihm die Hand hin, doch Schröder machte keine Anstalten, einzuschlagen.

»Schröder!«

»Ich weiß, ich will Ihren Vornamen wissen!«

»Schröder!«

Elin bedrängte ihn zu sehr, sie kam ihm einfach zu nahe. Schröder konnte das nicht ertragen, stand auf und ging ein Stück in den Wald hinein. Nach ein paar Schritten drehte er sich vorsichtig um, um zu sehen, wie sie auf seine Abfuhr reagierte. Vielleicht tat es ihm sogar ein wenig leid, so schroff gewesen zu sein, aber nur für den Bruchteil einer Sekunde. Elin schoss weiter ihre Fotos. Und so richtete Schröder seinen Fokus wieder auf den Wald. Er suchte nach abgebrochenen Zweigen, Stoffresten, verlorenen Gegenständen, irgendetwas, das ihm zeigte, dass jemand hier gewesen war. Siebzehn Mal. Siebzehn Mal hatte jemand eine Leiche an diese Stelle geschleppt. Er musste Spuren hinterlassen haben. Doch dieser verdammte Regen wusch alles fort.

Ein Stück weiter nördlich zwischen kniehohen Farnen entdeckte Schröder einen Trampelpfad. Sofort schlug sein Herz schneller. Und vielleicht war der Regen jetzt doch auf seiner Seite. Er folgte dem Weg weiter in den Wald hinein und fand schließlich, wonach er gesucht hatte. An einer Stelle war der Weg aufgeweicht. Ein abgebrochener Ast, der von den Herbststürmen im letzten Jahr herrührte, lag im Unterholz. Er hatte eine Lücke in der Baumkrone hinterlassen, durch die der Regen ungehindert fallen konnte, und eine Pfütze hatte sich gebildet. Schröder hockte sich hin, drückte die Farne beiseite und sah etwas, dass ihn schlucken ließ. Dort waren zwei Fußabdrücke in der Erde. Sie überlappten sich und waren schlecht zu erkennen, aber sie waren da. Er hatte es gefunden. Das, was er brauchte, das, was ihn dem Täter näherbrachte. Er spürte es förmlich. Gerade wollte er nach Elin rufen, als er seinen Namen durch das Dickicht schallen hörte. Es war Elin, die nach ihm rief, und ihre Stimme klang so, als hätte auch sie etwas Wichtiges entdeckt.

Schröder lief zurück auf die Lichtung. Elin suchte in allen Richtungen nach ihm und rief immer wieder seinen Namen. Hastig humpelte er über den unwegsamen Boden. An einer Stelle vertrat er sich, und sein Bein setzte so unglücklich auf, dass der Schmerz in seinen Rücken schoss und er kurz aufschrie. Elin entging das nicht.

»Also doch der Ischias!«, sagte sie triumphierend.

»Was ist los, verdammt? Was schreien Sie so herum?«

»Sehen Sie sich um! Fällt Ihnen was auf?«

Schröder kniff die Augen zusammen, um im Regen besser sehen zu können. Er drehte sich einmal um seine eigene Achse.

»Hat das eine Struktur?«, fragte Elin.

Schröder sah noch mal hin und nahm sich Zeit.

»Das könnten Kreise sein!«, sagte er.
»Das finde ich auch!«

Es dauerte zwei Stunden, bis sie einen Hubschrauber organisiert hatten und einen Piloten, der bereit war, bei dem Wetter zu starten. Dort unten, inmitten der abgesperrten Löcher, hatte man etwas erahnen können, eine Form vielleicht, etwas, das darauf schließen ließ, dass die Löcher nicht wahllos ausgehoben worden waren. Sie mussten sich einen Überblick von oben verschaffen.

Elin saß mit ihrer Kamera in den Händen am Fenster. Ihr Blick war fest auf die grüne Baumdecke geheftet, die unter ihnen vorbeiglitt. Schröder war ganz in Gedanken. Er stellte sich einen Mann vor, der mit einer Leiche über der Schulter über den Trampelpfad ging. Dieser Mann hatte kein Gesicht. Er trug einen schwarzen Regenmantel und einen schwarzen Hut. Ein Totengräber, der die Leiche auf der Lichtung ablegte und einen blitzenden Spaten hervorholte, mit dem er das Loch auszuheben begann. Aber nicht bevor er sich umgesehen und nach irgendeinem System genau diese Stelle auf der Lichtung ausgesucht hatte.

Unter ihnen riss plötzlich der Wald auf, und die Lichtung wurde sichtbar. Das rotweiße Absperrband leuchtete auf dem Grün und Schwarz des Waldbodens. Der Pilot flog eine Kehre und drosselte die Geschwindigkeit. Jetzt stand der Hubschrauber genau über der Grabstelle. Der Wind der Rotorblätter riss einige Bänder ab und ließ sie haltlos herumwehen. Schröder und Elin blickten nach unten. Die Anordnung der Gräber hatte tatsächlich eine Struktur. Sie bildeten eine Zahl. Es war eine Acht.

Kapitel 14

Die Fotos, die Elin aus dem Hubschrauber geschossen hatte, hingen nun an einem Flipchart in der Einsatzzentrale. Schröder, Elin und Wegener sahen sich die Bilder an. Es war bereits 20 Uhr. Elin wollte ihre Vermutungen zuerst mit Wegener allein besprechen, bevor sie das Team informierten.

»Dies ist keine zufällige Anordnung! Er hat Kontakt zu uns aufgenommen!« Als sie diese Worte sprach, lief ein kalter Schauer über Schröders Rücken. Es war unheimlich zu wissen, dass diese schwarze, gesichtslose Gestalt ihnen etwas mitteilen wollte. Er wusste, dass diese Botschaft den Adressaten erreichen würde, doch der Absender blieb anonym. Jemand sah sie, aber sie konnten ihn nicht sehen. Schröder meinte, den Blick des Mörders in seinem Rücken zu spüren.

»Und was soll das bedeuten, diese Zahlen? Siebzehn und acht?«, fragte Wegener.

»Nun, die Zahl Acht steht vielleicht im Zusammenhang mit der Anzahl seiner Opfer. Acht ist die Quersumme von siebzehn! Wenn wir davon ausgehen, dass dieser Friedhof, den wir da gefunden haben, nicht der einzige war und er seine Friedhöfe nummeriert hat, dann könnte es noch mindestens sieben weitere dieser Massengräber geben. Nur mal angenommen, das ist ein System, dann hieße das, in Grab Nummer sieben finden wir sechzehn Leichen. In Grab Nummer sechs finden wir fünfzehn und so weiter«, sagte Elin.

Schröder ließ verzweifelt den Kopf hängen. Das, was Elin da ausrechnete, war eine derart schreckliche Vorstellung, dass er sie lieber gar nicht in Betracht ziehen wollte. So etwas konnte es doch nicht geben. Wegener war ebenso schockiert, und er rechnete.

»Mein Gott, das hieße ja …«

»Es wären insgesamt 108 Opfer«, sagte Elin und fügte schnell hinzu: »Wenn diese Quersummentheorie stimmen sollte. Fest steht, dass er eine Affinität zu Zahlenspielen hat. Mathematik könnte ein Teil seiner beruflichen Ausbildung sein!«

»Aber 108 Opfer, das kann doch nicht sein!«, sagte Wegener.

»Ich halte diese Zahl ebenfalls für zu hoch! Aber man muss die Möglichkeit in Betracht ziehen. Man müsste jetzt nach ähnlichen Orten wie diesem suchen.«

»Suchen? Aber wo denn? Wissen Sie, wie groß der Teutoburger Wald ist?«

»Wir müssen sogar davon ausgehen, dass er eine solch große Anzahl an Opfern nicht in ein und demselben Gebiet getötet haben kann. Diese Massengräber können über das ganze Land verteilt sein. Wir müssen seine Vorgehensweise mit anderen Städten abgleichen.«

»Das ist doch kaum möglich! Schröder, was sagst du dazu?«

»Ich hab zwei Fußabdrücke gefunden.«

Elin und Wegener stutzten. Elin, weil Schröder ihr bis jetzt noch nichts davon erzählt hatte. Das war eine Information, die sie gerne gleich vor Ort von ihm gehört hätte. Wegener verstand nicht, was dieser Einwurf jetzt hier zu suchen hatte. Er war ohnehin schon durcheinander und überfordert. Schröder verwirrte ihn nur noch mehr.

»Ich meine hierzu! Hast du hierzu eine Meinung?«, fragte er.

»Der lacht uns aus! Wir stellen hier irgendwelche Rechnungen auf, und er lacht uns aus! Vielleicht ist es eine Acht, vielleicht will er uns aber nur an der Nase herumführen. Wir sollten mit den Fakten arbeiten!«

»Sie haben recht, Schröder«, sagte Elin, »aber wenn wir wissen, was er mit diesen Zahlenspielen bezweckt, fällt meine Profilanalyse ganz anders aus.«

»Ach ja, richtig! Dann können Sie uns sagen, wie groß er ist, welche Haarfarbe er hat, ob er Katzen liebt, und natürlich auch, wo er zur Zeit wohnt!« Schröder sah Elin fest in die Augen, sodass kein Zweifel mehr bestand, für wie nichtig er ihre Mutmaßungen hielt.

»An wen muss ich mich wegen der Fußabdrücke wenden?«, fragte er Wegener.

»Jensen und Hartmann! Du findest sie drüben in der Technik!«

Schröder ging, und Elin versuchte zu verdrängen, wie desaströs ihr erster Tag mit ihrem neuen Partner verlaufen war. Ihrer Arbeit war noch nie so wenig Respekt entgegengebracht worden.

»Wir müssen diese Suchaktion starten!«

Auch Wegener machte sie nervös. Alles, was Schröder an eigenem Willen zu viel hatte, hatte Wegener zu wenig. Er war ein kleiner unsicherer Junge und zögerte bei jedem Schritt, den er tat.

»Wir warten noch einen Tag ab!«, sagte er, und Elin hatte keine andere Antwort erwartet.

Der nächste Tag begann für Schröder und Elin in der Gerichtsmedizin. Hierher waren alle Leichen zur Untersuchung gebracht worden. Allein das stellte schon eine beträchtliche logistische Leistung dar. Die Räumlichkeiten und vor allem die Kühlräume waren nicht für eine so große Anzahl von Leichen ausgelegt. Man musste sich damit behelfen, dass man die Leichen, von denen man nur noch Überreste gefunden hatte, zusammen mit anderen in ein Kühlfach legte.

Schröder und Elin gingen einen Flur entlang, dessen Boden und Wände weiß gefliest waren. Eine Fensterreihe ließ nur wenig Licht herein, da sie sich hier im Souterrain befanden. Vor den Fenstern platschte der Regen in die Pfützen. Es gluckste in den kleinen Gullys.

»Sie glauben nicht an das, was ich tue, nicht wahr?«, fragte Elin und sah Schröder, der vor einer Tür stehen blieb, aufmerksam an.

»Ich glaube an das, was der Mörder tut.«, sagte er und drückte die Tür auf. Eisige Luft spülte ihnen entgegen und kroch unter ihre Kleidung. Hier standen sechs Seziertische, von denen fünf mit einem weißen Tuch abgedeckt waren. Die unregelmäßigen Konturen unter den Tüchern ließen erahnen, in was für einem Zustand sich die Leichen befanden. Auf dem sechsten Tisch lag die Leiche von Annette Krüger. Keller, Trostmann und Weise, der Gerichtsmediziner, waren bereits anwesend und warteten auf die beiden. Im kalten Licht leuchtete die Haut von Annette Krüger so weiß wie Schnee. Schröder fühlte sich augenblicklich, als habe man ihn in Trance versetzt. Es zog ihn zu der Leiche hin, doch gleichzeitig wollte er weglaufen, fliehen vor dem, was er gleich sehen würde. Dieser Anblick würde sich für immer und unauslöschlich in sein Gehirn brennen. Sein Mund war trocken, das Schlucken schmerzte.

Er hatte den Tisch erreicht. Er grüßte keinen der Männer, das war überflüssig. Sie alle standen betreten um die Leiche herum, weil das Leid dieser jungen Frau so schonungslos offen vor ihnen lag. Unendliches Mitleid erfasste Schröder wie eine Flutwelle. Er sah die Wunden, schreckliche Verletzungen, die dunkelrot in der weißen Haut lagen. Aus der Schulter war offensichtlich Fleisch herausgeschnitten worden. Sie hatte Wunden an Hand- und Fußgelenken, an den Knien, den Schienbeinen und der Stirn. Sie lag so schutzlos da, so ausgeliefert, dass Schröder die Tränen kamen. Er hielt sich eine Hand vor den Mund, um ein Schluchzen zu unterdrücken. Tränen quollen aus seinen Augen und fielen auf das graue Linoleum, wo sie sternförmig zerplatzten. Es war ungewöhnlich und schockierend, einen erwachsenen Mann weinen zu sehen. Bei Schröder hätte Elin es nicht erwartet. Doch hier drin war es mehr als verständlich. Es war fast natürlich, und sie wunderte sich über sich selbst, dass sie nicht weinen musste. Keller stubste Trostmann an. In ihrem ständigen Kampf gegen Schröder war das ein kleiner Sieg für sie. Schröder zeigte Schwäche. Er weinte wie ein Frauenzimmer. Trostmann konnte sich ein Grinsen nicht verkneifen, und nur einen Augenblick später trat Weise auf ihn zu und gab ihm eine schallende Ohrfeige.

»Es liegen siebzehn Frauen in diesem Raum, die alle unvorstellbare Qualen erleiden mussten! Schmerzen, die Sie sich nicht einmal vorstellen können! Zeigen Sie etwas Respekt!«, fuhr er Trostmann an. Trostmann war so überrascht, dass er sich nicht bewegen konnte. Er starrte dem wütenden Weise in die Augen, konnte aber nicht reagieren.

»Macht, dass ihr rauskommt!«, sagte Schröder, und Keller zog Trostmann zurück. Sie verließen den Raum, und die Tür fiel krachend ins Schloss. Es wurde wieder still. Stumm senkten Elin, Weise und Schröder ihre Blicke auf die Leiche.

»Etwas Derartiges habe ich noch nicht gesehen!«, sagte Weise.

»Was können Sie uns sagen?«, fragte Elin.

»Zunächst einmal etwas sehr Ungewöhnliches. Sie ist ertrunken!«

Schröder und Elin glaubten, sich verhört zu haben.

»Ich weiß, was Sie denken, aber es ist so.«, beteuerte Weise.

»Er hat sie ertränkt?«, fragte Schröder ungläubig.

»Ich habe keine Kratzer oder Blutergüsse finden können, die auf einen Kampf hindeuten würden. Sehr wohl aber Fesselspuren.« Er deutete mit dem kleinen Finger auf die Einschnitte an Annettes Gelenken.

»Mir ist kein Fall bekannt, in dem ein Serienmörder seine Opfer ertränkt hätte.«, sagte Elin. Sie nahm einen Notizblock aus ihrer Tasche, schrieb das Wort »Wasser« hinein und unterstrich es dreimal. Anschließend holte sie ihren Fotoapparat hervor und begann, Fotos zu schießen.

»Diese Schürfwunden deuten darauf hin, dass sie längere Zeit gekniet haben muss«, erklärte Weise und fuhr fort, »die Wunde auf der Stirn scheint von einem Sturz zu stammen. Interessant wird es auf dem Rücken.« Weise drehte Annette auf die Seite.

»Der Täter hat ihr Stücke aus dem Trapezmuskel herausgeschnitten. Außerdem erkennt man hier Hämatome, die von mehreren länglichen Gegenständen stammen, die erheblichen Druck ausgeübt haben mussten.« Elin machte von allen Wunden Fotos.

»Post mortem?«, fragte sie.

»Die Hämatome nicht. Die Schnittwunden sind post mortem. Der Täter hat sie auch post mortem vergewaltigt. Das Sperma wird im Labor untersucht.« Weise musste sich räuspern und sprach etwas leiser weiter. »Und er hat ihre Genitalien verstümmelt!«

»In welcher Form?«, fragte Elin. Sie war hochkonzentriert. Jede Information war ein kleines Mosaikstückchen, aus dem sie ein Bild des Täters zusammensetzen musste.

»Er hat ihre inneren und äußeren Schamlippen entfernt, ebenso wie die Zunge! Das muss mit einem sehr scharfen Messer geschehen sein. Und das Opfer lebte dabei noch!« Schröder schloss die Augen. Aber seine Gefühle blieben. Er hätte schreien können, so sehr tat ihm dieses Mädchen leid, so sehr hätte er alles wieder rückgängig machen wollen, sie retten wollen. Aber es war zu spät. Nichts konnte ihr Martyrium ungeschehen machen.

»Sie haben also Wasser in der Lunge gefunden?«

»Richtig. Es ist auch im Labor zur Analyse.«

»Todeszeitpunkt?«

»Sie ist seit mindestens sechs Tagen tot.«

»Und die anderen Opfer? Gibt es Parallelen?«, fragte Schröder.

Weise ging zu einem zweiten Tisch und hob das Tuch an. Darunter stand nur ein rechteckiger, weißer Behälter, in dem sich bräunliche Knochenreste und ein Totenschädel befanden.

»Dieses Opfer wird sein erstes gewesen sein. Es ist vermutlich seit acht bis zehn Jahren tot.«

»Finden Sie nicht, dass wir uns jetzt einen Drink verdient haben?«, fragte Elin, als sie wieder draußen auf dem Flur standen. Vielleicht würde Schröder bei einem Glas Whisky endlich auftauen.

»Was trinken? Jetzt?«, fragte Schröder.

»Na kommen Sie! Ich lade Sie ein.« Elin ging einfach voraus, ohne auf seine Antwort zu warten.

Schröder wollte es sich zwar nur ungern eingestehen, aber irgendwie gefiel ihm dieses vorlaute Mädchen auch.

Es war Mittagszeit, und bis auf einen Gast waren sie allein in der Bar. Elin winkte den Barkeeper zu sich.

»Einen doppelten Bourbon, bitte! Und für sie?«

»Scotch, doppelt!«, sagte Schröder. Der Barkeeper nahm zwei Gläser aus dem Schrank und schenkte ihnen gleichzeitig ein. Sie prosteten sich zu und nahmen beide einen großen Schluck.

»Wenn das erste Opfer acht Jahre tot ist, ist es sehr wahrscheinlich, dass er auch erst seit acht Jahren hier lebt, wenn es das einzige Grab hier in Osnabrück bleibt.«

»Was müssen diese Mädchen ertragen haben? In welcher unglaublichen Angst sind sie von der Welt gegangen?« Schröder spürte den Alkohol in seinem Kopf rauschen. Es war, als sei er in einen Fluss eingetaucht, und die Strömung trüge ihn mit sich fort.

»Sie dürfen niemals über so etwas nachdenken! Niemals!«, sagte Elin scharf. Sie wusste, wie gefährlich es war, sich emotional zu sehr auf solche Fälle einzulassen. Viele Beamte endeten beim Psychiater, hatten Probleme, die sie ihren Beruf nicht mehr ausüben lassen konnten. Wenn man so viel Böses sah wie ein Polizist, wurde die Welt nur noch ein Ort der Furcht und der Trauer.

»Können Sie das? Einfach alles ausblenden?«, fragte Schröder, und er klang fast ein wenig verloren dabei.

»Einen kühlen Kopf zu bewahren, ist meine Stärke, denke ich. Sonst wäre ich nicht da, wo ich heute bin. Vielleicht habe ich aber auch einfach zu viel Angst.«

»Dann ist es wohl meine Stärke, ständig darüber nachdenken zu müssen. Es ist meine einzige Antriebskraft«, sagte Schröder.

»Sie sehen nicht aus, als hätten Sie Spaß an ihrer Arbeit. Aber haben Sie nicht auch den Drang, ständig neue Rätsel lösen zu wollen, hinter das Geheimnis zu kommen?«

»Das hier ist kein Spiel, wissen Sie? Ich will kein Rätsel lösen und auch nicht meine Neugier befriedigen. Ich will, dass …« Er überlegte eine Weile, bevor er den Satz beendete. »… dass jemand für sein Tun bestraft wird. Es geht nicht um Auge um Auge, Zahn um Zahn, aber Verbrechen müssen eine Konsequenz haben. Für das Opfer und für die, die Opfer werden könnten. Nennen Sie es Gerechtigkeit oder wie Sie wollen. Sie haben recht, dass mein Job mir keinen Spaß macht. Aber es ist richtig, was ich tue.«

Schröder bemerkte, dass er viel zu redselig wurde. Elin versuchte wieder, ihm zu nahezukommen, und der Alkohol hatte seine Zunge zu sehr gelockert.

»Ich muss jetzt los.«, sagte er und leerte sein Glas.

»Wo wollen sie hin?«

»Geht Sie nichts an.«

Kapitel 15

Jensen und Hartmann hatten einen Silikonabdruck von den Fußspuren im Wald angefertigt. Aber sie hatten Schröder nicht viel Hoffnung gemacht, die beiden sich überlappenden Abdrücke auseinanderdividieren zu können. Falls doch, konnte es noch mal zwei Wochen dauern, bis sie den passenden Schuh dazu gefunden hatten. Zwei Wochen waren eine lange Zeit, doch Schröder hatte ein gutes Gefühl, was diese Spur anbetraf. Sie war wichtig, sie könnte entscheidend sein, und er setzte eine Menge seiner Hoffnungen auf sie. Das sagte er auch Jensen und Hartmann. Sie sollten ihre Arbeit gründlich machen.

Elin hatte Schröder gebeten, den Polizisten aufzusuchen, der Annette Krügers Auto gefunden und gemeldet hatte. Sie erhoffte sich mehr Informationen von ihm, als die Geschichte von dem Haufen Hundescheiße, den Trostmann und Keller angeschleppt hatten. Schröder saß der Besuch bei Annettes Eltern noch in den Knochen. Er war heute morgen bei ihnen gewesen, in dem von Hitze und Angst erfüllten Haus, und hatte ihnen mitgeteilt, dass ihre Tochter ermordet worden war. Zum Glück hatten sie zur Identifizierung nicht die Hilfe der Eltern in Anspruch nehmen müssen, und so konnte Schröder sie mit den schrecklichen Details verschonen. Es war erschütternd, die Reaktion der Eltern zu sehen. Allein der Gedanke an den Ausdruck in Frau Krügers Augen, ließ Schröder das Blut in den Adern gefrieren. Er hatte sich schrecklich deplatziert gefühlt in diesem Moment der tiefsten Trauer. Einen intimeren Augenblick gab es wohl kaum, außer vielleicht den des Sterbens selbst. Jetzt waren die Eltern in psychologischer Betreuung. Und Schröder selbst spürte noch ein nervöses Zittern in seinem Körper.

Er und Elin fuhren raus nach Belm, die langsam aber stetig ansteigende Straße hinauf. Schröder, der in Osnabrück geboren worden war, kannte diese Straße nur zu gut. Seine Großeltern hatten früher in Belm gewohnt, und jeden Mittwoch war er nach der Schule mit dem Fahrrad zu ihnen gefahren. Er hatte diese Straße gehasst. Nur auf dem Rückweg mochte er sie, wenn er sich einfach nur hatte rollen lassen müssen und den Berg hinunterschoss. Das Hochfahren war ein Qual. Der Anstieg wollte und wollte einfach nicht enden. Was hatte er geflucht auf dieser Strecke. Er musste lächeln. Es waren dennoch gute Erinnerungen. Seine Großeltern waren gute Menschen gewesen.

Die Polizeistation war in einem Einfamilienhaus in einer Wohngegend untergebracht, und nur ein Polizeischild an der Hausfront und ein Polizeiwagen in der Auffahrt machten sie als solche kenntlich. Die Eingangstür war nur angelehnt, also klingelte Schröder nicht, sondern trat einfach ein. Elin folgte ihm in einen dunklen Flur. Hier hingen Jagdtrophäen an den Wänden. Hirschköpfe, die sie aus großen, glänzenden Augen anstarrten. Am Ende des Gangs war seitlich eine Tür geöffnet, und gelbes Licht fiel in den Flur. Man hörte Stimmen, und eine Schreibmaschine ratterte blechern. Sie gingen weiter und fanden einen kleinen, muffigen Büroraum, der mit dunklen Möbeln aus Eiche zugestellt war. Am Schreibtisch saß Winkler und tippte konzentriert, sodass er Schröder und Elin nicht bemerkte. Vor ihm saß Herr Sachs und rauchte nervös.

»Gut, deine Personalien hab ich. Du willst also eine Körperverletzung anzeigen. Erzähl doch mal, was passiert ist!«

»Na ja, die Körperverletzung fand statt, indem meine Frau mich mit der Melkmaschine angegriffen hat!«

»Mit der was?«, fragte Winkler. Er sah auf und bemerkte Schröder und Elin. Schröder deutete an, dass er weitermachen sollte. Es klang nach einem sehr interessanten Fall aus dem Alltag eines Osnabrücker Dorfpolizisten. Auch Elin schien amüsiert. Sachs hatte von ihrer Anwesenheit immer noch nichts mitbekommen.

»Mit der Melkmaschine! Kannst du dir vorstellen, was passiert wäre, wenn mein Schwanz da reingekommen wär?«, rief Sachs erbost.

»Dein ... wieso ... warst du vielleicht nackt im Stall, oder was?«

»Na ja, schon!«

»Kalle, was machst du nackt im Stall?«

»Nicht, was du denkst!«

»Sondern was?«

»Na ja, die Schwester meiner Frau war auch noch da!«

»Die … Du hast Konstanze gebumst?«

»Na ja, schon!«

Winkler riss das Formular aus der Schreibmaschine und warf es weg.

»Sei froh, dass dein Schwanz noch dran ist! Geh nach Hause und entschuldige dich bei deiner Frau, verdammt!«

»Aber …«

»Kein Aber! Kauf ihr 'n Strauß Blumen oder was man sonst so schenkt!« Winkler stand auf und winkte Sachs aus seinem Büro. Sachs erschrak, als er Schröder und Elin sah. Peinlich berührt senkte er den Kopf und schob sich an ihnen vorbei in den Flur.

»Tut mir leid, was kann ich für Sie tun?«, fragte Winkler und bot den beiden einen Stuhl an. Schröder blickte auffordernd zu Elin.

»Herr Winkler, mein Name ist Nowak, das ist Oberkommissar Schröder. Wir ermitteln in dem Fall der verschwundenen Annette Krüger. Wir haben ein paar Fragen zum Auffinden des Wagens.« Mit Informationen war Elin tatsächlich sehr vorsichtig. Nicht mal dem Polizisten gegenüber erzählte sie von dem Fund im Wald und dem Mord an dem Mädchen. Konsequent war sie, das musste Schröder ihr lassen.

»Sicher, ich helfe Ihnen gerne weiter! Ich hörte, Sie haben bereits einen Verdächtigen?«

Die Sache mit Mike war etwas, das Schröder nicht zur Diskussion stellen wollte. Zumal Elin keine Kenntnis davon haben konnte. Also antwortete er schnell und abschließend.

»Leider nein.« Winkler stutzte kurz, hörte dann aber Elin zu.

»Es wäre schön, wenn Sie sich erinnern könnten! Können Sie mir sagen, wie der Wagen genau stand?«

»Er stand in Richtung Belm. Auf dem Grünstreifen neben der Fahrbahn.«

»Haben Sie damals irgendwelche Bremsspuren entdecken können?«

»Nein, ich hab mich extra noch mal umgesehen. Da waren keine Bremsspuren.«

»Und Reifenspuren von anderen Autos?«

»Könnte sein, dass auf dem Grünstreifen welche gewesen sind. Aber nicht auf der Straße.«

»Steckte der Zündschlüssel noch?«

»Nein, aber die Tür war offen.«

»Sonst ist Ihnen nichts aufgefallen? Wir brauchen jeden noch so kleinen Hinweis.«

»Ich konnte ja nicht wissen, dass ein Verbrechen dahintersteckt. Sonst hätte ich viel genauer hingesehen! Aber hier draußen passiert nicht viel. Es ist ruhig und friedlich hier.«

»Gut, vielen Dank, Herr Winkler! Wenn wir noch weitere Fragen haben, kommen wir auf Sie zu.«, sagte Elin und erhob sich.

»Jederzeit! Sind Sie denn weitergekommen? Haben Sie eine Ahnung, wo das Mädchen sein kann?«, fragte Winkler.

»Ich kann Ihnen keine Informationen geben. Auf Wiedersehen!«

Winkler begleitete die beiden bis zur Tür.

»Hübsche Trophäen haben sie da.«, sagte Schröder anerkennend.

»Ja, manche spielen Fußball, ich jage gerne.«

Sie verabschiedeten sich, und Schröder und Elin stiegen in den Wagen.

»Warum stellen Sie eigentlich keine Fragen?«, wollte Elin wissen.

»Weil ich nur Ihr Chauffeur bin.«, sagte Schröder und ließ den Motor an.

»Zum Schmollen ist jetzt keine Zeit! Sagen Sie mir, was Sie denken! Annette Krüger streitet mit ihrem Freund und fährt allein auf der Landstraße. Keine Bremsspuren. Sie hält einfach mitten in der Nacht an und parkt auf dem Seitenstreifen. Warum tut sie das?«

»Er täuscht eine Panne vor. Vielleicht wollte sie ihm helfen? Oder er versucht es als Anhalter.«

»Aber wie schafft er dann ihre Leiche weg?«

»Er könnte seinen Wagen weiter hinten an der Straße geparkt haben.«

»Aber dann müsste sie nicht auf dem Seitenstreifen halten. Ich denke, die Idee mit der Panne ist gar nicht so abwegig.«

Bei dem nächsten Meeting präsentierte Elin ihre erste Theorie zu Annettes Fall. Sie stand vor dem versammelten Team. Auch Wegener war anwesend.

»Wir vermuten, dass er eine Autopanne vortäuscht und die Hilfsbereitschaft der Frauen ausnutzt. Wenn sie ausgestiegen sind, überwältigt er sie und schafft sie in seinem Wagen weg. Annette Krüger war mit Kabeln an Händen und Füßen gefesselt. Zuerst schnitt er seinem Opfer die Zunge heraus, bevor er es dann nackt in einen sehr engen Käfig oder ein Verlies sperrte. Das Opfer wird so mehrere Stunden oder auch Tage zugebracht haben, bis der Täter es schließlich ertränkte. Laut Labor handelt es sich um sehr kupferhaltiges Leitungswasser. Nach dem

Eintritt des Todes wurde das Opfer vergewaltigt. Wir suchen derzeit noch nach einer passenden DNS-Probe in den Archiven. Des Weiteren wurden dem Opfer Teile aus der Rückenmuskulatur herausgeschnitten, was ich nicht für einen Teil des Handlungsmusters halte. Vielmehr denke ich, dass er versucht hat, Bissspuren zu beseitigen.«

»Er ist nekrophil und kannibalisch?«, fragte Wegener.

»Nekrophil, ja! Kannibalisch, nein! Während einer Vergewaltigung kann ein Täter derart in Wut und Rage geraten, dass er sein Opfer verletzen muss. Beißen ist eine verbreitete Art solcher Wutäußerungen. Die Position dieser vermeintlichen Bissspuren lässt den Schluss zu, dass er sein Opfer von hinten vergewaltigt hat. Ein Zeichen dafür, dass er seinem Opfer nicht ins Gesicht sehen kann. So paradox das klingt, aber er hat Angst davor.

Danach verstümmelte er die Genitalien. Ein Akt von Abscheu gegenüber dem weiblichen Geschlecht. Die abgeschnittene Zunge diente ihm wahrscheinlich als Trophäe! Frauen scheinen für ihn Lügnerinnen zu sein. Also entfernte er das Werkzeug dieser Lügen.«

Niemand sagte etwas. Es war so still, dass man jeden einzelnen Regentropfen hören konnte, der draußen auf die Dächer der parkenden Streifenwagen trommelte.

»So viel von meiner Seite. Trostmann, Keller, haben Sie weitere Informationen über die Identität der anderen Opfer?«

Trostmann stand auf und kam nach vorn. Er hatte einen kleinen Zettel vorbereitet, von dem er hin und wieder ablesen musste.

»Laut Gerichtsmedizin ist Annette Krüger das letzte Opfer gewesen. Wir konnten bis jetzt zwei weitere Mädchen identifizieren. Zum einen Tanja Suchinsky aus Osnabrück und Jennifer Wieland aus Ibbenbühren. Tanja

Suchinsky ist dreiundzwanzig Jahre alt und ist vor vier Monaten als vermisst gemeldet worden. Sie verschwand auf dem Heimweg von der Disco. Ihr Auto stand auf der Landstraße, genau wie bei Annette Krüger. Jennifer Wieland ist zwanzig Jahre alt und seit acht Monaten als vermisst gemeldet. Man fand ihr Fahrrad abgestellt an einer Landstraße. Sie war auf dem Weg zu ihrem Freund.«

Schröder kannte diese Namen nur zu gut. Keiner hatte ihm glauben wollen, und jetzt, da er sah und alle anderen sehen konnten, dass er recht gehabt hatte, stimmte ihn das nur noch trauriger. Wie gern wäre er im Unrecht gewesen.

»Was heißt, das Fahrrad war abgestellt?«, fragte Elin.

»Es lag nicht, sondern es stand mit ausgeklapptem Ständer an der Straße. Die Eltern selbst fanden es.«

»Ist das alles?«

»Ja, mehr haben wir noch nicht.«

»Gut, wenn sonst niemand etwas hat, beende ich das Meeting. Vielen Dank!«

Trostmann wollte wieder zu seinem Platz gehen, als Elin ihn am Ärmel festhielt.

»Trostmann? Wie ich gehört habe, haben wir es ihrer Nachlässigkeit zu verdanken, dass wir nicht mehr Spuren vom Fundort des Wagens sichern konnten. Wenn wir in einigen Punkten nicht weiterkommen, liegt das an Ihnen und Keller!«

Sie ließ ihn los, und Trostmann schlurfte wie ein geprügelter Hund davon.

Schröder sah Elin mit unbewegter Miene an. In seinen Augen lag ein kaum merkliches Funkeln. Ihr Auftreten Trostmann gegenüber gefiel ihm. Nicht weil es Trostmann war, das war nur ein kleiner Bonus für Schröder. Nein, es gefiel ihm, wie konsequent Elin zu dem stand, was sie sagte, und wie sie vor Konfrontationen nicht zurückschreckte. Sie war fremd hier und die einzige Frau. Das imponierte Schröder.

Und Elin war offenbar noch nicht fertig. Sie wandte sich an Wegener, der nachdenklich vor den Fotos stand.

»Herr Wegener, Sie müssen bald eine Entscheidung treffen. Wir müssen nach weiteren Massengräbern suchen. Es muss eine groß angelegte Suchaktion geben!«

»Ich denke, dass wir dadurch nur die Öffentlichkeit in Panik versetzen. Ich will erst einen Beweis für Ihre Theorie haben.«, wehrte Wegener Elin ab.

Jetzt schaltete Schröder sich ein. »Das letzte vermisste Mädchen, Marie Karmann, war nicht unter den Opfern, die wir gefunden haben. Das heißt, dass er sie woanders vergraben hat. Selbst wenn Frau Nowaks Theorie falsch ist, müssen wir weiter nach Maries Leiche suchen!«, sagte Schröder.

»Ich muss noch ein paar andere Aspekte im Auge behalten. Ihr macht, was ich sage! Wir warten noch!«, schmetterte Wegener alle weiteren Einwände ab und entfernte sich, ohne Elin oder Schröder weiter anzuhören.

»Was ist los mit ihm?«, fragte Elin verzweifelt.

»Er hat Angst.«

»Die haben wir alle.« Elin atmete tief ein und stieß die Luft sogleich wieder hörbar aus ihren Lungen. »Sie sprachen gerade das noch vermisste Mädchen an. Ich glaube nicht, dass sie von unserem Killer getötet wurde. Der zeitliche Abstand ist einfach zu ungewöhnlich. Zwischen Annette Krüger und Tanja Suchinsky liegen vier Monate. Und dann holt er sich ein Mädchen nur vier Tage später? Nein, das ist zu schnell.«

Schröder blickte auf seine Hände. Er war anderer Meinung.

»Es gibt da etwas, das Sie noch nicht wissen! Wegener hatte Mike, den Freund von Annette Krüger, in Gewahrsam genommen, und Keller und Trostmann haben ihn im Verhör so weit gebracht, dass er gestanden hat. Es gab eine Pressekonferenz, in der Wegener sagte, sie hätten einen Verdächtigen festgenommen. Das war letzten Mittwoch. In dieser Nacht ist Marie verschwunden.«

»Mein Gott, das ist doch …« Elin fehlten die Worte. Sie konnte nicht glauben, was in dieser Abteilung vor sich ging. Schröder schien der einzig vernünftige Mensch hier zu sein. Mal abgesehen davon, dass er sich ihr gegenüber nicht gerade wie ein Gentleman verhielt. Aber dieses Verhör und die Pressekonferenz hatten eine ganz andere Tragweite.

»Vielleicht hat ihn die Nachricht von dem Verdächtigen dazu getrieben«, vermutete Schröder.

»Sie haben Recht. Das könnte sein.«, sagte sie. »Er wollte nicht, dass sie einen anderen für seine Tat verhaften. Er will den zweifelhaften Ruhm für sich haben.«

Schröder nickte. »Er ist eitel!«

»Ja, das ist etwas, das ihm schaden und uns nützen könnte. Wenn ihn eine solche Meldung dazu bewegt, ein weiteres Mädchen zu entführen, gibt uns das mehr Informationen und Beweise. Wir könnten ihn manipulieren und zu Fehlern zwingen.«

»Wenn ihn eine solche Meldung dazu gebracht hat, sollten wir es mit aller Kraft verhindern, dass sich das wiederholt! Sie wollen doch nicht Schuld am Tod eines weiteren Mädchens sein!«

»Es klingt grausam, aber manchmal sind proaktive Maßnahmen der Schlüssel zur Aufklärung von Serienverbrechen. Wieder töten wird er so oder so.«

Schröder konnte Elins gefühlskalte Äußerung nicht begreifen. Wie konnte sie so denken? Sie redete wie ein verdammter Roboter.

»Ihre proaktiven Maßnahmen können Menschen töten. Der Zweck heiligt nicht die Mittel. Ganz besonders in so einem Fall nicht. Wir haben siebzehn tote Mädchen! Siebzehn! Und ich will nicht noch so ein Kind in der Gerichtsmedizin begutachten müssen! Wenn Sie etwas in der Richtung unternehmen, werde ich das nicht tolerieren!«

»Ich bin die Leiterin dieser Soko!«, verteidigte Elin sich.

Beide standen sich jetzt gegenüber wie Streithähne.

»Notfalls gehe ich damit an die Presse! Dann dürfen Sie den Eltern in dieser Stadt ihre Maßnahmen erklären!«

Elin wusste, dass sie keine Chance haben würde, die Sache durchzuziehen, wenn eine solche Information nach außen drang. Die Eltern und wahrscheinlich jeder andere Mensch in der Stadt würden sie zerfleischen.

Kapitel 16

Schröder quälte ein schlechtes Gewissen. Er hatte Karl in den letzten Tagen zu lang allein lassen müssen. Alles im Haushalt war liegen geblieben. Sein Vater musste wieder geduscht werden, und Schröder bezweifelte, dass er saubere Wäsche trug. Jedes Mal, wenn Schröder die Haustür aufschloss, hatte er Angst, seinen Vater tot oder verletzt aufzufinden. Immer, wenn er den Schlüssel im Schloss drehte und die Tür aufschob, fürchtete er, gegen den Körper seines Vater zu stoßen, der leblos hinter der Tür lag. Er hätte einen weiteren Schlaganfall bekommen oder einfach nur unglücklich stürzen können.

An diesem Abend fand er seinen Vater nicht am Boden und auch nicht auf der Couch liegend, wie sonst immer. Diesmal saß er zusammen mit Petri am Esstisch, und die beiden genossen ein kühles Bier. Karl leckte sich gerade den Schaum von der Oberlippe und strahlte seinen Sohn an.

»Schröder! Schön, dass du kommst, sieh mal, wer da ist!«

»Hallo, Rolf!«, begrüßte Schröder seinen Freund.

»Dein Vater weigert sich, mich zu duzen«, fing Petri an, »Wir kennen uns jetzt zehn Jahre, und er sagt immer noch Dr. Petri!«

»Er ist sehr eigen.«, entgegnete Schröder, »Hoffentlich ist das dein erstes Bier, Papa! Du weißt, dass du nicht so viel trinken darfst!«

»Herrje, Schröder! Entspann dich! Er ist unter ärztlicher Aufsicht!« Die beiden prosteten sich zu und tranken einen weiteren Schluck.

»Seid ihr weitergekommen?«, fragte Karl.

»Kann ich nicht sagen.«

»Kannst du nicht sagen oder darfst du nicht sagen?«, wollte Petri wissen.

»Beides.«

»Aber wir sind doch Vertrauenspersonen, sieh uns an!«

Schröder blickte ungläubig auf die beiden Männer mit ihren Biergläsern in den Fäusten. In der Küche entdeckte er einen Topf Nudeln mit Tomatensoße.

»Ich hab mir erlaubt, was zu kochen von den spärlichen Resten an Nahrungsmitteln in diesem Haus!«, rief Petri.

Schröder aß ein paar Nudeln mit den Fingern, während Petri mit den schmutzigen Tellern in die Küche kam.

»So was wie Esskultur sagt dir nicht viel, was?«

»Keine Zeit für so was.«

»Das scheint deine Standardausrede zu sein. Ich hab im Krankenhaus nachgefragt, wie deine Untersuchung gelaufen ist. Da wurde mir gesagt, dass du den Termin abgesagt hättest.«

»Schnüffelst du mir jetzt hinterher?«

»Ich finde nicht, dass du jedes Mal zu mir kommen kannst, wenn du halb gelähmt bist. Ich werde dir keine Spritzen mehr geben! Meine Behandlungsmöglichkeiten sind ausgereizt. Such dir 'n anderen Arzt!«

»Du erpresst mich!«

»Ich kann es nicht mehr länger verantworten!«

»Du brauchst überhaupt nichts zu verantworten!«, zischte Schröder und aß noch mehr Nudeln. Petri wusch die Teller ab.

»Kommt dein Vater eigentlich allein klar?«, fragte er.

»Musst du eigentlich in jeder Wunde rumstochern? Du siehst doch, was los ist. Also frag nicht. Such mal zur Abwechslung ein paar Fehler bei dir!«

»Ich mache keine Fehler!«

Schröder lachte. »Bescheiden, wie immer, Herr Doktor!«

»Ich kann's mir halt leisten!«

»Dein Fehler war, Veronika gehen zu lassen. Die Neue ist gelinde gesagt gewöhnungsbedürftig.«

Petris Blick veränderte sich schlagartig. Es war, als legte sich ein Schatten auf sein Gesicht. Er hielt kurz in der Bewegung inne und wusch dann weiter ab, nur langsamer.

»Was ist denn da gelaufen?«

»Keine Ahnung, wovon du sprichst.«

»Tina hat so komische Andeutungen gemacht.«

»Du musst hier mal 'n bisschen Ordnung schaffen! Besorg dir 'ne Putze oder 'ne Betreuung für deinen Vater. Hier sieht's echt scheiße aus!«, regte Petri sich plötzlich auf. Er warf die Teller zurück in die Spüle und verließ die Küche. Schröder sah seinem Freund hinterher. Eine derartige Reaktion sah Petri gar nicht ähnlich. Für gewöhnlich verlor Petri nicht die Fassung.

Im Flur zur Einsatzzentrale war es ungewöhnlich still. Normalerweise war morgens hier der meiste Betrieb. Eigentlich stand die Tür zur Zentrale immer offen, und die Beamten gingen ein und aus. Man hörte Stimmen, Schritte, Computertippen, Druckergeräusche. Doch heute war alles ruhig. Schröder verlangsamte seinen Gang, als er auf etwas unter der Tür am Ende des Ganges aufmerksam wurde. Eine Wasserlache kroch unter der Tür hervor. Schröder blieb stehen. Das Wasser schob sich immer weiter in den Flur hinein. Der Druck wurde größer. Es floss immer schneller auf ihn zu. Es sprudelte jetzt aus allen Ritzen. Die Wasserfontänen wuchsen und wuchsen, bis die Tür weggesprengt wurde und sich eine riesige Flutwelle in den Flur ergoss. Das Wasser schoss direkt auf Schröder zu und drohte ihn mit sich zu reißen. Schröder schloss die Augen, und sofort war es wieder still. Er öffnete sie wieder und musste feststellen, dass er sich das alles nur eingebildet hatte. Der Flur war knochentrocken. Die Tür war an ihrem Platz. Alles war wie immer. Zögerlich betrat Schröder die Zentrale, und schon schlug ihm der gewohnte Geräuschpegel entgegen. Elin entdeckte ihn und kam auf ihn zu.

»Schröder? Ist alles in Ordnung?«

»Sicher! Gibt's was Neues?«

»Ja, die Schuhabdrücke! Kommen Sie mit!«

Sie gingen zum Tisch von Jensen und Hartmann. Auf dem Computerbildschirm war ein digitaler Abdruck einer Schuhsohle zu sehen.

»Die gute Nachricht ist: Wir haben einen Abdruck identifizieren können«, sagte Hartmann, »die schlechte ist: Es ist einer von uns!«

»Wie bitte?«, fragte Schröder.

»Der obere Abdruck stammt von einem Polizeischuh! Einer der untersuchenden Beamten am Tatort hat leider den unteren Abdruck zerstört. Wir können weder etwas über die Größe des anderen Schuhs, noch über das genaue Modell sagen. Wir vermuten, dass es ein Wander- oder Trekkingstiefel gewesen ist.«

Schröder sank enttäuscht in sich zusammen.

»Der Polizist muss um ein Vielfaches schwerer gewesen sein. Das könnte heißen, dass er entweder übergewichtig ist oder dass die andere Person sehr leicht war. Tut mir leid, mehr können wir nicht sagen.«, entschuldigte sich Jensen.

»Wir zertrampeln unsere Beweise selbst! Sieht uns ähnlich! Trotzdem danke!«, sagte Schröder. Er spürte Elins Hand an seinem Arm, die ihn etwas näher zu sich heranzog.

»Es gibt aber noch mehr Neuigkeiten.«, sagte sie und lächelte.

»Ich hab Kontakt zu einigen Polizeidirektionen aufgenommen, und in Remscheid bin ich fündig geworden. Dort sind fünf vermisste Mädchen gemeldet, deren Verschwinden mit unseren Fällen übereinstimmt! Abgestellte Autos oder Fahrräder am Straßenrand. Ich möchte, dass wir uns mit der Remscheider Behörde kurzschließen und eine Suchaktion in den Gebieten starten, die verdächtig sind. Aber ich brauche Ihre Hilfe mit Wegener.«

»Das sind wirklich gute Nachrichten!«, sagte Schröder. »Und natürlich helfe ich Ihnen mit Wegener. Aber ich habe eine Bedingung. Wir halten das komplett vor der Presse geheim. Keine proaktive Scheiße! So unauffällig wie möglich!«

»Abgemacht!«, sagte Elin.

Kapitel 17

Schröder brauchte eine Viertelstunde, um Wegener zu überzeugen. Am Ende konnte der die Augen nicht mehr vor den Fakten verschließen. Die Parallelen in Remscheid waren zu auffällig. Außerdem hatte Schröder einen Plan, wie die Suche, so gut es ging, getarnt werden konnte. Die infrage kommenden Gebiete wurden frühzeitig für die Öffentlichkeit gesperrt. Zumeist wurde das mit Bauarbeiten im Straßenbereich begründet. Schröder und Elin hatten 43 Gebiete anhand von Kartenmaterial und Satellitenaufnahmen ausgewählt, die in Zusammenarbeit von Polizei und Bundeswehr abgesucht wurden. Die ganze Aktion sollte in zwölf Tagen abgeschlossen sein.

Schröders Rücken wurde von Tag zu Tag schlimmer. Sie waren viel mit den Auto unterwegs und überwachten jeden Einsatz. Schröder wollte unbedingt vor Ort sein, die Gebiete, Lichtungen, Freiflächen selbst in Augenschein nehmen. Er hätte es nicht ertragen können, von der Zentrale aus zu operieren. Doch er bezahlte seinen Einsatz mit Schmerzen. So starken Schmerzen, dass er sein rechtes Bein kaum noch bewegen konnte, bis er tatsächlich über seinen Schatten sprang. Er meldete sich im Krankenhaus.

Ein Kernspin sollte durchgeführt werden, und Schröder graute es schon bei dem Gedanken, in diese enge Röhre geschoben zu werden. Er litt eigentlich nicht unter Platzangst, aber dieses Gerät vermittelte ihm das Gefühl, eingesperrt und ausgeliefert zu sein. Er war gefangen und konnte nicht fliehen. *Wovor sollte ich hier schon fliehen müssen?*

»Wenn Sie Probleme bekommen, drücken Sie einfach auf diesen Ball hier. Wir holen Sie dann sofort raus. Ich werde Sie jetzt in die Röhre schieben. Bitte versuchen Sie, sich nicht zu bewegen während der Untersuchung. Sobald ich draußen bin, geht das Gerät an und gibt laute Klopfgeräusche von sich. Alles verstanden?«

Schröder nickte. Die junge Dame setzte ihm die Kopfhörer auf und schob ihn in den Kernspin. Er schloss die Augen, hörte, wie sie den Raum verließ und die Maschine ansprang. Ein Summen ertönte, dann ein Klopfen, und er wurde automatisch tiefer in die Röhre geschoben. Schon jetzt, nach den ersten Minuten auf der harten Liege, waren seine Schmerzen schlimmer geworden. Mit fortschreitender Zeit verkrampfte sich seine Rückenmuskulatur immer mehr. Es wurde heiß in der Maschine, und Schröder spürte ein Stechen auf der Haut wie tausend kleine Nadelstiche. Er öffnete die Augen. Die Röhre schien immer enger zu werden. Die Plastikabdeckung, hinter der der Magnet rotierte, berührte fast seine Nasenspitze. Er hatte die Hand bereits fest um den Ball geschlossen. Bald würde er klingeln müssen, um diese Tortur zu beenden. Innerlich fluchte er auf das verdammte Krankenhaus. Er kam hierher, und sie waren nicht mal in der Lage, seine

Schmerzen zu lindern. Im Gegenteil. Es wurde alles nur noch schlimmer in diesem Ding. Kurz bevor er es nicht mehr aushielt, kam die Arzthelferin zurück und erlöste ihn.

»So, fertig! Konnten Sie es aushalten?«

»Mir geht's schlechter als vorher! Hoffentlich hat sich das gelohnt.«, sagte Schröder und kämpfte sich von der Liege herunter.

Im Wartebereich saß er einer jungen Frau gegenüber, die einen Gips um ihr rechtes Bein trug. Schröder beobachtete sie, während sie in einer Zeitschrift las. Sie war brünett mit langen, glatten Haaren, die sie manchmal mit einem Griff über ihre Schulter wieder nach hinten warf. Sie passte exakt in das Beuteschema des Killers. Am liebsten hätte Schröder sie gewarnt, nachts nicht allein auf verlassenen Landstraßen unterwegs zu sein. Nicht anzuhalten, wenn jemand mit einer Panne am Straßenrand stand und auf Hilfe wartete. Er sah das Mädchen auf einem Leichentisch liegen. Ihre Haut so weiß wie der Gips um ihr Bein. Da ging die Tür zum Arztzimmer auf, und Dr. Hiller beugte sich heraus.

»Herr Schröder, bitte!«

Schröder stemmte sich auf die Beine und folgte dem Arzt in leicht gebückter Haltung.

»Bitte setzen Sie sich!«, sagte Hiller, warf sich auf einen fahrbaren Hocker und rollte damit zur Lichtwand, wo die Bilder von Schröders Wirbelsäule hingen.

»So, haben Sie es doch geschafft, zu uns zu kommen! Dr. Petri sagte mir, dass Sie ... nun, er sagte, und das sind seine eigenen Worte, dass Sie ein sturer Bock seien und diese Untersuchung hinausschieben wollten. Aber ich kann Ihnen versichern, es war gut, dass Sie gekommen sind.«

»Ich bereue es jetzt schon!«

»Herr Schröder, Sie haben in der Tat ein sehr ernstzunehmendes Rückenproblem!« Hiller zückte einen Kugelschreiber aus seiner Brusttasche und deutete damit auf einige Bilder.

»Hier, im Bereich des dritten und vierten Lendenwirbels, haben Sie einen sehr großen Bandscheibenvorfall! Dieser drückt bereits erheblich auf die Nervenstränge. Die Nervenkanäle sind dadurch in Mitleidenschaft gezogen worden. Wie lange haben Sie diese Probleme schon?«

»Ein paar Jahre.«

»Nun, ich bedaure, Ihnen keine bessere Nachricht geben zu können, doch ich fürchte, um eine Operation werden Sie nicht herumkommen. Der Eingriff ist nötig, sonst werden die Beschwerden schlimmer werden. Das kann bis hin zur Lähmung der Beine führen. Eine ernste Sache! Unser Krankenhaus verfügt über eine ausgezeichnete chirurgische Station. Wenn Sie möchten, kann ich mit dem Professor sprechen und einen zeitnahen Termin vereinbaren.«

»Das geht nicht! Auf keinen Fall!« Schröder schüttelte den Kopf.

»Dr. Petri sagte mir, dass sie Polizist sind.«

»Ich kann im Moment auf keinen Fall aus den Ermittlungen aussteigen. Das ist unmöglich!«

»Sie riskieren Ihre Gesundheit, aber es ist Ihre Entscheidung.«, sagte Hiller und kam näher an den Tisch gefahren. Er beugte sich vor, um ganz im Vertrauen zu sprechen.

»Sie sollten es tun! Das ist ein gut gemeinter Ratschlag von mir. Ist der Fall denn wirklich so wichtig?«

Was weißt du denn schon, dachte Schröder. *Du hast doch keine Ahnung, was da draußen vor sich geht! Wenn du's wüsstest, würdest du mich, ohne ein Wort zu verlieren, gehen lassen und mir sogar noch die Tür aufhalten!*

Plötzlich spürte Schröder etwas, das durch seinen Körper lief wie eine elektrische Welle. Etwas war passiert. Er konnte es deutlich fühlen. Das Gefühl wurde zur Gewissheit, und es konnte nicht länger warten. Er stand auf, sah Dr. Hiller nicht an, erklärte nichts, verabschiedete sich nicht, sondern ging einfach hinaus.

»Herr Schröder?«, fragte Hiller perplex. Doch Schröder war schon aus der Tür und hörte ihn nicht mehr.

Während Schröder sich im Krankenhaus seiner Untersuchung unterzog, waren vier Waldarbeiter unterwegs, um in einem zwei Hektar großen Gebiet Baumfällarbeiten durchzuführen. Fischer war einer von ihnen. Er arbeitete seit sieben Jahren in diesem Job und konnte sich nicht vorstellen, jemals etwas anderes zu tun. Er mochte den Wald, mochte es, draußen zu sein, und er mochte das Holz. Holz war etwas, das ihn schon in seiner Kindheit fasziniert hatte. Sein Großvater hatte ihm zu seiner Einschulung ein Messer geschenkt. Es steckte in einer ledernen Scheide, und der Griff war aus dunkler Eiche gefertigt. Jeden Tag holte er es heraus und betrachtete es, spürte die Faszination des harten Stahls und der scharfen Klinge. Und eines Tages konnte er der Versuchung nicht mehr widerstehen. Er schnitt im Garten einen kleinen Ast von einem Haselnussbaum ab und begann, kleine Ringe in die feine Rinde zu ritzen. Mit der Zeit wurden daraus aufwendige Muster, und bald schnitzte er Figuren, die überall im Haus auf den Fensterbänken herumstanden. Als er vierzehn war, hatte er dreihundert Figuren angefertigt. Er liebte den Geruch von Holz, liebte, wie es sich anfühlte. Für ihn gab es keinen schöneren Werkstoff und jetzt, mit seinen 32 Jahren, träumte Fischer davon, einmal ein Holzhaus zu besitzen, das er mit den eigenen Händen gebaut hatte.

Mit Schutzhelm und Motorsäge bewaffnet, stapfte er durchs Unterholz und suchte nach markierten Bäumen. Den ersten hatte er bereits entdeckt. Der Durchmesser des Stamms mochte vielleicht vierzig Zentimeter sein. Eine einfache Aufgabe. Schon nach kurzer Zeit hatte Fischer den Baum gefällt, ohne dass er die nebenstehenden Bäume beschädigt hätte. Er ging weiter. Die Bäume wurden jetzt größer und mächtiger. Die Baumkronen verdunkelten den Himmel und ließen kaum noch Regen durch. Links von ihm hörte Fischer in einiger Entfernung die Säge eines Kollegen. Etwa zehn Meter vor ihm leuchtete die Farbmarkierung eines Baumes, der mehr als doppelt so dick war wie der letzte. Mit einem kräftigen Ruck zog er an der Motorleine, und die Säge röhrte auf. Es roch nach Benzin. Fischer klappte sein Visier herunter und schnitt einen Keil in den Stamm. Er musste einige Kraft aufwenden, um sich durch das harte Holz zu arbeiten. Die Sägespäne spritzten in einer Fontäne aus der Kette. Der Keil rutschte heraus und hinterließ eine weiße, klaffende Wunde. Es krachte einmal, zweimal, dann splitterte das Holz, und der Stamm brach. Ächzend neigte sich der Baum, fiel und donnerte zu Boden. Fischer ging zur Baumkrone, um die großen Äste zu entfernen. Er wischte sich noch den Schmutz von seinem Visier und wollte gerade seine Säge ansetzen, als er aus dem Augenwinkel etwas hinter der Baumkrone sah. Es war nur eine Farbe gewesen, die er gesehen hatte. Eine Form hatte er nicht erkennen können. Doch diese Farbe war ungewöhnlich für den Wald. Diese Farbe kam in diesem Wald nicht vor. Kein Tier, kein Baum, kein Strauch hatte eine solche Farbe. Er klappte das Visier hoch, um besser sehen zu können. Die Säge lief noch immer in seiner Hand. Etwas leuchtete hinter der Baumkrone. Fischer ging näher. Sein Herz schlug schneller, er musste tief Luft holen. Da war es. Er konnte es sehen. Er ging um die Baumkrone herum, und als er das Mädchen sah, stolperte er vor Schreck zwei Schritte zurück. Die Säge fiel ihm aus der Hand. Er starrte auf ein nacktes Mädchen. Ihre Haut leuchtete wie ein schwaches Licht in dem dunklen Wald. Sie stand einfach nur da und bewegte sich nicht. Ihre Augen waren weit aufgerissen, doch sie blickte durch Fischer hindurch. Noch nie hatte er so viel Angst gehabt. Noch nie hatte er so etwas Schreckliches gesehen.

Als Schröder das Revier betreten wollte, kam ihm Elin bereits entgegen. Sein Gefühl hatte ihn nicht getäuscht. Etwas war passiert, und es musste von außerordentlicher Wichtigkeit sein. Elins Wangen waren hektisch gerötet, ihre Augen hellwach, und sie stürzte förmlich die Treppe hinunter.

»Schröder!«, rief sie atemlos und packte ihn sogleich bei den Schultern.

»Sie haben Marie Karmann gefunden! Sie lebt!«

Dr. Voss, der behandelnde Arzt, stand mit Schröder und Elin am Ende eines langen Ganges. Der Boden glänzte wie frisch poliertes Eis. Irgendwo weiter hinten in einem der Zimmer stöhnte jemand vor Schmerz. Vor der letzten Tür waren zwei Beamte postiert, die zu Maries Schutz abgestellt worden waren. Voss sprach mit leiser und tiefer Stimme.

»Was sie erlebt hat, können wir nicht sagen. Wir wissen lediglich, dass sie körperlich einen eher geringen

Schaden genommen hat. Bis auf Fesselspuren an Hand- und Fußgelenken konnten wir keine ausgesprochenen Anzeichen von Gewalt ausmachen. Keine Prellungen, Schnittwunden, inneren Verletzungen oder dergleichen. Auch die gynäkologische Untersuchung hat eine Vergewaltigung ausschließen können. Sie war stark dehydriert und unterkühlt. Ich schätze, sie hat mehrere Tage dort im Wald verbracht. Es ist ein Wunder, dass sie noch lebt.«

»Ist sie vernehmungsfähig?«, fragte Elin. Schröder verstand nicht, wieso Elin immer so taktisch dachte. Warum stellte sie keine Fragen zum Zustand des Mädchens, warum zeigte sie kein Mitgefühl?

»Was immer sie erlebt hat, hat ihr einen schweren Schock zugefügt. Sie ist vollkommen verstummt. Sie hat kein Wort gesprochen bis jetzt, auch nicht zu ihren Eltern. Sie zeigt keinerlei Reaktion, wenn man sie anspricht. Das Mädchen hat ein schweres seelisches Trauma und wird auf unbestimmte Zeit nicht vernehmungsfähig sein.«

»Dürfen wir sie sehen?«, wollte Elin wissen.

»Nur einen kurzen Moment, wenn die Eltern es erlauben. Wir werden auch nicht mit ihr sprechen«, fügte Schröder hinzu und rang Voss damit ein vorsichtiges Nicken ab.

»Ich werde die Eltern fragen.«

Er klopfte an, trat ein und zog die Tür hinter sich zu. Nach einem kurzen Moment öffnete er sie wieder und hielt den beiden die Tür auf. Schröder und Elin betraten Maries Krankenzimmer. Die Vorhänge waren zugezogen und bewegten sich geisterhaft. Das Fenster musste offen stehen. Auf dem Tisch lag eine Handtasche, und über den Stuhllehnen hingen unordentlich die Jacken der Eltern. Marie lag im Bett, und ihre Mutter saß neben ihr, mit dem Oberkörper auf das Bett gelehnt und hielt ihre Hand.

Sie hing förmlich am Arm ihrer Tochter und ließ ihre Augen keine Sekunde von ihr. Der Vater saß auf der anderen Seite des Bettes am Fußende. Verzweifelte Falten hatten sich in seine Augenhöhlen gegraben. Sein Mund war ein einziger schmerzvoller Strich. Unter der weißen Decke zeichneten sich die Umrisse von Maries schmalem Körper ab. Ihre Augen waren geöffnet. Sie starrte ausdruckslos an die Decke. Ihr Gesicht zeigte keinerlei Regungen. Sie blinzelte nicht einmal. Der Vater erhob sich so schwerfällig, als ob tausend Arme ihn davon abhielten, aufzustehen. Schröder reichte ihm die Hand, zog es aber vor, nichts zu sagen. Elin gab ihm ihre Karte und flüsterte ihm etwas zu, was Schröder aber nicht verstehen konnte. Er sah nur dieses Mädchen da liegen. Sie war dort gewesen. Sie war in der schwarzen Hölle gewesen und hatte den Teufel gesehen. Tief unten unter der Erde. Nichts würde mehr so sein wie früher. Nichts könnte sie je wieder lächeln lassen, dachte Schröder. Ihr Lächeln war gestorben. Nur ihr Körper war wieder zurückgekommen. Ihr kleiner, zerbrechlicher Körper.

Schröder und Elin saßen zum Mittagessen in einem kleinen türkischen Imbiss. Während des Essens hatten sie kein Wort miteinander gewechselt. Jeder dachte für sich alle möglichen Szenarien durch, versuchte zu rekonstruieren, wie es dazu hatte kommen können, dass Marie nun hier war und nicht in den Händen des Mörders. Der Besitzer servierte ihnen einen heißen Apfeltee. Schröder warf beide Stückchen Zucker ins Glas und rührte um. Er blickte in den kleinen Strudel, der sich im Glas bildete.

»Wie konnte sie ihm nur entkommen? Wie konnte er sich so eine Blöße geben? Das passt nicht zu ihm, ein solcher Fehler.«, sagte Schröder.

»Das wundert mich auch. Aber das Mädchen ist der Schlüssel zu allem. Sie ist der wichtigste Trumpf, den wir haben. Herrgott, sie ist ein echter Glücksfall für uns!«, freute sich Elin. Schröder ließ den Löffel fallen.

»Sie sollten besser überlegen, was Sie sagen, oder Sie halten lieber Ihre unbedachte Schulmädchenklappe!«, fauchte er sie an.

»Wie reden Sie eigentlich mit mir!? Ich denke, ich habe etwas mehr Respekt verdient!«, sagte Elin aufgebracht. Sie war laut geworden, und die anderen Gäste blickten zur ihr herüber.

»Vor allem das Mädchen hat Respekt verdient! Fragen Sie doch mal Marie, ob sie sich wie ein verdammter Glücksfall fühlt!«

Elin wollte den Mund aufmachen, um sich zu verteidigen, doch sie sah ein, dass Schröder im Recht war. Manchmal war sie einfach so in dem Fall drin, so fokussiert auf die Fakten und ihre eigenen Rückschlüsse, dass sie vergaß, das zu sehen, was den Opfern angetan wurde. Sie musste lernen, die Menschen nicht nur als Beweisstücke anzusehen. Wenn es auch alles um so viel einfacher machte.

Schröders Blick schweifte hinaus auf die Straße, wo die Menschen ihren alltäglichen Geschäften und Besorgungen nachgingen.

»Wissen Sie, manchmal sehe ich all die Menschen da auf der Straße und denke, was, wenn er gerade jetzt an uns vorbeigeht? Was, wenn er dort drüben in dem Haus wohnt, und wir wissen es nicht? Wir fahren daran vorüber, gehen an ihm vorbei, waren so nah an ihm dran und sind doch so weit von ihm entfernt. Dieser Gedanke macht mich ganz krank!«

»Wir kriegen ihn! Irgendwie kriegen wir ihn! Wir sollten jetzt gehen«, sagte Elin versöhnlich.

Schröder sah auf die Uhr und winkte dem Besitzer.

»Wollen Sie mich nicht mal zum Essen einladen?«, fragte Elin.

Schröder blickte irritiert auf.

»Ich kann das hier zahlen, ja.«

»Nein, ich meinte, zu Ihnen nach Hause. Ein richtiges Abendessen. Sie kochen!«

»Ich mache was?«

»Ich wette, Sie können kochen! Sehen Sie, ich lebe die ganze Zeit von Junkfood und wohne in einem sterilen Hotelzimmer. Ich möchte mal wieder in einer richtigen Wohnung sein! Wo wirklich jemand lebt, verstehen Sie?«

»Kommt nicht in Frage!«, sagte Schröder.

»Bitte, Schröder!«

»Lassen Sie mich in Ruhe! Wir verbringen fünfzehn, sechzehn Stunden am Tag zusammen! Da muss ich Sie nicht auch noch in der restlichen Zeit ertragen!«

Der Besitzer kam an den Tisch.

»Geht das zusammen?«, fragte er.

»Nein, getrennt!«, sagte Schröder.

»Er zahlt!«, sagte Elin und deutete frustriert auf ihren Partner. Dann nahm sie ihre Tasche und verschwand, ehe Schröder etwas entgegnen konnte.

»Frauen!«, grinste der Besitzer und hielt die Hand auf.

Kapitel 18

Ihr nächster Termin war mit Franke in der Kriminaltechnik. Ein Mitarbeiter hatte sie ins Labor geschickt, wo alle mit Mund- und Haarschutz arbeiteten und kaum zu erkennen waren. Franke saß an einem Mikroskop und blickte konzentriert durch die Linse.

»Sie sehen nicht so aus, als hätten Sie gar nichts gefunden!«, begrüßte Schröder ihn. Franke blickte auf und nahm seine Brille ab.

»Das trifft es ziemlich genau. Wir haben nicht gar nichts, aber doch sehr wenig. Trotz der siebzehn Leichen.«

»Es gibt immer Spuren«, sagte Elin, und es klang so, als ob sie jetzt schon Frankes Arbeit in Frage stellen wollte.

»Das stimmt, doch unser Täter hat die Leichen gesäubert. Wir konnten nicht einmal Material unter den Fingernägeln oder direkt in den Wunden feststellen. Wir haben nur einen Faserrest und zwei Haare entdecken können!«

Franke rief im Computer eine Datei auf, und auf dem Bildschirm wurde eine vergrößerte Textilfaser sichtbar.

»Das ist Beweisstück Nummer eins. Eine rote Textilfaser aus einem Baumwoll-Polyestergemisch. Ich schätze, dass sie zu einer Decke gehört, in der die Leiche transportiert wurde. Diese Faserreste fanden wir gleich an drei Opfern. Leider ist das kein besonderer Stoff. Eine solche Decke kann man in jedem Laden kaufen. Beweisstück Nummer zwei ist dieses Haar.«

Franke rief eine weitere Datei auf. Ein vergrößertes Haar erschien auf dem Bildschirm.

»Und das ist interessant, weil es sich hierbei nicht um ein menschliches Haar handelt. Es ist das Haar eines Hirsches!«

»Nicht weiter verwunderlich in einem Wald. Die beiden Jäger hatten gerade einen Hirsch geschossen!«, sagte Elin.

»Richtig! Doch jetzt kommt's: Dieses Haar fanden wir bei dem vierten Opfer in der Armbeuge. Ein weiteres Haar fanden wir damals im Wagen von Annette Krüger! Da hatten wir dem keine Bedeutung zugemessen.«

Schröders Augen sprühten plötzlich vor Eifer und Erregung.

»Das heißt, das Haar stammt vom Täter! Er könnte ein Jäger sein! Das würde auch seine Ortskenntnisse erklären«, sagte Schröder.

»Vielleicht aber auch ein Förster oder ein Tierarzt. Bei der chirurgischen Präzision, mit der er den Opfern die Wunden zugefügt hat, tippe ich auf einen Tierarzt. Das würde alles erklären! Wir kommen ihm näher, Schröder!«, sagte Elin. Auch bei ihr keimte nun neue Hoffnung auf. Eine Hoffnung, die ihr Herz schneller schlagen ließ. Beide hatten das Gefühl, dass die Ermittlungen nun an Tempo gewannen. Ihre Schrittfrequenz erhöhte sich. Sie holten auf. Sie holten langsam den Vorsprung auf, den der Mörder sich geschaffen hatte. Sie kamen ihm näher.

Kapitel 19

Am nächsten Tag ging Schröder ins Krankenhaus, um mit Dr. Voss zu sprechen. Er wollte Elin nicht dabei haben und fand es besser, allein aufzutreten. Ein Einzelner war weniger bedrohlich. Vielleicht konnte er von den Eltern etwas Neues erfahren, falls sie bereit waren, mit ihm zu sprechen. Zuerst ging er auf die Station. Das, wovor er am meisten Angst hatte, war, dass der Killer Marie finden und sie töten könnte. Sie schwebte in äußerster Gefahr. Und er glaubte, dass das ihren Eltern gar nicht bewusst war. Das war gut so. Er würde sich um ihre Sicherheit kümmern. Er würde sie beschützen.

Zwei Beamte, die Schröder vom Sehen her kannte, saßen vor der Tür. Man hatte ihnen Stühle hingestellt. Das war in Ordnung, fand Schröder. Die Schicht war acht Stunden lang.

»Hallo! Irgendwas, das ich wissen müsste?«, fragte Schröder, und die beiden standen pflichtbewusst auf. Seit herausgekommen war, dass Schröder mit seiner Theorie von einem Serienkiller richtiglag, hatte sich das Verhalten seiner Kollegen ihm gegenüber geändert. Er hatte deutlich das Gefühl, dass sie ihm jetzt mit mehr Respekt als zuvor begegneten. Keiner lächelte mehr oder sprach hinter seinem Rücken über ihn.

»Alles ruhig.«, sagte der eine.

»Das Mädchen ist unten im Park, wenn Sie sie sehen wollen«, sagte der andere.

»Allein?«

»Nein, mit ihren Eltern!«

»Sie sollen auf das Mädchen aufpassen, verdammt!

Nicht auf das leere Zimmer! Sie bleiben immer bei ihr, verstanden?«, rief Schröder aufgebracht.

»Jawohl!«, sagte der eine und stand stramm wie beim Militär.

»Runter mit euch! Worauf wartet ihr, verdammt?«

Die beiden eilten sofort davon, und Schröder betrat das Zimmer. Er ging direkt zum Fenster, um zu kontrollieren, wo Marie sich befand.

Er schob die Vorhänge beiseite und entdeckte Marie in einem Rollstuhl auf der Wiese. Ihre Eltern saßen neben ihr auf einer Bank.

»Kommissar Schröder?« Dr. Voss stand in der Tür.

»Oh, guten Tag, Dr. Voss!«

Er kam zu Schröder ans Fenster und blickte nach unten.

»Ihre Eltern weichen nicht von ihrer Seite.«

»Gut so!«, sagte Schröder.

»Sie macht kleine Fortschritte. Gestern hat sie etwas Nahrung zu sich genommen. Sprechen tut sie immer noch nicht, falls sie es je wieder tun wird, aber bei ihrem Psychologen öffnet sie sich ein wenig.«

»Wie meinen Sie das?«

»Nun, sie zeichnet. Eine psychotherapeutische Maßnahme, die besonders bei traumatisierten Kindern gut greift. Die Kinder lernen, sich über die Bilder auszudrücken und bauen auf diese Weise Stress ab.«

»Ist es möglich, dass ich mit den Psychologen sprechen kann?«, fragte Schröder.

»Sicher!«

Nach einem kurzen Telefonat hatte Voss Schröder gleich in die Psychologische Abteilung zu Dr. Frambach geschickt. Schröder nahm im Wartezimmer Platz und sah sich um. An den Wänden hingen unzählige Bilder, die wohl von Frambachs kleinen Patienten gemalt worden waren.

Die Tür ging auf, und ein Junge von vielleicht neun Jahren verließ das Behandlungszimmer. Er sah Schröder nicht an. Dr. Frambach folgte dem Jungen.

»Mach's gut, Steffen! Wir sehen uns morgen um halb vier.«

Frambach wartete, bis der Junge draußen war und wendete sich dann Schröder zu.

»Sie müssen Kommissar Schröder sein.«

»Schön, dass Sie Zeit für mich haben«, sagte Schröder und wollte ins Behandlungszimmer gehen, doch Frambach blieb vor ihm stehen.

»Es macht Ihnen doch nichts aus, wenn wir hierbleiben? Schließlich sind Sie kein Patient«, sagte er. Schröder war etwas irritiert, fügte sich aber. Sie nahmen nebeneinander Platz.

»Wie kann ich Ihnen helfen?«

»Dr. Voss sagte mir, dass Marie Karmann bei Ihnen Zeichnungen angefertigt hätte. Ich dachte, vielleicht könnten diese Zeichnungen für die Ermittlungen von Bedeutung sein.«

»Das glaube ich eher nicht. Sonst hätte ich mich schon bei der Polizei gemeldet.«

»Dürfte ich die Zeichnungen trotzdem einmal einsehen?«, fragte Schröder und bemühte sich, höflich zu klingen.

»Natürlich. Wenn es Ihnen so wichtig ist!« Frambach ging in das Behandlungszimmer, und Schröder konnte einen kurzen Blick hineinwerfen. Dort stand ein schwerer Schreibtisch mit einem Wildschweinfell an der Wand. Auf dem Boden lag ein Spielteppich, und auf einem kleinen Kindertisch stand eine Kiste mit Spielzeug und

Büchern. Frambach kam mit einer Akte zurück und schloss die Tür hinter sich. Er schlug den Ordner auf, blätterte darin und entnahm ihm einen Stapel Zeichnungen, den er Schröder reichte.

»Bitte sehr, Herr Kommissar!«

Schröder ging die Bilder eins nach dem anderen durch. Die ersten drei Bilder waren mit wilden Strichen fast vollständig schwarz gemalt.

»Was bedeutet das?«

»Nun, Sie müssen sich vorstellen, dass es ungefähr so in der Seele des armen Mädchens aussehen muss. Eine beängstigende Dunkelheit, wirr und undurchdringlich! Sie ist gefangen im dunklen Verlies ihrer traumatisierten Seele.«

Schröder zog das nächste Bild hervor. Darauf war ein rotes sich aufbäumendes Pferd zu sehen. Schröder stutzte über diesen krassen Unterschied. Frambach beobachtete ihn und antwortete, noch bevor Schröder die Frage stellen konnte.

»Das ist ein gutes Beispiel für die Funktion des menschlichen Geistes. Dinge, die wir als so schrecklich erachten, dass wir sie nicht aushalten können, werden einfach unterdrückt und weggeschlossen. Verdrängung ist eine Schutzmaßnahme unserer Seele. Das Mädchen kehrt in ihre heile Welt zurück. Das Pferd ist das Symbol dieser heilen Welt. Pferde und Mädchen haben eine fast mystische Beziehung zueinander. Ob in der Literatur, im Film oder in der Malerei: Seit jeher hat man diese Beziehung eingefangen und dargestellt. Das Pferd als Symbol für Stärke, Sicherheit, Liebe, Zuneigung und in der aufkeimenden Sexualität der pubertären Jahre auch ein Symbol für Männlichkeit und sexuelle Potenz.«

Schröder stieß es unangenehm auf, dass Frambach in dieser Weise über Marie sprach. Es war mehr als unangemessen, nachdem sie aus den Fängen eines Mörders und Vergewaltigers entkommen war.

Die restlichen Bilder stellten allesamt Pferde dar. Sieben Zeichnungen von Pferden, die Marie an einem Nachmittag und vielleicht noch heute früh angefertigt hatte. Schröder fand das sehr außergewöhnlich.

»Kann ich diese Zeichnungen haben?«

»Nein, tut mir leid! Aber ich kann meine Sekretärin beauftragen, Ihnen Kopien anzufertigen.«

»Das wäre nett«, sagte Schröder. Er gab Frambach die Zeichnungen zurück und verzichtete darauf, ihm zum Abschied die Hand zu geben. Der Arzt war ihm nicht geheuer. Er hatte etwas an sich, das Schröder zutiefst verunsicherte.

Schröder kam gegen halb neun nach Hause. Er war in einen heftigen Regenguss geraten, und es tropfte in den Flur. Seine Jacke und sein Hemd waren an den Schultern völlig durchnässt.

»Hallo, Papa!«

»Bist du nass geworden?«, fragte Karl.

»Sieht so aus! Ich zieh mich schnell um und mach uns dann was zu essen!«

»Alles klar!«, rief Karl. Er sah sich eine Tierdokumentation im Fernsehen an. Eine Gruppe von Löwinnen zerriss gerade eine Antilope.

Mit trockenem Hemd ging Schröder in die Küche und stellte zwei Pfannen auf den Herd. Da klingelte das Telefon.

»Verdammt!«, rief Schröder und hob ab.

»Ja, Schröder?«

»Ich dachte, Sie wollten mich heute zum Essen einladen?«, sagte Elin am anderen Ende der Leitung.

»Was? Hören Sie, ich will mich nicht mit Ihnen treffen, klar?«

»Wo waren Sie vorhin eigentlich? Ich hab in der Zentrale auf Sie gewartet!«

Es klingelte an der Haustür.

»Moment mal, ich muss zur Tür!«, sagte Schröder und nahm den Hörer vom Ohr. Als er die Tür aufmachte, stand Elin vor ihm und sprach in ihr Handy.

»Also, wo waren Sie?«

Sie lächelte ihn vorwitzig an. Karl war neugierig geworden und kam zur Tür gehumpelt.

»Was wollen Sie hier?«, fragte Schröder entnervt.

»Essen! Hatte ich das nicht erwähnt?« Sie blickte zu Karl und streckte ihm die Hand hin.

»Hallo, ich bin Elin Nowak, die Partnerin von Schröder!«

»Freut mich, ich bin der Vater von ihm!«, strahlte Karl. »Kommen Sie rein! Nennen Sie mich Karl! Schröder kocht uns gleich was!«

Karl nahm Elin an der Hand und zog sie hinein. Schröder sah den beiden sprachlos hinterher.

Eine halbe Stunde später saß Karl mit einem Glas Weißwein auf der Couch, während Elin sich in der Wohnung umsah. Schröder war in der Küche und kochte.

»Sie sind sehr jung für eine Polizistin, oder?«, fragte Karl.

»Ja, das hat Schröder auch schon versucht, mir klarzumachen.«

»Aber ich wette, Sie haben was auf dem Kasten!«

»Danke, Karl! Ein Kompliment tut doch mal ganz gut.«

»Mögen Sie Fisch?«, rief Schröder aus der Küche.

»Ich liebe Fisch.«, antwortete Elin. Sie blieb vor einer Plattensammlung stehen und ging sie durch. Sie fand sieben Alben von Billy Joel und grinste breit.

»Hinsetzen, das Essen ist fertig!«, rief Schröder.

Als er plötzlich das Intro von *The Stranger* hörte, ahnte er bereits, wie Elin diesen Sieg feiern würde.

»Ich hab mal eine Platte aufgelegt. Wer ist das noch gleich?«

Schröder sagte nichts, stellte ihr nur einen Teller mit Fischstäbchen hin.

»Bon appétit!«, sagte er und grinste hämisch.

Karl setzte sich an den Tisch. Schröder schnitt ihm die Fischstäbchen klein.

»Ein Schlaganfall«, erklärte er Elin, »jetzt muss er mich wie ein Kind bemuttern, und meine Würde geht den Bach runter.«

»Meine Würde ist schon lange unten, weil ich mit 49 immer noch mit meinem Vater zusammenwohne.«, sagte Schröder.

»Sie beide sind wirklich die mitleiderregendsten Männergestalten, die mir jemals begegnet sind!«

Karl und Schröder sahen Elin entsetzt an. Diese drastische Antwort hatte ihnen das Lächeln ausgetrieben.

»Das war ein Scherz. Schmeckt toll, der Fisch! Wollen wir anstoßen?«

Elin hob ihr Weinglas. Karl ebenfalls und Schröder stieß mit einer Flasche Bier an.

»Ich hab Ihnen was mitgebracht.« Schröder legte ihr die Kopien der Zeichnungen hin.

»Das sind Bilder von Marie Karmann. Was sagen Sie dazu?«

»Merkwürdig. So gegensätzlich.«

»Ich werde das Gefühl nicht los, dass da irgendein Zusammenhang besteht. Franke findet Haare von einem Hirsch, und Marie malt Bilder von Pferden. Vielleicht hat sie Hirsche bei dem Täter gesehen, nur sie kann sie nicht so gut malen. Also malt sie Pferde.«

»Sie denken, sie will uns etwas mitteilen?«

»Bewusst oder unbewusst.«

»Was sagt denn der Psychologe?«

»Ich mag ihn nicht! Komischer Kauz!«

»Ich werde morgen mal überprüfen, wo es hier Tiergehege gibt. Vielleicht bringt uns das weiter!«

Schröder und Elin widmeten sich wieder ihren Fischstäbchen.

»Ich wusste, dass Sie noch LPs haben und keine CDs!«, freute sich Elin, während Billy Joel *Movin' out* sang. Elins Handy klingelte. Blitzschnell hatte sie es aufgeklappt und ans Ohr gepresst.

»Hallo?« Das Lächeln verschwand aus ihrem Gesicht.

»Ist gut. Schröder ist bei mir, wir kommen sofort!«

Elin legte auf.

»Was gibt's?«, fragte Schröder.

»Das waren die Kollegen aus Remscheid. Sie haben Grab Nummer sechs gefunden!«

Teil 3

Brecher

Kapitel 20

Der Helikopter flog durch die Dunkelheit. Schröder und Elin blickten aus ihren Fenstern auf die Lichter der Stadt. Der Pilot ging tiefer und überflog ein Waldgebiet. Eine kreisrunde leuchtende Fläche tauchte vor ihnen auf. Die Polizei hatte die Lichtung mit Scheinwerfern angestrahlt. Deutlich sah man die abgesperrten Gräber, die die Zahl 6 formten. Diesmal waren keine Bagger zu sehen.

Der Pilot landete auf einer Straße, von wo Schröder und Elin mit einem Wagen abgeholt wurden.

Der Beamte führte sie zur Lichtung und geleitete sie zu Kommissar Ludwig.

»Das ging ja schnell!«, sagte er und schüttelte ihnen mit ernster Miene die Hand. Schröder spürte, dass er zitterte. »Ich bin Kommissar Ludwig. Wir haben vorhin miteinander telefoniert. Das hier ist nicht zu glauben!«

Sie blickten auf die in weißes Licht getauchte Fläche. Es waren mindestens vierzig Polizisten im Einsatz, doch es war totenstill. Als ob jemand den Ton abgeschaltet hätte. Geisterhaft bewegten sich die Männer im gleißenden Licht, unwirklich, wie eine Projektion.

Zwei Männer trugen einen Leichensack an ihnen vorbei.

»Das ist das zwölfte Opfer, das wir gefunden haben!«, sagte Ludwig.

»Dann fehlen noch drei.«, meinte Elin.

»Zwei Pilzsammler haben heute Nachmittag menschliche Knochen hier entdeckt. Wir haben das Gebiet großflächig abgeriegelt, um die Spuren besser sichern zu können.«

»Dieses Grab ist mindestens zehn Jahre alt. Außer an den Leichen selbst finden Sie hier keine Spuren mehr.«, erklärte Elin.

»Wir bräuchten eine Liste von Jägern, Förstern und Tierärzten, die in diesem Bezirk die letzten zwanzig Jahre tätig waren. Ist das möglich?«, fragte Schröder.

»Sicher, aber nicht vor morgen oder übermorgen.«

Schröder blickte in die Finsternis um sie herum. Es war so hell hier, dass man nicht einen Zentimeter weit in den Wald blicken konnte.

»Was ist los?«, fragte Elin.

»Ich hab das Gefühl, er beobachtet uns gerade.«

Schröder machte einen Schritt hinter einen Scheinwerfer und wurde von der Dunkelheit förmlich verschlungen, so als tauche er in eine schwarze Flüssigkeit.

»Ich möchte, dass Sie noch heute Nacht hier Kameras installieren lassen. Sie dürfen nicht zu sehen sein. Wir fliegen wieder zurück. Bis morgen früh haben Sie das Täterprofil auf dem Tisch liegen.«, sagte Elin und gab Ludwig die Hand.

»Ich wünsche Ihnen alles Gute!«

»Das wünsch ich uns allen!«

Elin ging Schröder hinterher. Ihre Augen mussten sich erst an die Dunkelheit um sie herum gewöhnen. Unwillkürlich griff sie zu ihrer Waffe.

»Schröder?«

»Ich bin hier!«, hörte sie ihn sagen. Seine Stimme klang nur ein paar Meter entfernt.

»Kommen Sie, wir gehen!«

Schröder kam näher und stellte sich neben sie. Sie konnte ihn immer noch nicht sehen.

»Was haben Sie da gemacht?«

»Eine gute Idee mit den Kameras!«, sagte er nur.

»Ich weiß, wir kriegen ihn! Wir kommen ihm immer näher!«, sagte Elin.

»Oder er uns!«, sagte Schröder.

Pünktlich um neun Uhr fand das Meeting in der Einsatzzentrale statt. Für Elins Arbeit war dieser Fund das entscheidende Beweisstück. Er belegte ihre Theorie, und sie hatte jetzt genug Fakten gesammelt, um ein Täterprofil zu erstellen. Die ganze Nacht hatte sie daran gearbeitet und wollte es nun der Soko 17 vorstellen. Sie wusste, dass sie bei einigen mit ihren Ausführungen nicht auf Widerstand, aber zumindest auf Unverständnis treffen würde. Ab hier änderte sich alles. Ab hier hatten sie ein Gesicht vor sich und nicht länger ein Phantom. Ab hier würden die Uhren schneller laufen. Die Jagd konnte beginnen.

»Heute ist ein entscheidender Tag für unsere Ermittlungen. Leider hat sich heute bewahrheitet, was wir bereits befürchtet hatten. Unsere Theorie über die Anzahl der Opfer war korrekt. Wir haben es hier mit einem Serienkiller zu tun, der 108 Menschen getötet hat. Das ist eine unfassbare Zahl. Solche Ausmaße hat es in Deutschland noch nie gegeben. Und in der gesamten Kriminalgeschichte gab es wahrscheinlich nur zwei Fälle, bei denen Serientäter mehr Opfer getötet haben. Von nun an wird unsere Ermittlungstaktik einen anderen Kurs einschlagen müssen.

Wir werden die Öffentlichkeit kontrolliert informieren müssen, und wir werden ihre Hilfe brauchen. Wir werden jede Hilfe brauchen, die wir kriegen können.

Ich habe ein Täterprofil entworfen, das ich Ihnen nun vorlegen werde. Es wird uns helfen, den Täterkreis enorm einzuengen, um so gezielter ermitteln zu können.«

Elin nahm einen Schluck Wasser. Sie war nervös und warf Schröder einen Blick zu, als brauche sie Bestätigung von ihm. Und sie meinte, genau das in seinen Augen sehen zu können.

»Wir suchen einen Mann zwischen 45 und 55 Jahren. Er wird in seiner Jugend mit Sicherheit schon einmal polizeilich in Erscheinung getreten sein. Zunächst durch Brandstiftung oder Tierquälerei, später dann vielleicht wegen sexueller Belästigung, Nekrophilie oder Vergewaltigung.

Wir haben es hier mit einem extrem organisierten Täter zu tun. Das bedeutet, dass er sehr wahrscheinlich sogar in einer festen Beziehung oder Ehe lebt und selber Kinder hat. Er wird ein unauffälliger Familienvater sein, der nette Kerl von nebenan. Dieser Mann hat eine akademische Ausbildung genossen und zwar im medizinischen und oder mathematischen Sektor. Durch seine genauen Ortskenntnisse in Waldgebieten und aufgrund der Haaranalyse des Labors denke ich, dass er ein Tierarzt, Jäger oder Förster sein könnte. Er besitzt ein dunkelblaues oder schwarzes Auto, lebt in einem Haus und ist ein Ordnungsfanatiker. Haus und Wagen werden absolut topp gepflegt sein, ebenso wie seine äußere Erscheinung. Das Haus wird einen kubischen Charakter haben und ist fast steril eingerichtet. Alles steht am rechten Fleck, viele rechte Winkel, Designermöbel, kühl und übersichtlich.

Unser Täter ist jemand, der von sich sehr überzeugt ist. Er ist sehr selbstbewusst und prahlt gerne mit seinen Fähigkeiten. Er wird sich zweifellos für einen der Besten seiner Zunft halten.

Seine besondere Beziehung zu Wasser wird sich darin ausdrücken, dass er das Wasser ständig sehen muss. Wasser erinnert ihn an seine Morde, seine Macht. In seinem Haus oder im Garten des Hauses wird sich ein sehr auffälliges Wasserobjekt befinden wie zum Beispiel ein übergroßes Aquarium oder eine Teichanlage. Er muss das Wasser sehen. Nach der Ermittlung der Todeszeitpunkte, ist der Täter vermutlich erst vor zehn Jahren hierher gezogen. Davor wird er sich in Remscheid oder in der Umgebung, sprich Bergisches Land, oder im Ruhrgebiet aufgehalten haben. Wenn das so ist, werden wir hier, aufgrund der großen Bevölkerungsdichte, die meisten Opferzahlen haben. So viel zum Profil des Täters.«

An vielen Gesichtern konnte man ablesen, dass sie nicht die geringste Ahnung davon hatten, wie Elin zu solch präzisen Aussagen in der Lage war. Auch Schröder war sprachlos. Er erinnerte sich an seinen zynischen Scherz bei ihrer ersten Begegnung, dass Elin bestimmt voraussagen könne, wie groß der Mörder war, was für eine Haarfarbe er hatte, ob er Katzen liebte und wo er wohnte. Er hatte damals maßlos übertreiben wollen, doch das hier war verdammt dicht dran. Wenn sie auch nur zu 50 Prozent richtig mit ihren Aussagen lag, war das für den Fall wie eine Offenbarung. Es war, als wären sie wieder da draußen auf der Lichtung, die ins Scheinwerferlicht getaucht war, und Elin hätte einen der Scheinwerfer einfach umgedreht und in die Dunkelheit gerichtet. Der Lichtkegel hatte eine Gestalt erfasst. Jetzt hatte sie Umrisse bekommen, eine Kontur. Jetzt begann sie endlich sichtbar zu werden.

»Ich und Kommissar Schröder werden eine Pressekonferenz abhalten und die Öffentlichkeit über den Fall informieren. Die Theorie über die Anzahl der Opfer werden wir verschweigen, und niemand von Ihnen wird auch nur ansatzweise darüber mit jemandem sprechen! Nicht einmal mit Familienmitgliedern!

Alles, was wir über die identifizierten Mädchen haben, wird veröffentlicht. Wir brauchen Zeugen, auch wenn einige Morde schon Jahre her sind. Für die Bearbeitung dieses Mehraufwands habe ich weitere Beamte angefordert.

Unsere Ermittlungen werden sich jetzt zielgerichtet auf die von mir skizzierte Verdächtigengruppe konzentrieren. Wir werden alle Tierärzte, Jäger und Förster, die in dieser Region tätig sind und waren, unter die Lupe nehmen. Jeder, der allein schon vom Alter her ins Profil passt, wird aufgesucht und vernommen. Was wir dann versuchen werden, ist eine Speichelprobe dieser Männer zu bekommen. Natürlich geht das nur auf freiwilliger Basis. Doch jeder, der sich weigert, macht sich dadurch noch verdächtiger, und wir können eventuell Observierungen anordnen.

Und noch etwas: Osnabrück ist ein kleine Stadt. Alle Gartenbaufirmen und Firmen, die Aquarien verkaufen, werden nach besonderen Anfertigungen befragt. Jeder Händler wird sich erinnern, wenn er ein 50000-Liter-Becken verkauft hat. Sollten sich zwischen diesen beiden Verdächtigengruppen Schnittmengen ergeben, wird nicht mal mehr eine Hand voll Männer übrig bleiben, die als Täter in Frage kommen. Also, wir sind dicht dran! Jetzt werden noch mehr Überstunden gefahren! Bis wir ihn haben!«

Elin blickte zu Schröder. Er sah ernst aus, aber nicht unwillig oder ungläubig. Und er machte sich nicht lustig über sie. Nein, er war beschäftigt. Das war gut. Das war sehr gut. Sie war überzeugt davon, dass nun alles besser werden würde.

Kapitel 21

Schröder setzte Elin am Hotel ab.

»Ich nehm nur schnell eine Dusche und mach mir ein Konzept für die Pressekonferenz. Wenn Sie mich in einer Stunde abholen könnten?«

»Sicher.«

»Bis nachher!«, rief sie und warf die Tür zu.

Schröder fuhr weiter nach Hause. Er wollte schnell etwas essen und sich auch ein paar Notizen machen.

»Ich bin's!«, rief er, als er die Tür aufgeschlossen hatte.

Er ging zum Esstisch und warf seinen Schlüssel darauf. Sein Vater lag nicht auf der Couch. Der Fernseher war aus.

»Papa?«

Sein Vater antwortete nicht. Schröder sah in Karls Zimmer nach, doch das war ebenfalls leer.

»Papa?«

Er hörte ein Stöhnen. Es kam aus dem Badezimmer.

»Papa? Alles okay?«

Er drückte sein Ohr gegen die Tür.

»Hilfe!«, rief sein Vater mit gebrochener Stimme. Schröder versuchte einzutreten, doch die Tür war verschlossen.

»Papa, was ist? Mach auf!«

»Hilfe!«, rief Karl erneut. Schröder überlegte nicht lange. Das war die Situation, vor der er immer Angst gehabt hatte. Er machte einen Schritt zurück und trat, so fest er konnte, gegen die Tür. Es gab ein splitterndes Geräusch, doch die Tür bewegte sich nicht. Er trat ein zweites Mal zu, und die Tür sprang krachend auf. Karl lag nackt auf den Fliesen. Blut war auf dem Boden und auf dem Rand der Badewanne. Die Wanne war mit Wasser gefüllt, der Duschvorhang heruntergerissen. Karl stöhnte und versuchte aufzustehen, doch er schaffte es nicht. Schröder griff seinem Vater unter die Arme und zog ihn hoch. Er setzte ihn auf die Toilette, doch Karl drohte wieder umzufallen. Also schleppte Schröder ihn direkt in sein Zimmer und legte ihn aufs Bett. Karl blutete aus einer Platzwunde an der Stirn. Schröder holte ein Handtuch und drückte es mit einer Hand auf die Wunde, während er mit der anderen seinen Vater zudeckte. Seine Haut war nass und eiskalt.

»Was machst du denn, Papa?«

»Tut mir leid! Tut mir leid! Ich wollte nur mal allein baden, damit du nicht immer … Ich bin ausgerutscht. Ich kann gar nichts mehr allein!«

»Hör auf zu jammern! Ich bin auch schon ausgerutscht im Bad, schon hundert Mal.«

»Aber du kannst wieder aufstehen.«

Schröder legte seinem Vater eine Hand auf die Wange und tätschelte ihn.

»Mach so was nie wieder!«

Schröder rief Petri an, der nur zusagte zu kommen, weil Karl diesmal der Patient war. Karl hatte darauf bestanden, wieder auf der Couch im Wohnzimmer zu liegen, wo Petri nun mit einer kleinen Taschenlampe seine Pupillenreflexe testete. Schröder stand besorgt hinter Petri und stemmte seine Hände in die Hüften.

»Musst du nicht wieder ins Revier?«, fragte Karl.

»Das kann warten.«

»Ist dir übel? Musstest du dich übergeben?«, fragte Petri.

Karl schüttelte den Kopf.

»Nein! Mir geht's prima!«

»Dann ist es keine Gehirnerschütterung. Aber die Wunde werde ich nähen müssen.«

»Nähen, wieso nähen?«, fragte Karl entsetzt.

»Kannst du das denn?«, wollte Schröder wissen.

»Willst du mich beleidigen? Ich bin Arzt! Ich nähe wahrscheinlich besser als jeder Chirurg! Also, Mund halten und staunen!«

Petri zog eine kleine Spritze auf und drückte die Luft heraus, bis die Flüssigkeit aus der Nadel quoll.

»Was wollen Sie denn damit?« Karl verkrampfte sich jetzt schon.

»Ich nähe dich gleich mit einer Nadel, die dreimal dicker ist als diese. Also entspann dich!«

Karl legte sich zurück und schloss die Augen. Petri stach in die Haut neben der Wunde und verteilte das Betäubungsmittel. Anschließend zog er einen Faden durch die gekrümmte Nadel.

»Und, schon taub?« Er drückte gegen die Wunde und desinfizierte sie.

»Fühlt sich komisch an.«

»Dann kann's losgehen!« Petri beugte sich über Karls Kopf und stach die Nadel in seine Haut. Schröder musste wegsehen.

»Na, und du hast ja auch eine schöne Diagnose bekommen, was?«, sagte er zu Schröder.

»Sag mal, gibt es eigentlich keine Schweigepflicht mehr unter euch verdammten Ärzten?«

»Und dann rennst du einfach raus! Irgendwie mach ich mir Sorgen, dass dein Job dich psychisch zu sehr beansprucht.«

»Bist du jetzt auch noch Psychologe geworden, oder was?«

»Schröder, du kannst doch nicht so mit Dr. Petri sprechen!«, ermahnte ihn sein Vater, der kaum noch zu sehen war.

»Wieso nicht?«

»Er ist Arzt!«

»Herrgott, warum vergöttern alte Menschen Ärzte immer so?«

»Alte Menschen sind weise«, sagte Petri. Schröder fiel mit einem Mal die Pressekonferenz wieder ein, und er sah auf die Uhr.

»Scheiße, wegen euch verpasse ich alles!« Er schaltete den Fernseher ein. Die Pressekonferenz hatte bereits begonnen.

»... keine Zweifel, dass diese Verbrechen von ein und demselben Täter verübt wurden«, sagte Elin gerade.

»Wie viele Opfer haben Sie gefunden?«, fragte ein Journalist.

»Wir haben hier in Osnabrück siebzehn Leichen gefunden!« Unruhe machte sich breit. Stimmen wirbelten durcheinander.

»Und die Polizei Remscheid hat weitere fünfzehn gefunden«, sagte Elin lauter, um gegen den Geräuschpegel anzukommen. Abrupt verstummte der ganze Saal. Sogar das Blitzlichtgewitter stoppte.

»Heilige Mutter Gottes!«, sagte Karl fassungslos. Er und Petri sahen gebannt auf den Bildschirm.

»Ihr habt zweiunddreißig Leichen gefunden?«, fragte Petri. Schröder nickte ernst.

»Vielleicht versteh ich dich jetzt ein bisschen besser«, sagte Petri. Er machte einen Knoten in den Faden über Karls Auge und schnitt ihn ab. Während Petri seine Sachen wieder fein säuberlich in die Arzttasche einräumte, warf Schröder einen Blick auf die systematische

Ordnung seiner Instrumente, Spritzen und Tupfer. Auch Petris Kleidung war bemerkenswert ordentlich. Schröder konnte keine einzige Falte an Petris reinweißem Hemd erkennen. Seine Rasur war perfekt, ebenso wie sein Haarschnitt. Elin sprach im Fernsehen davon, die ersten Ergebnisse in ein oder zwei Wochen schon vorlegen zu können.

»Also, Karl, Bettruhe bis übermorgen! Ich komme in zwei Tagen noch mal vorbei. Die Fäden ziehen wir in zwei Wochen.« Petri klebte ein Pflaster auf die vernähte Wunde und reichte Schröder das Papier.

»Darf ich dir den Müll anvertrauen?«

Schröder nahm die Schnipsel entgegen.

»Selbstbewusste Frau, deine Partnerin! Gefällt mir! So, ich muss jetzt los!«

Petri nahm seinen Mantel vom Kleiderbügel und ging hinaus.

Schröder sah seinem Freund aus dem Fenster hinterher, wie er aus dem Haus kam, auf die Straße trat und die Tasche im Kofferraum seines dunkelblauen BMW verstaute. Er hatte Elins Worte noch im Ohr: »Er besitzt ein dunkelblaues oder schwarzes Auto, lebt in einem Haus und ist ein Ordnungsfanatiker. Haus und Wagen werden absolut topp gepflegt sein, ebenso wie seine äußere Erscheinung.«

Schröder musste schlucken. Er war so tief in Gedanken, dass er Karl erst bemerkte, als dieser ihn am Arm berührte. Schröder erschrak.

»Papa! Herrgott, du sollst doch liegen!«

»Ich hab gedacht, wir könnten das irgendwie schaffen. Aber es geht wohl nicht.«

Schröder wurde bewusst, dass sein Vater über etwas

ganz anderes sprach als über seine Verletzung. Er sah müde aus und traurig. Es tat ihm furchtbar weh, seinen Vater so zu sehen. So klein und irgendwie verlassen. Nicht jede Erkenntnis war ein Gewinn. Wahrlich nicht.

»Schon gut, Junge! Niemand hat schuld daran! Es ist, wie es ist. Du kannst mich nicht pflegen. Und ich kann nicht allein leben. Wir müssen das beide akzeptieren.«

Schröder umarmte seinen Vater. Er drückte ihn ganz fest an sich und konnte sich nicht mehr erinnern, wann er das das letzte Mal getan hatte. Er musste ein Kind gewesen sein. Schröder schloss die Augen und wollte seinen Vater nicht mehr loslassen.

Kapitel 22

Es war stockfinster in der Halle. Nur eine einzelne Lampe warf einen eisigen Lichtkegel auf die Frau auf dem Stuhl. Sie war nackt und gefesselt und jammerte kläglich wie ein Tier. Ihre Haare klebten in nassen Strähnen an ihrem Kopf und ihrem Hals. Eine metallene Klammer spreizte ihre Kiefer auseinander. Die Zunge bewegte sich wie ein Tier in ihrem Rachen. Sie bebte vor Angst. Ihre Augen waren weit aufgerissen. Die nackte Panik stand in ihnen.

Plötzlich öffnete sich quietschend eine schwere Tür und fiel wieder ins Schloss. Die Frau blickte um sich. Wild rollten ihre großen weißen Augäpfel herum, wollten sehen, wollten erkennen, wer die Halle betreten hatte und was er ihr antun wollte. Aber die Finsternis um sie herum war undurchdringlich. Schritte kamen auf sie zu. Mit aller Kraft versuchte sie, sich aus den Fesseln zu befreien, doch die Kabel schnitten ihr nur tiefer ins Fleisch, je wilder sie daran zerrte. Die Schritte verhallten. Jemand stand direkt vor ihr. Sie konnte ihn nicht sehen. Sie sah nur eine weiße Atemwolke, die in den Lichtkegel wirbelte. Der Unsichtbare atmete einmal, zweimal, dreimal, dann schoss eine Hand aus der Dunkelheit hervor und packte ihre Zunge. Die zweite Hand tauchte in das Licht ein. Die Klinge eines Skalpells blitzte auf. Die Frau begann zu schreien.

Das Blut aus ihrem Mund tropfte ins Wasser, als der Mann ihr einen Stoß versetzte und sie vornüber in das kleine Bassin stürzte. Das Bassin war gerade mal einen Quadratmeter groß und direkt in den Boden eingelassen. Ihre Hände und Füße waren immer noch gefesselt. Das Blut färbte das Wasser hellrot. Sie schrie um Hilfe, doch sie war nicht mehr zu verstehen ohne ihre Zunge. Ein eisernes Gitter wurde über ihr geschlossen und drückte sie immer tiefer in die Knie. Zwischen Gitter und dem Wasser war gerade so viel Platz, dass sie ihren Kopf über Wasser halten konnte. Doch ihre Nasenspitze berührte schon die Wasseroberfläche. Der Mann schaltete eine Videokamera ein. Die Frau konnte sich nicht mehr lange so halten. Ihre Beine gaben nach, sie tauchte unter und musste Wasser schlucken. Sofort stemmte sie sich wieder hoch und knallte mit dem Rücken gegen das Gitter. Ihre Beine begannen zu zittern. Ihre Muskeln verkrampften in dem kalten Wasser. Einige Minuten konnte sie sich noch so halten, dann gaben ihre Kräfte nach und sie ging unter.

Kapitel 23

Elins Pressekonferenz und ihr Aufruf an die Öffentlichkeit hatten eine wahre Lawine ausgelöst. Nicht nur in der Bevölkerung hatte sich eine Hysterie breitgemacht, sondern auch in der Presse und den Medien.

In der Zentrale gingen täglich Tausende Anrufe ein mit Hinweisen auf den Mörder. Es schien, als ob jeder Bürger dieser Stadt dem Mörder bereits einmal begegnet war oder ihn gar persönlich kannte. Was Elin und Schröder bereits vermutet hatten, dass alle Eltern Panik bekommen würden, trat natürlich ein, und sie ließen ihre Kinder kaum noch aus dem Haus gehen. In wenigen Tagen hatten sich überall Fahrgemeinschaften gebildet, die die schulpflichtigen Kinder zur Schule und wieder nach Hause eskortierten. Bürgerwehren patrouillierten nachts durch die Straßen, und Discos und Nachtclubs hatten kaum noch Besucher. Osnabrück befand sich im Ausnahmezustand. Das Phantom war überall wie ein Geist zugegen. In jeder Straße, in jedem Haus, in jedem Kopf schwirrte es herum und versetzte alles in eine Starre aus Angst.

Und noch etwas passierte. Eine Schwemme an Medienvertretern drohte die Stadt wie eine Flutwelle zu überspülen. Aus aller Welt waren Presse- und Fernsehteams angereist, die jegliche Hotels, Pensionen und Unterkünfte bis aufs letzte Bett ausfüllten. Osnabrück platzte aus allen Nähten wegen eines plötzlich aufkeimenden Serienkillertourismus, der eine Unzahl von Hobbykriminologen, sensationsgierigen Gaffern und sektenartigen Gruppierungen in die Stadt schwemmte. In den Restaurants und

Lokalen mischten sich Stimmen aus aller Herren Länder. Vor dem Polizeirevier kampierten die Fernsehteams und belagerten die Dienststelle wie Ritter eine Festung. Wegeners schlimmster Albtraum war Wirklichkeit geworden. Alle Büros hatten sich hinter Jalousien verbarrikadiert. Das Gebäude wurde wie ein Hochsicherheitstrakt abgeriegelt, weil immer wieder Journalisten mit allen Tricks versuchten, sich Zugang zum Revier zu verschaffen.

Schröder und Elin vermieden es, sich hier zu treffen. Wenn es sein musste, wie für die täglichen Meetings, benutzten sie den Lieferanteneingang.

Schröder hatte heute Morgen schon drei Tabletten genommen. Seinen Vater hochzuheben und ins Bett zu schleppen, hatte ihm den Rest gegeben. Als er morgens erwachte, schoss ein glühender Schmerz wie eine Stichflamme in seinen Rücken, als er nur den Kopf anhob. Er hatte über eine Stunde gebraucht, um aufzustehen und sich anzuziehen.

Auf seinen Wunsch hin fuhr Elin heute das Auto. Er befürchtete, durch eine unkontrollierte Bewegung einen Unfall zu verursachen. Was ihn seine Schmerzen leichter ertragen ließ, war die Tatsache, dass Elin nie ein Wort dazu sagte. Sie drängte ihn nicht, zum Arzt zu gehen, sagte nicht, dass er unvernünftig oder gar verrückt sei. Sie akzeptierte, was er tat, vielleicht, weil sie am besten wusste, wie wichtig ihre Arbeit war.

Sie betraten ein Aquariengeschäft. Herr Maslow, der Besitzer, bediente gerade einen Kunden und verkaufte ihm ein paar Zierfische. Schröder stützte sich auf einem Tisch ab und beobachtete einen Goldfisch, der schwerelos im Wasser schwebte.

»Du hast keine Rückenprobleme, was? Fisch müsste man sein!«

»Schröder, mit wem reden Sie da?«, fragte Elin.

»Mit dem Fisch. Finden Sie das irgendwie merkwürdig?«

»Nein, ganz und gar nicht.«

»Dann ist ja alles in Ordnung.«

Der Kunde verließ den Laden, und Maslow näherte sich ihnen.

»Wie kann ich helfen?«

»Wir sind von der Polizei. Mein Name ist Nowak, und das ist Oberkommissar Schröder.«

»Polizei?«, fragte Maslow ängstlich.

»Keine Angst, es hat nichts mit Ihnen zu tun! Es geht um einen Ihrer Kunden. Haben Sie in den letzten zehn Jahren eine besondere Anfertigung für jemanden verkauft? Ich meine, kein normales Aquarium, sondern etwas sehr Ausgefallenes, vielleicht eine Übergröße oder eine Sonderanfertigung?«

»Zehn Jahre? Sie sind gut!«

»Sie werden doch in ihren Akten nachschauen können.«, sagte Elin ungeduldig.

»Aber ist das denn ... ich meine, muss ich das machen? Ich kann doch nicht meine Kundendaten herausgeben, und plötzlich steht bei denen die Polizei vor der Tür.«

»Ich kann auch eine richterliche Anordnung besorgen, wenn Ihnen das lieber ist.«

Schröder nahm Herrn Maslow beiseite und deutete Elin an, sie solle etwas Geduld haben.

»Ihre Diskretion in Ehren, aber haben Sie zufällig in den Medien über den Serientäter gehört?«

»Sicher! Ah, die Dame kam mir gleich so bekannt

vor!«, sagte Maslow und blickte zu Elin, die beleidigt im Geschäft herumstreifte.

»Dann wissen Sie ja, woran wir arbeiten. Es ist enorm wichtig, dass Sie uns helfen. Ihre Auskunft könnte entscheidend sein. Wir werden selbstverständlich alles diskret behandeln. Also, würden Sie für uns nachsehen?«

»Ich habe selbst zwei Kinder! Natürlich!«

»Hier ist meine Karte. Wenn Sie etwas gefunden haben, rufen Sie mich an. Zu jeder Zeit, in Ordnung?«

Sie fuhren zurück ins Revier. Schröder erzählte Elin von Karls Unfall. Irgendwem musste er es erzählen. Er wusste nicht warum, doch danach fühlte er sich besser.

»Ich mag Ihren Vater.«, sagte Elin.

»Ja, er ist ’n guter Kerl. Nur ziemlich schwer.«

»Sie brauchen eine andere Lösung für zu Hause«, meinte sie.

»Ja, wir versuchen es jetzt mit einem ambulanten Pflegedienst.«

»Das ist vernünftig von Ihnen. Dürfte Ihnen ja schwer genug gefallen sein.«

»Wie meinen Sie das?«

»Kein Mann gibt gerne zu, dass er Hilfe braucht.«

Sie waren im Revier angekommen, und Elin wollte gleich mit Kommissar Ludwig in Remscheid telefonieren.

»Ich komme sofort. Gehen Sie schon mal vor«, sagte Schröder und deutete auf die Herrentoilette. Schröder betrat den gekachelten Raum und ging zu den Waschbecken. Er ließ das Wasser laufen, holte seine Tabletten heraus und steckte sich drei weitere in den Mund. Er wollte einen Schluck Wasser nehmen, als er wieder einen Hieb wie von einem Schwert spürte. Es trat oberhalb der Hüfte in seinen Rücken ein und schob sich hinunter bis in seinen Oberschenkel. Er glaubte, seine Nerven würden zerreißen, und er krallte sich an das Waschbecken. Doch seine Beine gaben nach, knickten ein, und er glitt zu Boden. Stöhnend und ächzend lag er auf der Seite und wartete darauf, dass die Tabletten endlich anfingen zu wirken. Er lag einige Minuten am Boden und hatte keine Vorstellung, wie er allein wieder hochkommen sollte. Da klopfte es an die Tür.

»Schröder? Alles in Ordnung bei ihnen?«, rief Elin.

»Ja, ja, ich komme gleich!«, rief er zurück und unterdrückte einen Schrei.

Elin öffnete einfach die Tür und spähte hinein. Als sie ihn dort liegen sah, stieß sie die Tür auf und rannte zu ihm.

»Schröder!« Sie berührte ihn an der Schulter und drehte sich zur Tür um.

»Ich brauche Hilfe hier drin!«

»Was schreien Sie denn so, es ist alles in Ordnung!«

»Ihr Rücken?«, fragte sie.

»Ja, aber lassen Sie mir nur einen Moment!«

»Hallo! Kann mir jemand helfen, bitte!«, rief sie erneut.

»Machen Sie doch nicht so einen Aufstand! Mir geht's gleich besser!«

Die Tür sprang auf, und ein Polizeibeamter eilte herein. Er kam auf Schröder zugeschossen und versuchte ungeschickt, ihn von hinten hochzuheben. Dabei verlor er seine Polizeimütze, die mit einem hohl klingenden Geräusch auf dem Boden landete.

»Lass mich hier liegen, verdammt!«, rief Schröder und der Beamte ließ gehorsam von ihm ab.

»Gebt mir nur einen Augenblick, Herrgott!« Der Beamte machte einen Schritt zurück.

»Tut mir leid«, sagte er unsicher.

»Ja, ja, schon gut! Und was platzen Sie eigentlich hier so rein? Das ist die verdammte Herrentoilette!«, herrschte er Elin an.

»Wir haben schon wieder eine Vermisste! Eine 23-Jährige aus Lingen!«

Schröder ließ verzweifelt seinen Kopf auf die Fliesen sinken. Die Mütze des Beamten lag direkt vor ihm. Er starrte auf das Polizeiabzeichen, während Elin ihm die Umstände des Verschwindens der Vermissten schilderte.

»Sie ist gestern Nacht nicht mehr nach Hause gekommen. Sie ist Kellnerin in einer Bar und fährt einen Roller. Wohnt mit ihrem Freund zusammen, der die Polizei anrief, als sie morgens noch nicht zu Hause war. Der Roller stand an einer Landstraße. Der Schlüssel steckte noch.«

Schröder hob den Kopf. Er fixierte das Abzeichen auf der Polizeimütze. Ein goldener Polizeistern mit dem niedersächsischen Wappen darin. Und plötzlich war es, als hätte er ein Suchbild aufgelöst. Plötzlich konnte er in dem ganzen Durcheinander ein Bild erkennen. In dem Wappen bäumte sich ein rotes Pferd auf.

»Elin! Erinnern Sie sich an Maries Zeichnungen?«, fragte er.

»Natürlich!«

»Sehen Sie sich das Wappen auf der Mütze an! Das Pferd! Marie hat dieses Pferd gezeichnet!« Elin nahm die Mütze in die Hand.

»Der Mörder ist einer von uns! Er ist ein Polizist!«, sagte Schröder, und die Stille, die darauf folgte, war ohrenbetäubend.

Schröder wollte seinen Verdacht niemandem sonst mitteilen. Für ihn war jeder verdächtig, auch in diesem Revier.

Elin konnte seine Vermutung nachvollziehen, doch für sie blieb es nur eine Vermutung.

»Schröder, ich verstehe Sie. Und die Ähnlichkeiten zwischen den Bildern und dem Wappentier sind sehr auffällig. Dennoch ist das noch kein Beweis.«

»Ich kann es Ihnen beweisen!«, sagte Schröder.

Schröder hatte ein Satellitenfoto der Lichtung an eine Tafel geheftet. Auf dem Foto war eine Stelle mit einem roten Kreis markiert. Schröder und Elin standen vor den vier Polizisten, die damals bei dem Einsatz dabei gewesen waren. Schröder las eine Anwesenheitsliste vor.

»Lange!«

»Hier!«

»Wessel!«

»Hier!«

»Peters!«

»Hier!«

»Und Jovic!«

»Hier!«

»Sie sind die Einsatztruppe, die die Fundstelle untersucht und die Gräber ausgehoben hat. Ich habe Sie heute zusammengerufen, weil wir etwas klären müssen, das immens wichtig für diesen Fall ist. Es geht um einen Schuhabdruck.«

Schröder machte einen Schritt zur Seite und deutete auf das Foto.

»An dieser Stelle, etwa zwanzig Meter nordwestlich von dem Massengrab, haben wir auf einem Trampelpfad einen Abdruck gefunden, der von einem Polizeischuh stammt. Ich möchte, dass Sie versuchen, sich jetzt genau zu erinnern, wo Sie sich an diesem Tag aufgehalten haben und ob der Abdruck vielleicht von Ihnen stammen könnte. Nehmen Sie sich Zeit. Sie können auch nach vorne kommen und das Foto genau betrachten.«

Kaum hatte Schröder den Satz beendet, ging eine Hand nach oben. Der junge Wessel meldete sich.

»Ja?«

»Ich habe dort gesucht! Das war mein Sektor! Ich kann mich noch erinnern, dass dort eine Pfütze war. Ich dachte, ich sollte da besser nicht reintreten, also bin ich rübergestiegen. Aber, dass ein Abdruck darin war, konnte ich nicht erkennen.«

»Sind Sie sich wirklich sicher? Das ist schon eine Weile her.«

»Ich bin mir sicher! Diesen Tag werde ich bestimmt nicht vergessen!«

Der junge Polizist musste um seine Fassung kämpfen. Schröder und Elin sahen auch den anderen an, was dieser Tag in ihnen hinterlassen hatte. Eine bedrückende Stille füllte den Raum. Schröder musste sich räuspern, bevor er weitersprechen konnte.

»Vielen Dank! Sie können gehen!«

Die Männer erhoben sich und verließen den Raum. Als Wessel an Schröder vorbeiging, klopfte er dem jungen Mann auf die Schulter. Wortlos entfernte sich die Gruppe, und Schröder und Elin blieben allein zurück.

»Er war also dort! In seiner Uniform!«, sagte Elin.

»Jensen lag falsch! Der Polizist war nicht übergewichtig, er trug die Leiche auf seinen Schultern. Deswegen war er so schwer.«

»Jetzt verstehe ich! Das ist seine Masche. Er stellt sich nachts auf die Landstraßen und fingiert eine Polizeikontrolle. Auf diese Weise kann er sich die Mädchen heraussieben. Deshalb stehen die Autos am Straßenrand. Deshalb stecken die Schlüssel, stehen die Türen offen.

Natürlich. Sie steigen aus oder von ihrem Roller und gehen mit einem Polizisten mit. Mit jemandem, von dem man zuallerletzt glaubt, dass er … Sie haben ihm alle vertraut und sind mit ihm gegangen! Direkt in ihr Verderben!«

Schröder sah Elin tief in die Augen.

»Jetzt haben wir ihn! Ich weiß, wer es ist!«, sagte er leise, fast flüsternd.

»Was? Wen meinen sie?«

»Niemals haben wir Spuren an den Fahrzeugen finden können. Weil er nie in ihrem Auto war. Sie stiegen ja alle aus! Nur einmal hat er den Fehler gemacht, selbst einzusteigen. Als er ein abgestelltes Auto an der Straße untersuchen musste. Wir waren bereits bei ihm! Das Haar von dem Hirsch stammt von einer Trophäe! Es ist Winkler!«

Kapitel 24

Es war Nacht. Schröder, Elin und acht weitere Einsatzkräfte bereiteten sich auf den Zugriff vor. Der Einsatz war unter höchster Geheimhaltungsstufe organisiert worden. Nur eine Handvoll Beamte war eingeweiht.

Das Einsatzkommando sowie Schröder und Elin waren in Schwarz gekleidet. Drei Scharfschützen präparierten ihre Gewehre und Zielfernrohre. Schröder lud seine Waffe durch, und Elin legte eine schusssichere Weste an.

»Wo ist Ihre Weste?«, fragte sie.

»Mit dem Ding am Körper könnte ich nicht aufrecht stehen.«

»Passen Sie auf, dass Ihr Rücken Sie nicht mal das Leben kostet, Schröder! Würden Sie einen gut gemeinten Rat von mir annehmen?«

»Nein!«

»Gehen Sie zur Osteopathie!«

»Ich weiß nicht mal, was das ist«, sagte er abwertend. Für Unterhaltungen dieser Art war jetzt nicht die Zeit. Jeder musste hundertprozentig konzentriert sein auf das Ziel.

Schröder blickte prüfend zu seinen Kollegen.

»Fertig? Es geht los!«

Sie stiegen in die Autos. Schröder fuhr mit Elin voraus. Sein Herz galoppierte. Er hatte so viel Adrenalin und Schmerzmittel in den Adern, dass sein Rücken völlig taub war. Er fühlte sich an wie ein Stück Holz. Sein Gesicht war kochend heiß, als hätte er Fieber, doch seine Hände waren eiskalt. Gleich würden sie bei ihm sein. Gleich standen sie dem Monster gegenüber. Nur, dass er nicht wie ein Monster aussah. Im Gegenteil. Schröder hatte ihn ganz sympathisch gefunden damals. Aber das war nur eine Maske gewesen. Heute Nacht würde er ihnen sein wahres Gesicht zeigen.

Schröder prüfte im Rückspiegel, ob alle Autos folgten. Als er in die nächste Straße einbog, sah er schon das Haus mit dem Polizeischild. Die Lichter waren alle gelöscht. Ein Team war bereits vor Ort und hatte Winkler seit sechs Stunden observiert. Er war zu Hause. Umsonst würden sie heute nicht kommen.

Nachdem die Scharfschützen sich postiert hatten, stiegen Schröder und Elin aus. Mit vier Beamten gingen sie die Treppe hinauf zur Eingangstür. Ein letztes Mal blickten sie sich alle in die Augen. Als Schröder klingelte und kein Klingelzeichen zu hören war, wurde die Tür aufgebrochen. Die vier Einsatzkräfte gingen zuerst rein. Dann folgten Schröder und Elin. Mit Taschenlampen und Waffen im Anschlag arbeiteten sie sich durch den Flur vor. Geisterhaft starrten die Hirschköpfe sie aus ihren toten Augen an. Ein Beamter ging nach links in die Küche, ein anderer rechts den Treppenaufgang hoch. Ein dritter betrat das Büro am Ende des Ganges. Hier hing Winklers Uniform über einer Stuhllehne. Doch von ihm keine Spur. Geradeaus führte eine Tür ins Wohnzimmer. Der vierte Polizist öffnete sie und fand auch diesen Raum verlassen und dunkel vor. Die Lichtkegel ihrer Taschenlampen flogen umher und beleuchteten ein altes Sofa, auf dem verschiedene Kleidungsstücke lagen, einen Sessel mit einer Fernbedienung auf der Lehne und einen Tisch, vollgestellt mit Tellern, Tassen und Essensresten. In einem Wandschrank standen ein Fernseher und ein DVD-Spieler. Unzählige DVDs lagen in den Fächern des Schrankes. Schröder stand inmitten des Zimmers und lauschte in die Dunkelheit. Elin sah sich ratlos um und ließ ihre Waffe sinken.

»Das ist er nicht! Wir haben den falschen Mann!«

Schröder deutete ihr wütend an, dass sie ruhig sein solle.

Die anderen Beamten stießen zu ihnen.

»Das Haus ist ein Chaos! Es ist der Falsche, glauben sie mir!«

Schröder zeigte mit dem Finger auf den zugezogenen Vorhang. Der Saum bewegte sich leicht. Schröder ging vorsichtig näher und schob ihn beiseite. Eine Terrassentür kam zum Vorschein. Sie war geöffnet und führte in einen Garten. Dort stand ein kleines Häuschen, durch dessen winziges Fenster schwaches Licht auf den Rasen fiel. Über Funk wurden die Scharfschützen reingerufen, die sich als Erste im Garten in Stellung brachten. Dann gingen sie raus. Elin folgte als Letzte. Sie hatte ihre Waffe wieder eingesteckt, weil sie keine Gefahr mehr sah. Irgendwo war ihnen ein Fehler unterlaufen. Vielleicht hatte sie Schröder und seinem Verdacht zu schnell Glauben geschenkt. Vielleicht war das Zusammenkommen so vieler Fakten und Indizien doch nur ein simpler Zufall gewesen. Sie würden Winkler wahrscheinlich beim Fahrradflicken oder beim Biertrinken mit ein paar Freunden überraschen, mehr nicht.

Schröder fixierte die Tür des Gartenhäuschens über Kimme und Korn. Ein Schatten huschte an dem schmutzigen Fenster vorbei und beinahe hätte er abgedrückt. Sein Herz machte einen Sprung und verschlug ihm den Atem. Er holte einmal tief Luft und ging weiter. An der Tür streckte er langsam die Hand aus und berührte die Türklinke. Er musste gegen seine Angst ankämpfen, spürte die Nähe der anderen Polizisten in seinem Rücken und an seiner Seite, und dann drückte er die Klinke herunter und stieß die Tür auf.

Niemand konnte diesen Anblick begreifen. Das Bild, das sich ihnen darbot, war so fremd und brutal, dass zunächst keiner die Gefahr spürte. Das Bild musste erst von ihrem Verstand verarbeitet werden, nachdem sie in Sekundenbruchteilen alle seine Einzelteile wahrgenommen hatten. Als das geschah, als das Begreifen einsetzte, reagierten die Ersten. Ihre Körper spannten sich, die Arme streckten die Waffen weiter vor. Elin ging instinktiv in Deckung und zog ihre Pistole. Schröders Zeigefinger krümmte sich um den Abzug. Seine Augen waren weit geöffnet, sodass sie alles sehen und auf alles reagieren konnten.

In der Mitte des Raumes hing kopfüber ein ausgeweideter Hirsch. Der Bauch war aufgeschlitzt und klaffte auseinander. Seine Kehle war durchgeschnitten und Blut tropfte aus der Wunde in einen kleinen Abfluss im Boden. Die Zunge hing ihm weit aus dem Maul. Verschiedene Eimer und Wannen aus rostigem Metall standen herum. Eine Wanne war mit den noch dampfenden Gedärmen des Tieres gefüllt. In einer anderen befand sich Blut. Eine nackte Gestalt kniete davor. Sie war über und über mit Blut besudelt. Die Gestalt hatte ihren Kopf in die Wanne getaucht und schien das Blut zu trinken. Plötzlich schoss der Kopf aus dem Blut empor. Ein Regen aus Blutstropfen peitschte über die Wände und die Decke. Winkler atmete tief ein und gab einen Laut von sich, der wie ein Wimmern und ein Lachen zugleich klang. Er strich sich die nassen Haare nach hinten, hielt inne und schien zu bemerken, dass er nicht mehr allein war. Langsam drehte er sich um. Er sah grauenerregend aus. Seine Haare glänzten schwarz, der ganze Körper war rot und nackt, nur seine Augen stachen leuchtend weiß aus dem Blut hervor. Er stand auf. Schröder folgte seiner Bewegung mit der Waffe.

»Oh Gott! Es ist vorbei! Es tut mir Leid! Es tut mir Leid!«, sagte Winkler mit tränenerstickter Stimme.

Schröder und Elin standen nachdenklich im Wohnzimmer. Um sie herum sicherten die Kriminaltechniker die Spuren.

»Ich war mir so sicher, dass wir falsch lagen! Alles hier ist anders, als ich es im Profil beschrieben habe! Ich kann mir das nicht erklären! Ich habe Sie in Gefahr gebracht!«

»Schon gut.«, sagte Schröder. Franke kam ins Wohnzimmer.

»Ich denke, Sie haben einen Volltreffer gelandet! In seinem Auto lag eine rote Decke. Sie könnte zu den Faserspuren passen, die wir sichergestellt haben. Und wir haben eben etwas im Kühlschrank gefunden, das wie Menschenfleisch aussieht!«

Schröder blickte in den Flur, wo gerade ein Techniker mit einem Einmachglas aus der Küche kam. Das Glas wurde von einem Scheinwerfer durchleuchtet, und Schröder erkannte ein fast quadratisches Stück Fleisch in einer gelblichen Flüssigkeit. Ein Schauder lief ihm über den Rücken. Er hatte immer noch den Geruch von Blut in der Nase. Dieses Haus war das Grauen. Allein hier zu stehen, kostete ihn Überwindung.

»Ich dachte, ich würde mich freuen, wenn wir ihn schnappen.«, sagte er enttäuscht und schleppte sich müde aus dem Wohnzimmer.

Kapitel 25

Schröder saß im Wartezimmer von Dr. Frambach und warf einen Blick auf die Bilder an der Wand. Ein Bild zeigte einen großen See und viele Kinder, die sich an den Händen hielten und um das Ufer herumliefen. Schröder fiel auf, dass die Tür zum Sprechzimmer nicht ganz geschlossen war. Durch einen winzigen Spalt konnte er hineinsehen.

Da er nichts hörte und vermutete, dass Frambach nicht im Zimmer war, öffnete er die Tür und trat ein. Spielzeug war überall auf dem Boden verteilt. Eine Schublade im Aktenschrank stand offen. Schröder ging weiter. Stifte lagen auf dem Kindertisch und verschiedene Zeichnungen. Darunter auch eine Zeichnung von einem roten

Pferd. Hinten links an der Wand stand eine lederne Couch, die vorher von dem massiven Tisch verdeckt worden war. Ein Teddybär lag darauf. Ihm fehlte ein Auge. Rechts befand sich eine weitere Tür, und an der Wand hingen einige Fotos. Auf einem Foto sah man Frambach mit seiner Frau und zwei Kindern. Schröder erschrak über das, was er auf einem anderen Foto entdeckte. Dort waren Dr. Frambach, Dr. Petri und Dr. Voss abgebildet. Sie standen auf einem Boot und hielten einen riesigen Fisch in ihren Händen. Schröder machte einen Schritt nach vorn, um das Bild näher betrachten zu können. Da hörte er ein Plätschern. Er war in eine Pfütze getreten. Seine Fußspitzen standen in einer Wasserlache, die aus dem anderen Zimmer drang. Als er die Tür öffnete, blickte er in komplette Dunkelheit. Mit einer Hand tastete er nach einem Lichtschalter an der Wand und bekam ihn endlich zu fassen. Er betätigte ihn, und an der Decke flackerten Neonröhren auf, die in zwei Reihen längs des Raumes verliefen. Es war ein ungewöhnlich langer, schlauchartiger Raum. Im zuckenden Licht konnte Schröder zunächst nur Schemen erkennen, doch dann brannten die Röhren konstant. Schröder fuhr ein eiskalter Schock in die Glieder. Unter den Neonröhren standen Seziertische mit Aquarien darauf. Sie bildeten eine Art Spalier bis zum Ende des Raumes, wo ein Aquarium quer stand. In den Wasserbecken lagen tote Frauen, und in dem letzten, querstehenden lag Marie. Als Schröder sie erkannte, öffnete sie ihre Augen, drehte sich zu Schröder und begann zu schreien. Luftblasen sprudelten aus ihrem Mund, und sie schlug mit einer Hand gegen das Glas.

Schröder schreckte aus dem Traum hoch. Er lag auf der Couch in seinem Wohnzimmer und trug sogar noch seine Jacke. Er war schweißgebadet.

Karl kam im Schlafanzug aus seinem Zimmer und lachte über seinen Sohn.

»Na, lange Nacht, was?«

»Ja, viel zu lang!«

Karl humpelte in die Küche und stellte den Wasserkocher an.

»Wir haben ihn!«, sagte Schröder, und es klang furchtbar harmlos.

»Im Ernst? Wer ist es?«, fragte Karl.

»Ein Polizist aus Belm!«

»Ein Polizist?«

»Ja! Jetzt werden wir etwas mehr Zeit haben. Und ich werde eine Woche lang nur schlafen.«

»Das musst du mir in Ruhe erzählen. Ich geh schnell ins Bad«, sagte Karl.

»Ruf mich, wenn du Hilfe brauchst! Und nicht abschließen!«

»Oh, da hat übrigens jemand für dich angerufen. Die Nummer hab ich aufgeschrieben.«

»Wie hieß er denn?«

Aber Karl war bereits im Bad verschwunden. Schröder rieb sich die Augen, stand auf und ging zum Telefon. Die Nummer war ihm unbekannt. Er nahm den Hörer in die Hand, um die Nummer zu wählen, da klingelte das Telefon.

»Schröder?«

Es war Wegener. Schröder hörte, was er zu sagen hatte, und legte auf. Dann steckte er den Zettel mit der Nummer in die Jackentasche und fuhr so, wie er war, aufs Revier.

Winkler saß im selben Verhörraum wie Mike damals. Seine Hände und Füße waren an einen ledernden Gürtel gefesselt. Schröder und Elin saßen ihm an einem Tisch gegenüber. Winkler starrte auf die weiße Tischplatte und grinste.

»Sie wollten uns sprechen?«, fragte Schröder.

Winkler sah auf.

»Das stimmt! Ich wollte gestehen! Ein Geständnis ablegen!«

»Was wollen Sie denn gestehen?«

»Wie haben Sie mich gekriegt? Wie sind Sie auf mich gekommen?«, fragte er.

»Sie haben Fehler gemacht. Es gibt keinen perfekten Mord. Man findet immer Spuren. Jeder Täter verrät sich.«, sagte Elin.

»Ist das so?«

»Dumm, dass Sie in das Auto gestiegen sind. Dumm, dass Marie ihnen entwischt ist.«

Winkler musste lächeln.

»Dumm, dass Sie einen Fußabdruck hinterlassen haben.«

»Sie haben recht! Ich bin wohl dumm.«

»Wo sind die anderen Leichen vergraben?«, fragte Schröder.

Winkler reagierte nicht, starrte nur vor sich hin.

»Was bedeutet Ihnen die Mathematik?«, fragte Elin.

»Ich habe die Mädchen eingefangen. Sie kamen alle mit mir. Alle!«

»Wo haben Sie sie hingebracht?«

»Ich habe sie getötet!«

»Das wissen wir. Aber warum Wasser, warum haben Sie sie ertränkt?«

»Wasser reinigt!«

»Und die Verstümmelungen? Wieso?«, wollte Schröder wissen.

»Ich brauche ihr Blut! Ihr Fleisch! Sonst wäre ich selbst gestorben! Niemand will doch sterben! Ich brauche das Blut. Ich habe eine Krankheit, wissen Sie? Ich kann leider kein normales Essen zu mir nehmen, so wie Sie. Ich bin auf Blut angewiesen. Sonst versagen meine Organe. Das ist eine sehr seltene Erkrankung des vegetativen Nervensystems. Blutarmut. Mein eigenes Blut löst sich einfach auf. Ich muss Blut zu mir nehmen, um meinen eigenen Bluthaushalt zu stabilisieren.«

Schröder wusste nicht, ob er lachen sollte. Nahm Winkler wirklich ernst, was er sagte, oder versuchte er sie lächerlich zu machen?

Doch er sah aus, als sei dieses Gefasel seine volle Überzeugung. Auch Elin zweifelte plötzlich an seinem Geisteszustand.

»Wissen Sie, was die Wurzel aus 121 ist?«, fragte sie.

Winkler reagierte nicht.

»Die Hauptstadt von Frankreich?«

»Sind das Ihre Methoden, um meine Zurechnungsfähigkeit zu prüfen? Eine Rechenaufgabe und ein wenig Geographie? Wenn ich das falsch beantworte, komme ich nur in die Klapse und nicht in den Knast, stimmt's? Glauben Sie, wenn ich zurechnungsfähig wäre, dass ich diese Fragen dann wahrheitsgemäß beantworten würde? Oder würde ich Sie anlügen?«

Winkler beugte sich nach vorn und freute sich auf eine Antwort. Elin sagte nichts.

»Fünf und Belgrad! Ich will Ihnen was sagen, Kollegin! Ich sage Ihnen, wie es sich anfühlt, Blut zu trinken! Blut, das direkt aus den Adern eines Menschen fließt. Es ist herrlich warm, und es ist dicker, vollmundiger als Wasser, aber nicht so breiig wie Tomatensaft, eher wie Orangensaft, ganz weich und warm. Und der Geschmack explodiert förmlich im Mund, sofort hat man das Gefühl, den Geschmack überall zu schmecken, zu riechen und zu fühlen. Er füllt einen ganz aus. Es ist wie flüssige Energie. Der Körper saugt das Blut förmlich auf, und jede Zelle trinkt und trinkt, bis sie voll ist mit diesem wunderbaren Rot. Dieses Rot–«

»Schluss jetzt!«, sagte Schröder laut und stand auf. Diese Unterredung wurde immer mehr zur Farce. Winkler nutzte sie, um sich darzustellen, um sie zu verunsichern. Er spielte mit ihnen. Schröder wollte das jetzt beenden.

»Es ist das Leben, das Sie trinken, und dadurch werden Sie selbst zu Leben!«

Auch Elin erhob sich. Sie gingen zur Tür.

»Versuchen Sie es mal, Kollegin! Sie werden es nicht bereuen!«

Sie verließen den Raum, gingen über den Flur zur nächsten Tür und traten ein. Wegener, Trostmann und Keller saßen hier und beobachteten Winkler durch den Spiegel. Der saß ganz ruhig da und grinste wieder.

»Er hat eine ausgeprägte Psychose! Sie wissen, was das heißt?«

»Aber wir haben ein Geständnis von ihm! Es ist vorbei! Er wird nie wieder rauskommen, egal, wo man ihn hinsteckt! Das war gute Arbeit!«, sagte Wegener anerkennend und reichte Elin die Hand.

»Das war allein Schröders Verdienst! Ich habe dermaßen falsch gelegen, dass ich mir das immer noch nicht erklären kann!«

»Ach, vergessen Sie's! Heute Abend trifft sich die ganze Soko noch mal zum gemeinsamen Essen. Ein Abschiedsabend. Es wäre schön, wenn Sie auch kommen könnten«, sagte Wegener. Er konnte seine Euphorie über den Ausgang des Falls nicht mehr verheimlichen.

»Sicher, gern«, sagte Elin.

»Schröder, du bist selbstverständlich auch eingeladen!«

»Warum sollte ich nicht eingeladen sein?«, fragte Schröder und ging hinaus.

Kapitel 26

Schröder saß allein an der Bar und beobachtete die anderen. Hin und wieder nippte er an seinem Bier. Die meisten waren in ausgelassener Stimmung und hatten das ein oder andere Glas zuviel getrunken. Verständlich, nach den Wochen höchster Anstrengung und Anspannung. Jetzt lachten und scherzten sie miteinander. Eine Gruppe hatte sich um die Jukebox versammelt und sang lauthals die Lieder mit. Elin stand mit ein paar Leuten von der Kriminaltechnik zusammen, und einige versuchten, mit ihr zu flirten. Schröder nahm zwei Schmerztabletten und spülte sie mit seinem Bier hinunter. Keller gesellte sich zu ihm.

»Na, vertragen sich deine Pillen mit Alkohol? Heute ist es auch egal, was? Du musst nicht immer so ernst nehmen, was ich und Trostmann sagen. Wir machen nur 'n bisschen Spaß. Das mit dem Vampir war echt 'ne große Leistung! Hut ab!« Keller klopfte Schröder ein paarmal auf die Schulter und torkelte dann zur Jukebox. Der Titel *Marmor, Stein und Eisen bricht* erklang, und Keller umarmte Trostmann, und alle grölten den Song mit. Schröder wurde es zu laut, obwohl es ganz lustig war. Er ging hinaus und setzte sich auf die Stufen. Es begann, leicht zu nieseln. Die Tür öffnete sich, und Elin lugte heraus. Drinnen sang Drafi gerade *Weine nicht, wenn der Regen fällt,* und Schröder stellten sich die Nackenhaare auf, als er diese Zeilen hörte. Ein unangenehmes Gefühl kroch seinen Rücken herauf, wie eine winzige Schlange. Elin setzte sich zu ihm und musterte ihn neugierig.

»Nicht in Feierlaune?«, fragte sie. Schröder antwortete nicht. Er stellte sich vor, wie der Mörder den Mädchen dieses Lied vorspielte, doch der Mörder war nicht Winkler, sondern wieder diese in Schwarz gekleidete gesichtslose Gestalt. *Weine nicht, wenn der Regen fällt.* Dieser Satz passte auf so morbide und ironische Weise zu diesem Sommer. Der Sinn hatte sich umgekehrt, obwohl der Satz derselbe geblieben war. Dieselben Worte, in derselben Reihenfolge. Und trotzdem entstand ein verkehrter Sinn.

»Ich fahre morgen wieder.«, sagte Elin.

Schröder starrte nur geradeaus.

Elin wollte ihm eine Reaktion entlocken und rempelte ihn mit der Schulter an.

»Sie sind echt schwierig, Schröder!« Sie stand wieder auf. Nach allem, was sie zusammen erlebt hatten, war sie ein wenig beleidigt, dass Schröder so gar nicht auf sie reagierte.

»Ich bring Sie hin.«, sagte Schröder plötzlich. Er kehrte aus seinen Gedanken zurück, kurz bevor Elin in der Kneipe verschwunden war.

»Was?«

»Zum Bahnhof! Ich bring Sie hin!« Elin lächelte und zog die Tür auf. An der Jukebox jubelten die Männer vor Begeisterung und schrien vor Lachen. Aber Schröder konnten sie damit nicht anstecken.

Schröder trug Elins Koffer zum Bahnsteig. Elin hatte ein wenig Angst vor diesem Moment. Sie wusste nicht, wie sie sich von Schröder verabschieden sollte. Irgendwie war er ihr doch ans Herz gewachsen.

»Tja, da sind wir!«, sagte sie. Der Regen pladderte müde auf die Überdachung des Bahnsteigs. An einigen rissigen Stellen hatten sich bereits größere braungeränderte Wasserflecken gebildet, von denen jetzt schwere Tropfen herabfielen.

»Sie fahren nach Hause. Warum so betrübt?«, fragte Schröder.

Elin blickte verloren auf die glänzenden Gleise.

»Zu Hause! Das ist auch nur ein Raum mit ein paar Möbeln drin. Morgen geht's gleich weiter nach Freiburg zum nächsten Fall.«

»Sie sind ein Wanderpokal«, lächelte Schröder.

»Ja, das bin ich wohl.«

Der Zug fuhr ein, ohne dass einer von ihnen die Durchsage gehört hätte. Ein Windstoß erfasste sie, als die Lok sie passierte, und Elins Haarsträhnen tanzten auf ihrer Stirn. Die Bremsen kreischten ohrenbetäubend. Elin nahm ihren Koffer. Sie war sich sicher, dass Schröder ihr nicht die Hand geben wollte, also reichte sie sie ihm erst gar nicht.

»Machen Sie's gut! Und ziehen Sie Ihre Bleiweste an!«

»Alles Gute! Wir waren kein schlechtes Team!«

»Find ich auch!«

Hinter der spiegelnden Scheibe sah Schröder Elin einen Platz suchen. Seine Augen veränderten scheinbar selbstständig den Fokus und stellten Schröders Spiegelbild scharf. Er sah sich allein auf dem Bahnsteig stehen. Ein Tropfen tippte auf seine Schulter wie ein Finger, der ihn daran erinnerte, jetzt besser zu gehen. Elin sollte nicht sehen, wie er sich fühlte. Dieses dumme Ding. Vorlaut und taktlos war sie. Viel zu jung für diesen Job. Aber ehrgeizig genug. Und eine freche Göre.

Er vermisste sie jetzt schon.

Mit Elin verließen auch die Medien die Stadt. Jetzt, wo alles vorbei war, war Osnabrück wieder das, was es immer gewesen war und auch immer bleiben würde. Eine Provinzstadt mitten im ländlichen Niemandsland. Ein schönes Niemandsland.

Alles flüchtete aus den Hotels, füllte die Straßen, Autobahnen und Luftwege. Osnabrück lief aus, wie eine volle Badewanne. Es gurgelte laut im Abfluss, und dann kehrte Ruhe ein. Osnabrück entspannte sich wieder.

Kapitel 27

»Soll ich mich jetzt ausziehen?«, fragte Schröder. Er stand unsicher vor Frau Weber, die ihn schmunzelnd begutachtete.

»Wenn Sie sich dann besser fühlen?«

»Nein, ich weiß nicht …«

»Sie waren noch nie bei der Osteopathie?«

»Ich weiß eigentlich gar nicht, was das ist. Eine Freundin hat mir geraten, Sie aufzusuchen.«

»Ich fänd's klasse, wenn wir erst mal ein bisschen reden würden.«

Frau Weber ging hinter ihren Schreibtisch, und Schröder nahm auf einem Stuhl Platz.

»Es geht um meinen Rücken! Ich habe starke Probleme

mit dem Rücken, schon seit Jahren. Jetzt war ich erst beim Kernspin, und die haben gesagt, dass ich einen Bandscheibenvorfall habe, der irgendwelche Nerven abklemmt.«

»Woher haben Sie den Bandscheibenvorfall?«

Schröder stutzte.

»Was weiß ich?«

»Sie hatten also keinen Unfall, auf den die Verletzung zurückzuführen wäre?«

»Nein!«

»Ich möchte eine Akte anlegen. Schildern Sie mir doch mal alle ihre Verletzungen! Am besten in chronologischer Reihenfolge.«

»Auch die als Kind?«

»Alles ist wichtig!«

»Ja, also mit vier, glaub ich, hab ich mir den linken Arm gebrochen. Die Speiche, das weiß ich noch. Dann später als Jugendlicher mit vierzehn, fünfzehn hatte ich mal einen Bänderriss im Knie, Innenband. Und beim Schlittenfahren hab ich mir mal den kleinen Finger gebrochen, da war ich acht oder so. In der Ausbildung bei der Polizei hab ich mir einen Bänderriss im Sprunggelenk zugezogen. Mit fünfunddreißig ein Schuss in die Schulter. Seitdem nichts, bis auf den Rücken halt.«

»Knie und Sprunggelenk waren auf welcher Seite?«

»Beide rechts.«

»Und die Schussverletzung?«

»Links.«

»Na, das ist doch schon mal was! Und was machen Sie beruflich?«

»Ich bin Polizist.«

»Darf ich fragen, wie alt Sie sind?«

»Neunundvierzig.«

»Okay, dann können Sie sich hinlegen. Auf den Rücken, bitte.«

Schröder legte sich unter Schmerzen auf die Liege und versuchte, eine halbwegs bequeme Position einzunehmen. Frau Weber kontrollierte die Länge seiner Beine. Dann winkelte sie das rechte Bein an und griff mit einer Hand unter seinen Rücken.

»Ganz locker lassen! Nicht mithelfen!«

Sie legte das Bein wieder ab und ging zum Kopfende, wo sie ihre Hände unter Schröders Kopf legte.

»So, Herr Schröder, ich behandle am liebsten nach der craniosakralen Methode. Das heißt, dass ich nur über den Kopf arbeite.«

»Okay«, sagte Schröder, ohne wirklich zu verstehen, was sie meinte.

»Gut! Also, Sie wissen noch gar nichts über Osteopathie. Aber Sie legen sich bereitwillig auf den Tisch. Das heißt, dass Sie wirklich verzweifelt sind, was?«

Schröder musste lachen und bekam sogleich die Quittung in Form von einem Schmerzschub.

»In der Osteopathie sehen wir den Menschen als Ganzes. Der menschliche Körper ist ein komplexes System, das aus Tausenden Einzelteilen besteht. Und wie bei einem Uhrwerk sind alle diese Einzelteile miteinander verzahnt durch Sehnen, Bänder, Muskeln, Haut und Knochen. Ich erfühle an ihrem Hinterkopf Verspannungen in ihrer Muskulatur im ganzen Körper. Hier oben beginnt alles. Und ich kann die Verspannungen auch von hier lösen.«

Schröder fühlte, wie sein Nacken wohlig zu kitzeln begann, doch gleichzeitig spürte er auch eine Spannung, die unangenehm war. Er schloss seine Augen. Bilder flammten auf. Bilder aus seiner Vergangenheit, Bilder aus der

Gegenwart. Unendlich schnell schossen sie auf ihn zu, dass ihm fast schwindelig wurde. Er hatte das Gefühl, in seinen Kopf einzusinken und aus großer Höhe rücklings zu fallen.

Schnell öffnete er seine Augen wieder.

»Jede Verletzung ist nicht nur lokal begrenzt, sie hat immer auch Auswirkungen auf andere Teile des Körpers«, sagte Frau Weber.

Schröder mochte ihre Stimme. Sie beruhigte ihn, und er schloss die Augen wieder. Diesmal sah er nur ein Bild. Er blickte durch den doppelseitigen Spiegel in das Verhörzimmer. Dort standen ein Tisch und der Stuhl, auf dem Winkler gesessen hatte.

»Die Begründung für Ihre Rückenschmerzen ist unbestritten ihr Bandscheibenvorfall. Das bedeutet aber nicht automatisch, dass der Bandscheibenvorfall auch die Ursache ist. Vielleicht ist der Vorfall auch nur ein Symptom! Manchmal muss man in längeren Ketten denken, um die Zusammenhänge zu erklären. Sie liegen meist verborgen und sind nicht so offensichtlich!«

Schröder sah immer noch den leeren Verhörraum vor sich, als plötzlich eine riesige Wasserfontäne den Raum flutete und Tisch und Stuhl mit sich riss und gegen die Wand schleuderte. Immer mehr Wassermassen drängten in den Raum, der sich weiter und weiter auffüllte. Der Pegel stieg immer höher, bis der Raum komplett unter Wasser stand. Der Stuhl schlug gegen die Scheibe, die spinnennetzartig zersprang. Schröder öffnete seine Augen und atmete tief ein.

»Ihr Problem sind Ihre alten Verletzungen, die Ihren Körper über Jahre hinweg gezwungen haben, sich auszugleichen. Muskeln und Sehnen verkrampften und verkürzten sich, und unten im Lendenwirbelbereich kam alles zusammen. Ihre Wirbel wurden förmlich herausgehoben. Eine OP kann den Bandscheibenvorfall beheben. Aber Ihre Probleme werden bleiben, weil der Vorfall nur ein Symptom ist!«

»Das klingt fast logisch, wie Sie's erklären.«, sagte Schröder.

»Es wird ein paar Sitzungen dauern, aber ich denke, wir kriegen das in den Griff. Wenn Sie wiederkommen möchten.«

Schröder setzte sich auf und blinzelte, als wäre er gerade aus tiefem Schlaf erwacht.

»Oh Mann, ich bin total hinüber!«

»Nach den ersten Behandlungen können Erschöpfungszustände auftreten, das ist normal.«

Schröder stellte sich auf die Füße und richtete sich vorsichtig auf. Er wartete auf den Schmerz, doch er kam nicht. Schließlich stand er kerzengerade vor Frau Weber. Der Schmerz war so abgeschwächt, als hätte man seine Nerven in Watte gepackt.

»Wie haben Sie das gemacht?«, fragte er, und zum ersten Mal seit langer Zeit empfand er so etwas wie Freude. Er konnte sein Glück gar nicht fassen.

»Lassen Sie sich vorne neue Termine geben! Bis dann!«, sagte Frau Weber und ging hinaus.

Schröder zog seine Schuhe an. Selbst beim Bücken kam er ohne Probleme hin.

Schröder ging zur Rezeption und erblickte dort ein bekanntes Gesicht. Es war Veronika, die ehemalige Sprechstundenhilfe von Petri.

»Veronika? Was machen Sie denn hier?«

»Herr Schröder! Das ist ja witzig!«, freute sie sich.

»Ich hab Sie schon vermisst bei Dr. Petri! Ihre Nachfolgerin ist … na ja, Sie waren besser!«

»Danke schön! Und Ihr Rücken hat Sie bis hierher geführt?«, fragte sie.

»Ja, Petri weigert sich, mich zu behandeln!«

»Brauchen Sie noch Termine?«

»Ja, richtig!«

Veronika holte einen Block hervor und blätterte darin. Schröder sah sich die junge Frau eindringlicher an. Er lehnte sich weiter über den Tresen zu ihr.

»Also, nächsten Mittwoch wäre abends um halb sechs was frei.«

»Ist gut. Darf ich Sie etwas fragen, Veronika?«

Veronika ließ ihre Augen fest auf den Block geheftet. Sie wusste, was Schröder fragen wollte.

»Warum haben Sie gekündigt? Petri hat so komisch reagiert, als ich ihn gefragt habe.«

»Und die Woche drauf, wieder zur selben Zeit?«, fragte sie.

»Ich habe Sie was gefragt!«

»Was geht Sie das an?«

»Petri ist mein Freund. Ich habe Angst, dass ich ihn nicht richtig kenne.«

Veronika blätterte immer weiter und versuchte, ihre Tränen zu verstecken.

»Veronika, bitte!«

»Wir waren eines Abends allein in der Praxis, und da hat er versucht, sich mir zu nähern. Sind Sie jetzt zufrieden?«

»Ist er handgreiflich geworden?«

Veronika nickte und rieb sich die laufende Nase.

»Er war plötzlich so verwandelt. Ganz anders als sonst.«

Eine heiße Wut stieg in Schröder hoch. Er konnte nicht glauben, dass sein eigener Freund so etwas getan hatte. Er fühlte sich betrogen.

»Hat er Sie vergewaltigt?«, fragte Schröder, und Veronika blickte sich entsetzt um, ob jemand das gehört haben konnte. Aber sie waren allein.

»Nein, ich bin weggelaufen!«

Schröder hätte gern ein Wort des Trostes gesagt. Aber seine Wut konnte ihn keine Sekunde länger hier verharren lassen.

Schröder raste durch die Stadt. Er wollte Petri zur Rede stellen, wollte ihm in die Augen sehen und ihn bestrafen für das, was er getan hatte. Aber eine weitere Frage bohrte sich in Schröders Kopf und ließ ihn nicht mehr los. Die Frage lautete: Was hatte Petri noch getan?

Schröders Handy klingelte, als er gerade eine rote Ampel überfahren hatte. Franke war am anderen Ende der Leitung.

»Hören Sie, Schröder, Sie müssen ins Labor kommen, so schnell wie möglich!«

»Ich muss noch was erledigen!«, sagte Schröder barsch.

»Das hat Zeit, glauben Sie mir! Kommen Sie sofort her!« Franke legte auf, und Schröder ahnte etwas ganz Schreckliches.

Franke saß über ein Mikroskop gebeugt, als Schröder das Labor betrat.

»Was gibt's?«

»Wir haben ein Problem!«

»Erklär's mir so, dass ich es verstehe!«

»Da gibt's nicht viel zu verstehen. Ich hatte nach der Festnahme natürlich noch etliche Tests durchzuführen. Das Sperma, das wir gefunden haben, ist nicht von Winkler! Ich hab einen DNA-Test gemacht. Aber das ist noch nicht alles. Sieh dir das an!«

Franke schob einen Gebissabdruck aus Gips in die Mitte des Tisches.

»Den hab ich mir von Winklers Zahnarzt besorgt. Denn in dem Gewebe, das wir im Kühlschrank fanden, habe ich Bissspuren entdeckt!«

Franke legte eine Folie mit den markierten Bissspuren aus dem Gewebe auf den Tisch und legte den oberen Gipsabdruck darauf.

»Sie passen nicht zusammen.«

Franke sah Schröder fast entschuldigend an. Schröders Gedanken schossen wie Blitze durch seinen Kopf.

»Ich kann nicht sagen, ob Winkler der Mörder ist. Aber vergewaltigt und gebissen hat er sie nicht«, sagte Franke, aber Schröder schien ihm gar nicht mehr zuzuhören.

»Winkler ist nicht die Ursache. Winkler ist das Symptom«, sagte Schröder.

»Wie bitte?« Franke konnte sich keinen Reim darauf machen.

»Winkler ist nur ein Symptom!«

Kapitel 28

Schröder rannte die Stufen zu seinem Büro hinauf. Er war so in Gedanken, dass er gar nicht registrierte, wie lange er das schon nicht mehr hatte machen können. Im zweiten Stock angekommen, riss er die Tür auf und prallte mit jemandem zusammen. Zu seiner Überraschung stand Elin vor ihm.

»Elin!«

»Die haben mir gesagt, Sie seien unten im Labor. Ich muss Sie sprechen!«, sagte sie aufgeregt.

»Was ist?«

»Hören Sie, Schröder! Winkler war nicht allein! Sie waren zu zweit, verstehen Sie? Es waren zwei!«

»Ich weiß! Wie sind Sie drauf gekommen?«

»Sie sagten am Bahnhof, wir wären kein schlechtes Team gewesen! Das ging mir die ganze Zeit durch den Kopf, und dann machte es ›Klick‹! Jetzt ist alles wieder logisch, jetzt ergibt alles einen Sinn! Die Spuren, das Profil! Wir haben den richtigen Mann!«

»Ja, einen von ihnen!«, sagte Schröder.

Ihr erster Weg führte sie zurück zu Winkler. Sie mussten ihn erneut verhören. Er hatte einen Komplizen. Schröder wollte alles daran setzen, die Identität von ihm zu erfahren.

»Und was wollen Sie jetzt von mir hören? Einen Namen? Eine Adresse?«, fragte Winkler und grinste selbstgefällig. Er wusste, dass er in der besseren Position war. Sie wollten etwas von ihm erfahren, durften aber nur »Bitte« sagen, mehr nicht. Schröders Geduld war nach diesem ersten Satz bereits am Ende.

»Sie können sich doch selber denken, dass ich das nie tun würde! Niemals!«, sagte Winkler.

»Sie werden für Ihre Taten in die Klapse kommen, für den Rest ihres Lebens! Ein kleiner Raum in einem langen Trakt und lauter Irre um Sie herum. Und Psychologen, die Sie jeden Tag vollquatschen. Glauben Sie mir, da drin werden Sie wirklich wahnsinnig!«

»Halten Sie mich für dumm, oder sind Sie es selber? Ihre Fallen sind ebenso armselig wie die von Frau Nowak!«

Schröder beugte sich vor und stützte sich auf seinen Knien ab.

»Sie werden kein Blut mehr bekommen! Nicht einen Tropfen Blut! Ihre Krankheit wird sich ungebremst ausbreiten können!«

Schröder hatte ins Schwarze getroffen. Augenblicklich sah man die Angst in Winklers Augen flackern.

»Sie werden grausam an Ihrer Krankheit krepieren! Und der andere läuft da draußen rum und lacht Sie aus! Er lacht, weil Sie dumm sind!«

»Lieber krepiere ich, als ihn zu verraten! Ich würde sowieso sterben, wenn ich es täte!«

»Wie meinen Sie das?«, fragte Elin.

»Er würde sich an mir rächen!«

»Der kommt nicht an Sie heran! Zumindest davor sind Sie sicher!«

»Sind Sie wirklich so naiv?«, fragte Winkler.

»Sie waren sein Handlanger! Er hat Sie benutzt und dann weggeworfen!«, sagte Elin.

»Nein! Er hat mich gut behandelt! Er war der einzige Mensch, der mich jemals gut behandelt hat! Er ist so groß, ein wahrhaft großer Mensch! Er gab mir erst die Möglichkeit, gesund zu werden! Er hat mich geheilt! Er gab mir das Blut! Ohne ihn wäre ich längst tot. Sie kennen ihn nicht. Sie wissen ja nicht, mit wem Sie es tun haben!«

»Doch, wissen wir!«, sagte Elin selbstbewusst.

»Sie lügen! Sie wissen gar nichts! Sie sind den Dreck an seinen Schuhen nicht wert! Er ist so viel größer als Sie! Sie werden ihn niemals kriegen! Er wird weitermachen und weitermachen, und Sie können nichts dagegen unternehmen! Er wird unsterblich werden!«

»Auch er macht Fehler! Marie Karmann ist ihm entwischt!«

»Sie glauben, sie ist ihm entwischt? Er hat sie gehen lassen! Ich habe die Falsche ausgesucht! Er wollte sie nicht und ließ sie frei! Sie sind ja so einfältig! Ihre Dummheit kotzt mich an! Sie kotzen mich an!«, schrie er.

Schröder zog plötzlich ein Messer aus seiner Tasche, ließ es aufschnappen und schnitt sich damit in die Hand. Elin und Winkler sahen ihn entsetzt an. Schröder hielt seine Hand über den Tisch. Blut tropfte aus der Wunde auf die weiße Tischoberfläche. Es tropfte und tropfte, bis sich eine kleine Pfütze gebildet hatte. Winkler starrte wie wahnsinnig auf das Blut. Jede Faser in seinem Körper strebte nach der roten Flüssigkeit. Er wollte sie trinken, doch er musste seine Gier bändigen. Schweiß lief ihm die Schläfen hinab. Er begann zu zittern. Er konnte es nicht länger aushalten und schnellte nach vorn. Wie ein Tier leckte er die Lache vom Tisch. Schröder zog seine Hand zurück.

»Nie wieder Blut! Das waren die letzten Tropfen, die Sie in ihrem Leben bekommen werden! Es sei denn, Sie reden mit uns!«

Winkler blickte sehnsüchtig auf Schröders Hand. Er begann zu weinen, doch dann wandelte sich das Weinen in ein Lachen.

»Ich kann leiden! Ich leide mein ganzes Leben! Können Sie auch leiden, Kommissar Schröder? Können Sie das? Man muss leiden können in dieser Welt!«

Winkler blickte zu Elin.

»Ja, ich leide! Sie ist wunderschön! Haben Sie sie schon gefickt, Schröder?«

»Hör auf!«

»Nein? Aber Sie wollen sie ficken! Und Sie wollen sie leiden sehen dabei, damit das Leid Sie beide vereint!«

Schröder sprang auf und packte Winkler am Kragen.

Sie stürzten zu Boden, und Schröder drückte seinen Unterarm auf Winklers Kehle.

»He, he, Vorsicht, alter Mann! Dein Rücken!« Winkler lachte, obwohl sich sein Gesicht schon tiefrot verfärbt hatte.

»Schröder!«, rief Elin und zog ihn von Winkler herunter.

Elin machte einen Schritt zurück, als sie Schröders Gesicht sah. Er sah aus wie ein wildes Tier. Wie ein wütendes wildes Tier.

Sie hatten sich entschlossen, alle Akten über die Hinweise aus der Bevölkerung mit nach Hause zu nehmen. Das alles hatte niemand mehr durchgesehen, seit sie Winkler gefasst hatten.

»Was schleppt Ihr denn da an?«, fragte Karl.

»1243 Hinweise auf unseren Mörder«, sagte Elin. Und zu Schröder meinte sie: »Sie lesen 622, ich 621.«

»Ich bestell uns mal was zu essen«, sagte Schröder.

Drei Pizzen und etliche Akten später lasen Elin und Schröder einige Hinweise vor.

»Eine Frau Strabert hat unsere Dienststelle kontaktiert, um anzugeben, dass ihr Papagei wisse, wer die Mädchen umgebracht habe! Jeden Tag würde er den Namen des Mörders wiederholen! Es sei der Name ihres Ex-Mannes!«, berichtete Elin.

»Den Vogel können wir gebrauchen! Ich wette, wir haben hier mindestens zweihundert Hinweise auf tatsächliche Straftaten, die aber mit unserem Fall gar nichts zu tun haben. Der Rest ist Papageischeiße«, sagte Schröder.

Elin musste lächeln und las weiter. Schröders Gedanken schweiften ab. Etwas irritierte ihn. Es war eine Irritation ganz weit hinten in seinem Kopf wie ein feines Kitzeln. Ein unangenehmes Kitzeln.

»Woher wusste Winkler, dass ich Rückenprobleme habe?«

»Wie bitte?«

»Vorhin sagte er ›Vorsicht, alter Mann, dein Rücken‹ oder so was, als ich auf ihn los bin. Woher konnte er das wissen?«

Teil 4

Sturmflut

Kapitel 29

Am nächsten Tag geschah etwas, das mit Sicherheit Elins Informationspolitik zu verdanken war. Aber vielleicht war es auch mehr als das. Vielleicht war es Schicksal oder Vorsehung, vielleicht ein Wink des Himmels. Auf jeden Fall war es ein Wendepunkt.

Schröder und Elin erledigten gerade die unangenehme Aufgabe, Wegener klarzumachen, dass es einen zweiten Mörder gab und die Ermittlungen wieder aufgenommen werden mussten. Die Soko musste zurückbeordert werden. Alles musste von vorn beginnen.

»Es ist ja nicht so, dass wir umsonst gearbeitet hätten«, beruhigte Elin Wegener. »Wir haben einen Teilerfolg errungen. Aber wir müssen weitermachen!«

Keller steckte seinen Kopf durch die Tür, während Wegener verzweifelt sein Gesicht in den Händen vergrub.

»Schröder, da ist ein alter Mann, der dich und Frau Nowak sprechen will.«

»Ist gut«, sagte Schröder und blickte über die Köpfe der Mitarbeiter hinweg auf den älteren Herrn. Ihre Blicke trafen sich, und augenblicklich wusste Schröder, dass dieser Mann von Bedeutung war. Eine tiefe Sicherheit erfüllte Schröder, und dem Mann schien es ebenso zu gehen. Ihre Blicke ließen sich nicht mehr los, und Schröder ging wie an der Schnur gezogen zum ihm hinüber.

»Sind Sie Kommissar Schröder?«, fragte ihn der alte Mann.

»Ja.«

»Kann ich Sie und Frau Nowak allein sprechen?«

»Natürlich.«

Schröder, Elin und Herr Brender, wie er sich vorstellte, saßen in der Einsatzzentrale.

Hier waren alle Arbeitsplätze noch vollständig ausgerüstet, sogar einige Unterlagen waren noch auf den Tischen gestapelt. Nur die Menschen fehlten, was dem Raum etwas Geisterhaftes verlieh.

Die drei hatten sich an den vordersten Tisch vor der Tafel gesetzt, an der immer noch die Bilder der identifizierten Opfer hingen.

»Ich habe in der Zeitung von dem Fall gelesen«, begann Brender, »Und als ich das Profil las, da … oh Gott, ich hoffe, ich tue das Richtige!«, schluchzte er.

»Ist schon gut! Es ist alles in Ordnung!«, sagte Elin.

»Was tue ich hier eigentlich? Plötzlich kommt mir alles so abwegig vor!«

»Wohnen Sie hier in Osnabrück?«, fragte Schröder.

»Nein, in Berlin.«

»Etwas hat Sie den ganzen Weg von Berlin hierher fahren lassen. Was ist es?«

»Ich las das Profil und dachte, es könnte vielleicht auf jemanden passen, den ich kenne. Es fällt mir unendlich schwer, das zu sagen, weil ich das Gefühl habe, ihn zu verraten. Aber ich glaube, es könnte mein Sohn sein!«

Brenders Augen schwammen in Tränen. Sein Kinn zitterte.

»Ihr Sohn? Das ist in der Tat ein schwerer Schritt für Sie! Wie kommen Sie darauf?«

»Es passt alles! Mein Sohn ist jetzt 45 Jahre alt. Er war schon immer sehr ordentlich, wissen Sie? Schon als Kind! So ein Kinderzimmer haben Sie noch nicht gesehen! Fast so, als wohne niemand darin. Er war sehr gut in der Schule, besonders in Mathematik. Aber er war ein Außenseiter. Hatte eigentlich keine Freunde. Ich hab nie Freunde von ihm bei uns zu Hause gesehen. Komisch, nicht? Ein Junge sollte doch mit anderen Fußball spielen oder Unsinn machen. Er nicht. Er war schwer zugänglich, sehr verschlossen. Da war immer eine Distanz zwischen uns. Ich weiß auch nicht. Später hat er dann Medizin studiert. Und als meine Frau und ich uns trennten, wohnte er bei mir. Er hat das nur schwer verwunden, glaube ich. Die Trennung. Er ist ... er hat psychische Probleme bekommen. Wir waren aber nie beim Arzt mit ihm. Er war nur manchmal sehr schwermütig, manchmal auch aggressiv. Ich bin sicher, er hätte Hilfe gebraucht, professionelle meine ich. Ich hätte besser auf ihn achten müssen. Ich hätte besser auf ihn achten müssen!«

»Herr Brender, in der Tat trifft ihre Beschreibung teilweise auf das Profil zu. Aber das kann doch nicht der Grund sein, warum Sie hier sind! Sie müssen doch einen Grund haben, warum Sie denken, dass Ihr eigener Sohn fähig wäre, mehrere Menschen zu ermorden!«, sagte Elin.

Brenders Verzweiflung brach aus ihm heraus. Tränen liefen ihm übers Gesicht, die er schnell mit einem Stofftaschentuch wegwischte. Er schämte sich furchtbar für seine Tränen und für das, was er hier tat und früher getan hatte.

»Mein Sohn ... noch als er klein war, so zwölf oder dreizehn, da hab ich ihn in unserem Badezimmer erwischt. Unsere Nachbarn hatten ein Katze, wissen Sie? Er hatte die Katze getötet und in die Badewanne gelegt. Da war überall Blut. Er hatte ihr die Pfoten abgeschnitten und den Schwanz. Ich habe ihn erwischt, wie er … wie er … er onanierte. Und die Katze lag da in der Wanne …

Aber das ist noch nicht alles. Oh Gott, ich schäme mich so, ich habe alles falsch gemacht, ich hätte etwas tun müssen …«

Elin legte ihre Hand auf die von Brender. Schröder registrierte diese Geste mit einem Gefühl von Stolz und Befriedigung.

»Ich glaube, so was mit Tieren hat er öfter gemacht. Ich hab es zwar nie gesehen, aber man hörte ja, wenn in der Nachbarschaft wieder ein Tier verschwunden war. Als er dann bei mir wohnte, da war er ja schon siebzehn, achtzehn, da stand plötzlich die Polizei vor der Tür. Angeblich sollte er eine Frau angegriffen haben. Er hatte ein Messer und wollte sie umbringen. Aber die Frau schrie um Hilfe, und es kamen andere Leute. Einer wollte meinen Sohn erkannt haben. Es kam sogar zu einer Anklage, doch die wurde aus Mangel an Beweisen fallengelassen.«

Schröder und Elin sahen sich an. Beide hatten immer mehr das Gefühl, dass dieser Mann gerade die Geschichte des Mörders schilderte, den sie suchten.

»Ich erzähle Ihnen das, weil ich mich schuldig fühle. Ich habe das jahrelang für mich behalten. Ich habe nie darüber gesprochen, mit niemandem. Ich muss es jetzt sagen, ich muss darüber reden!

Ein paar Monate danach wurden in Berlin und in der Umgebung junge Frauen als vermisst gemeldet. Das war sehr ungewöhnlich bei uns. Oh, hatte ich erwähnt, dass wir in Ost-Berlin lebten? Ich weiß nicht mehr.«

»Sie haben in der DDR gelebt?«, fragte Schröder.

»Ja. Und da war ein Verschwinden ... so was gab es nicht. Wo konnten wir schon hin? Jedenfalls waren drei oder vier Mädchen verschwunden, als eines Tages die Polizei bei mir auf der Arbeit auftauchte. Sie nahmen mich mit. Ich wusste gleich, dass ich jetzt zur Stasi gebracht wurde. Sie brachten mich in einen Verhörraum, ohne Fenster, kalt, nackte Wände und nur ein Licht. Sie legten mir Fotos von dem Mädchen vor, das mein Sohn angegriffen haben sollte. Und sie zeigten mir auch Fotos einer Frauenleiche, die sie gefunden hatten. Wie ich später erfuhr, war das nur ein Trick, um mich dazu zu bewegen, für sie zu arbeiten. Es hat funktioniert. Auch dafür schäme ich mich.«

»Sie wurden auf Ihren eigenen Sohn angesetzt?«

Brender nickte traurig.

»Wir wohnten zusammen! Ich musste alles protokollieren. Wann und wie lange er aus dem Haus ging, mit wem er sich traf, seine sexuellen Vorlieben ... einfach alles.

Ein Jahr später zog er aus. Aber ich besuchte ihn öfters. Ich wusste, dass mit ihm etwas nicht stimmte, ich wusste, dass er schreckliche Dinge tat, und ich habe nichts gesagt!«

»Sie logen gegenüber der Stasi?«, fragte Schröder.

»Er ist mein Sohn. Ich weiß nicht, ob Sie Kinder haben, aber man will doch seine Kinder schützen um alles in der Welt! Ich konnte es ihnen nicht sagen! Man hätte ihn getötet, exekutiert!«

»Sie sagten, Sie wussten, was er tat?«, hakte Elin nach.

»Ich ahnte es. Man hörte ja von den vermissten Frauen, und die Stasi machte mir Druck. Eines Abends kamen sie zu mir und zeigten mir Bilder von einem Massengrab, das sie gefunden hatten. Zehn junge Frauen hatten sie darin gefunden! Zehn! Wenn Sie so etwas sehen ... ich habe das nicht mehr mit meinem Sohn in Verbindung gebracht! So etwas Schreckliches ist zu weit entfernt von einem selbst, verstehen Sie? Ich denke, von da an habe ich mich auch selbst belogen.«

In dem Moment, da Brender das Grab erwähnte, gab es keine Zweifel mehr. Schröder und Elin waren wie von einem Stromschlag getroffen. Trotzdem wollte Elin ganz sichergehen.

»Dieses Grab, gab es da irgendwelche Besonderheiten? Wo war es?«

»Sie hatten es in einem Waldgebiet am Müggelsee entdeckt! Mein Sohn kannte das Gebiet. Wir waren früher oft im Urlaub dort.«

»Er hat also ein großes Loch ausgehoben?«

»Nein! Das war merkwürdig! Er hatte sie alle einzeln vergraben. In zwei Linien. Es sah aus wie eine Eins, wie eine große Eins!« Brender malte die Form auf der Tischplatte nach. Er war der Vater des Mörders. Sie hatten den Vater des Mörders vor sich sitzen!

»Herr Brender, wo ist Ihr Sohn jetzt?« Elin konnte ihre Aufregung kaum noch verbergen. Ihre Stimme zitterte.

»Ich weiß es nicht! Aber denken Sie denn, dass er es wirklich ist?«

»Herr Brender, die Gräber, die wir gefunden haben, waren ebenso angeordnet, wie Sie es beschrieben haben. Die Zahlen sagen etwas über die Anzahl der Opfer aus. Es sind insgesamt 108!«

Brender war zutiefst erschüttert. Seine Gesichtszüge verzogen sich zu einer Grimasse aus Schmerz und Hilflosigkeit.

»Was passierte weiter? Hat die Stasi ihren Angaben Glauben geschenkt?«

»Die Wende! Die Wende kam! Plötzlich waren die Grenzen offen! Plötzlich war irgendwie alles vorbei! Und mein Sohn war verschwunden. Noch in der ersten Nacht. Seit der Grenzöffnung habe ich ihn nicht mehr gesehen. Er ist einfach verschwunden, ohne sich jemals wieder zu melden.«

»Haben Sie ein Foto von ihm?«, fragte Elin.

Brender kramte tränenblind ein Foto aus seiner Manteltasche und reichte es Elin. Es zeigte einen beleibten jungen Mann, der auf einer Couch saß und die Hand ausstreckte, weil er nicht fotografiert werden wollte.

»Das ist von Weihnachten 1988.«

»Wie heißt Ihr Sohn?«, fragte Schröder.

»Axel. Axel Brender.«

Kapitel 30

In der Kriminaltechnik ließen sie ein Computerbild des Fotos erstellen, wie Axel heute aussehen könnte und gaben es an die Presse.

Es gab kaum eine Tageszeitung, die das Foto nicht abdruckte. Auch in den Nachrichtenmagazinen im Fernsehen wurden das Computerbild und das alte Foto von Axel Brender gezeigt, mit dem Aufruf, sich bei der nächsten Polizeidienststelle zu melden, wenn man glaubte, ihn zu erkennen. Und es wurde ein Kopfgeld ausgesetzt. Für sachdienliche Hinweise zu seiner Ergreifung gab es eine Belohnung von 50000 Euro.

Sicher hätte sich Axel längst einer plastischen Operation unterzogen haben können. Selbst wenn er nur seine

Haare verändert hatte und man den natürlichen Alterungsprozess hinzurechnete, konnte man ihn heute vielleicht schon nicht mehr wiedererkennen. Dennoch war der Versuch notwendig. Und es gab jemanden, der ihn in jedem Fall wiedererkennen würde, wenn er ihn sähe. Sein Vater.

Schröder und Elin hatten nun den Druck auf den Mörder erhöht. Er war zu einem Gejagten geworden, und praktisch die gesamte Nation war hinter ihm her. Er würde reagieren müssen, er würde sich andere Methoden suchen müssen, um an seine Opfer zu kommen. Methoden, die ihn aus der Öffentlichkeit fernhielten.

»Mit Winkler ist die Tour auf der Landstraße für ihn gestorben. Was meinen Sie, wie er jetzt versucht an die Frauen heranzukommen?«, fragte Elin. Sie waren gerade auf dem Weg in das Hotel, in dem sie Brender untergebracht hatten. Dunkle Wolken flogen gehetzt über einen windigen Himmel, sodass sich zwischen den Regenschauern immer mal wieder die Sonne zeigte. Der nasse Asphalt blendete Schröder. Er musste seine Augen zusammenkneifen, um sehen zu können.

»Ich würde wahrscheinlich auf Kontaktanzeigen antworten oder eine aufgeben. So kann er sich aussuchen, wen er will und anonym dabei bleiben.«, sagte Schröder und klappte die Sonnenblende herunter.

»Stimmt! Oder im Chat! Er hatte Winkler im Chat kennengelernt, wir haben alte Dateien in Winklers Computer gefunden. Es liegt also nahe, dass er es wieder so versuchen könnte. Keller und Trostmann habe ich mit der Aquariengeschichte beauftragt. Es gibt sieben Ärzte aus Osnabrück und dem Umland, die Sonderanfertigungen bestellt haben. Wir beide sollten uns jetzt darauf konzentrieren, eine Anzeige zu schalten und uns im Chatroom anzumelden. Wir müssen einen Köder auswerfen!«

»Ist gut. Ich muss kurz noch was erledigen.«, sagte Schröder und hielt vor einem Einfamilienhaus. Elin löste ihren Gurt und fragte: »Wo sind wir hier?«

»Ist was Privates. Ich bin gleich wieder da.«

»Oh, natürlich!«, sagte Elin und schnallte sich wieder an. Sie blickte Schröder hinterher, wie er mit gesenktem Kopf durch den Vorgarten zum Haus ging.

Schröder klingelte bei Petri. Hier hatte er noch eine Rechnung offen.

Susanne, Petris Frau, öffnete die Tür. Er hatte befürchtet, dass sie zu Hause war. Lieber hätte er mit Petri allein gesprochen. Er mochte Susanne und wollte sie nicht verängstigen oder gar verletzen.

»Schröder! Das ist ja schön! Komm rein!«

»Stör ich?«

»Ganz und gar nicht! Wie geht's deinem Rücken?«

»Besser!«

»Du Lügner!«

Sie gingen durch den Flur ins Wohnzimmer. Schröder war nicht wohl bei dem, was er vorhatte. In seinem Magen machte sich eine wachsende Übelkeit breit.

»Willst du was trinken?«

»Nein, nichts! Ist Rolf da?«

»Du hast Pech. Er ist übers Wochenende auf Fortbildung.« Susanne freute sich über Schröders Gesellschaft. Sie hatten sich lange nicht gesehen. Sie rückte einen Stuhl vom Esstisch ab, um sich zu setzen, doch Schröder verschränkte die Hände auf dem Rücken und machte einen Schritt zurück.

»Wo ist die Fortbildung?«

»In Berlin. Rolf hat mir von deiner Partnerin erzählt. Hält dich ganz schön auf Trab, sagt er!«

»Was erzählt er denn sonst so?«

»Na ja, von diesem Fall! Schreckliche Geschichte!«

»Sag mal, hat Rolf dir jemals erzählt, warum Veronika gekündigt hat?«

»Veronika? Nein! Schröder, was ist los?« Ihre Mundwinkel zuckten nervös.

»Nichts, ich geh wieder.«

Schröder ging zur Tür, und Susanne folgte ihm besorgt. Sie wusste nicht, was seine Fragen bedeuten sollten. Behutsam legte sie ihm eine Hand auf den Rücken.

»Schröder?«

Er drehte sich um. Susanne stand hilflos da. Beinahe hätte er ihr von seinem Verdacht erzählt. Beinahe.

»Mach's gut!«

Er ging hinaus. Susanne blieb in der Tür stehen. Der Regen war wieder stärker geworden und prasselte auf das Vordach des Hauses.

Schröder stieg zu Elin ins Auto.

»Probleme?«, fragt sie mit einem Blick auf Susanne, die frierend unter dem Vordach stand.

»Nein.«

»Wenn das mit unserem Fall zu tun hätte, würden Sie mir das doch sagen, oder?«

»Das war rein privat.«, sagte Schröder und warf den Motor an.

Brender bot Schröder und Elin einen Stuhl an. Es waren nur zwei Stühle vorhanden, also setzte Schröder sich auf das Bett. Es sah noch vollständig unbenutzt aus. Er hatte wohl die ganze Nacht nicht geschlafen.

»Herr Brender, wir würden gerne mehr über Axels Kindheit erfahren. Aus Ihren Erzählungen klingt heraus, dass Sie ihren Sohn sehr geliebt haben.«

»Ich tue es immer noch!«

»Aber jemand, der geliebt wird, tut solche Dinge nicht! Ihr Sohn war in seiner Kindheit bereits sehr krank. Was hat ihn so krank gemacht, Herr Brender?«, fragte Elin. Brenders Finger drehten fahrig an einem Knopf seiner Strickjacke herum.

»Ich weiß nicht, was Sie von mir wissen wollen! Er war halt anders als die anderen Kinder! Aber das habe ich Ihnen doch schon erzählt!«

»Sie sagten, Ihr Sohn habe die Trennung zwischen Ihnen und Ihrer Frau nicht verkraftet. Aber Sie sagten auch, dass er bereits mit zwölf Jahren Tiere quälte und sogar tötete. Bis man zu so etwas fähig ist, trägt man ein jahrelanges Trauma mit sich herum.« Elins Satz stand wie eine Anschuldigung im Raum, felsenfest und unverrückbar.

Brender sah Elin hilflos an. Er wusste nichts darauf zu antworten.

»Hat Ihr Sohn denn immer mitbekommen, wenn es Streit gab mit ihrer Frau?«, fragte Schröder.

»Wir haben uns nicht gestritten.«

»Sie haben sie bis jetzt kaum erwähnt. Warum?«

»Nun, sie war ja nicht mehr da! Ich und Axel waren allein.«

»Wie war das Verhältnis zwischen Axel und seiner Mutter?«, wollte Elin wissen.

»Gut! Sie war eine gute Mutter.«

»Was war denn der Grund für ihre Trennung?«

»Wir hatten Probleme. Wie das halt so ist. Man lebt sich auseinander ...« Brenders Gedanken reisten zurück in die Vergangenheit. In eine schmerzliche Vergangenheit. Seine wuchtigen weißen Augenbrauen verengten sich und verbargen fast vollständig seine Augen.

»Herr Brender …«, begann Elin, doch Schröder schnitt ihr den Satz ab.

»Ich glaube, das reicht. Wir müssen wieder gehen. Vielen Dank!«

Elin verstand nicht, was Schröder damit bezweckte, doch sie fügte sich.

Sie gingen zur Tür, und Elin trat auf den Flur hinaus. Schröder wollte ihr folgen, als er sich noch mal umdrehte.

»Ach, Herr Brender …«

»Ja?«

»Gehen Sie doch schon mal vor, ich komme sofort!«, sagte Schröder zu Elin.

Schröder trat wieder ein und schloss die Tür hinter sich. Brender blickte irritiert auf, dann erhob er sich von seinem Stuhl und trat auf Schröder zu.

»Ich dachte mir, Sie fühlen sich vielleicht wohler, wenn nur wir sprechen würden. Manchmal hat man Hemmungen im Beisein einer so jungen Dame.«

»Ich weiß nicht.«

»Herr Brender, erzählen Sie mir von Ihrer Frau.«

Brender kämpfte mit sich und den alten Dämonen, die Schröder wieder heraufbeschwören wollte.

»Ich kann das nicht!«

»Ich bitte Sie! Er wird nicht aufhören, bevor wir ihn nicht schnappen. Aber dazu müssen wir ihn verstehen!«

»Ich weiß es nicht! Ich weiß es nicht!«, platzte es aus ihm heraus. »Sie hat es mir nie gesagt! Sie hat etwas mit ihm gemacht! Sie hat ihn nie lieben können, ich weiß nicht warum! Sie hat ihn kaputt gemacht! Er hatte solche Angst vor ihr. Solche Angst! Sie haben beide nichts gesagt.

Ich weiß es nicht! Seit Jahren, seit fast vierzig Jahren lebe ich mit dieser Ungewissheit. Vierzig Jahre! Das bringt mich noch um! Es nicht zu wissen. Nicht zu wissen, was passiert ist. Aber es ist etwas passiert! Und ich hab mir schon alles vorgestellt, glauben Sie mir, alles! Es hilft mir nicht. Niemand kann mir meine Fragen beantworten.«

Natürlich gab es jemanden, der das konnte, dachte Schröder.

»Wissen Sie, wo Ihre Exfrau jetzt lebt?«

»Nein, nach der Wende ging sie nach Nürnberg. Das ist alles, was ich weiß.«

»Keine Telefonnummer?«

Brender schüttelte den Kopf und gab Schröder einen vergilbten Zettel. »Das war ihre letzte Adresse in Nürnberg!«

»Vielen Dank, Herr Brender.«

Brender wendete sich ab und schlurfte ans Fenster. Er musste sich mit einer Hand am Tisch abstützen, so als sei ihm schwindelig. Schröder ließ den Mann mit seinen Erinnerungen allein.

Kapitel 31

Schröder hatte eine Fahndung nach Carmen Brender rausgegeben, und er und Elin waren jetzt bei ihm zu Hause. Elin meldete sich gerade in einem Chatroom an.

»Wie viele von diesen Chatrooms gibt es, was meinen Sie?«

»Tausende. Wir konzentrieren uns nur auf die Bekanntesten!« Schröder setzte sich neben Elin und schaute erstaunt auf Elins Hände, die nur so über die Tastatur flogen. Karl war auf der Couch eingeschlafen und schnarchte vor sich hin.

»Und wie soll er gerade auf uns aufmerksam werden?«, fragte Schröder, ohne eine Hoffnung zu haben, dass Axel den Köder nehmen könnte. Die Chancen standen eins zu einer Million, wenn nicht noch schlechter.

»Daran habe ich schon gedacht!«

Elin zog eine Digitalkamera und eine Perücke aus ihrer Handtasche.

»Jetzt ist mein Alter doch ausnahmsweise mal von Vorteil!«, grinste sie.

»Sie wollen Ihr eigenes Bild da reinstellen? Was, wenn er Sie erkennt? Winkler wusste von meinem Rückenproblem. Glauben Sie im Ernst, er kennt Sie nicht? Sie waren im Fernsehen, verdammt!«

»Ich trage eine Perücke! Ich kann mich schminken, dass mich nicht mal meine eigene Mutter wiedererkennen würde!«

»Wir verraten unsere Strategie. Und Sie bringen sich in Gefahr. Das gefällt mir nicht.« Schröder rieb sich angestrengt die Stirn.

»Schröder, wann sagen Sie mir endlich, was Sie wirklich denken? Sie glauben, Sie kennen den Mörder, nicht wahr? Wer war die Frau vorhin?«

Er überlegte eine Weile und biss sich dabei ständig auf die Unterlippe.

»Machen Sie schon! Setzen Sie das verdammte Ding auf!«, sagte Schröder und warf Elin die Perücke in den Schoß.

Elin verdrehte die Augen. Schröders Sturheit machte sie noch verrückt. Aber das hier würde sie durchziehen. Mit oder ohne ihn.

Zehn Minuten später öffnete sich die Badezimmertür, und Elin kam in ihrer Maskerade heraus. Schröder klappte der Kiefer herunter. Es war fast unheimlich, wie verändert Elin aussah. Sie war ihm fremd. Eine andere Person. Durch die langen Haare wirkte ihr Gesicht viel schmaler, und ihre Augen und Lippen hatte sie derart betont, dass sie ein ganz anderer Typ Frau geworden war.

»Verdammt!«, sagte Schröder.

»Das hatte ich hören wollen!«, freute sich Elin.

Wegener hatte Schröder und Elin in sein Büro gebeten. Keller und Trostmann stießen ebenfalls hinzu. Wegener wollte eine Zusammenfassung der neuen Fakten und Beweise haben.

»Wir haben zwei Ärzte gefunden, die infrage kämen«, sagte Keller, »Ein Zahnarzt und ein Chirurg. Der Zahnarzt hat einen riesigen Teich über mehrere Ebenen mit Kois und dem ganzen Quatsch. Der andere hat ein Aquarium mit Piranhas. Komischer Kerl, aber beide haben Alibis für mindestens zwei Morde!«

»So kommen wir nicht weiter!«, ärgerte sich Wegener.

»Ist dieser Brender wirklich der Vater von unserem Mann?«, wollte er wissen.

»Ich habe keinen Zweifel!«, sagte Elin.

»Können wir das irgendwie nutzen? Was, wenn er sich im Fernsehen an seinen Sohn wendet? Ihn überredet, sich zu stellen?«

»Das wird nichts bringen.«

Schröders Handy klingelte. Er stellte sich etwas abseits und ging ran.

»Es gibt keine Vernunft, die ihn dazu bewegen könnte aufzuhören. Er muss töten, wie er atmen und essen muss.«

»Aber wir brauchen Ergebnisse! Das ganze verdammte Land schaut auf uns! CNN, sogar das neuseeländische Fernsehen steht da draußen und lauert auf jeden einzelnen kleinen Schritt, den wir tun!«

Schröder legte auf und kam wieder dazu.

»Wir haben die Mutter gefunden! Sie wohnt hier in Osnabrück!«

Kapitel 32

»Das ist kein Zufall!«, sagte Elin.

»Was meinen Sie?«, fragte Wegener nervös.

»Er ist hier, weil sie hier ist! Trostmann, Keller, ich will, dass Sie beide überprüfen, wo die Mutter überall gewohnt hat. Ich wette, dass er seiner Mutter seit Jahren folgt. Wenn er in Remscheid war, wird sie auch dort gelebt haben. In jedem ihrer Wohnorte werden wir mindestens eins der Gräber finden. Seine Mutter ist der Schlüssel! Er will ihr etwas zeigen! Er tut das alles, um sie zu beeindrucken. Er tut es für sie!«

Er saß am Computer und gab sein Passwort ein, drückte die ENTER-Taste, und schon war er drin. Mitten in einer unendlichen Welt, einem Schlaraffenland. Ein riesiges Kaufhaus, durch dessen Gänge man jahrelang gehen konnte. Die Regale waren vollgestopft mit Waren, die man sich einfach nehmen konnte. Es kostete nichts. Ihn kostete es nichts. Sie kostete es das Leben. Dies war sein Land, das nur für ihn gemacht worden war. Es gehörte ihm und alle, die darin waren, auch. Sie waren sein Besitz.

Er machte einen Spaziergang, einen Schaufensterbummel. Er klickte Bild um Bild an, bis plötzlich dieses eine Foto auftauchte. Elins Gesicht war auf seinem Bildschirm zu sehen. Seine Hand schwebte über der Maus. Langsam hob er sie, führte sie zum Bildschirm und strich Elin vorsichtig über die Wange.

Schröder und Elin hatten Frau Brender aufgesucht. Herr Traber, ihr Lebensgefährte, hatte ihnen die Tür geöffnet. Er führte sie ins Wohnzimmer, und Frau Brender kam durch die Terrassentür herein. Sie wohnten in einem kleinen Reihenhaus in der Nähe der englischen Kasernen. Das Haus machte einen gepflegten, aber etwas sterilen Eindruck. Alles war dekoriert wie in einem Möbelhaus. Schröder fand, dass ein wenig Leben fehlte. Alles war so systematisch hergerichtet. Eine Wohnung sagte viel über ihre Besitzer aus. Hier hatte Schröder das Gefühl, nichts über die Menschen in diesem Haus erfahren zu können.

Frau Brender zog ihre Gartenhandschuhe aus, machte aber keine Anstalten, ihnen die Hand zu geben.

»Kriminalpolizei? Ich bin etwas irritiert«, sagte sie.

»Vielleicht können wir uns setzen? Es geht um Ihren Sohn.«, sagte Schröder, und dieser Satz schlug ein wie eine Bombe. Frau Brenders Gesicht verfinsterte sich augenblicklich. Sie spürte den Blick ihres Lebensgefährten in ihrem Rücken. Herr Traber hatte nicht gewusst, dass sie einen Sohn hat.

Frau Brender schloss die Terrassentür. Draußen stand ein Blumenkübel, der halb mit Primeln bepflanzt war. Die restlichen Blumen lagen noch daneben.

»Setzen Sie sich doch!«, sagte Herr Traber und bot ihnen einen Platz auf zwei Sesseln an. Er setzte sich auf die Couch, und Frau Brender gesellte sich zu ihm, aber so, dass ihre Körper sich nicht berührten. Ihr war es unangenehm, dass er bei dem Gespräch dabei war. Sie versteifte sich, als spürte sie eine Spinne ihren Rücken hochkrabbeln.

»Frau Brender, ich weiß, dass das jetzt ein Schock für Sie sein muss, aber wir vermuten, dass Ihr Sohn mehrere Morde begangen hat.«, fing Schröder an.

Herr Traber war entsetzt. Frau Brender erstarrte zu Stein. Nur in ihren Augen war noch Bewegung. Sie glänzten wässrig.

»Ihr Mann, Ihr Exmann, hat Kontakt zu uns aufgenommen, weil er befürchtete, dass Ihr Sohn für die Morde in Frage käme. Vielleicht haben Sie es in der Presse verfolgt, dass wir dabei sind, eine Serie von Morden aufzuklären, die sich hier und in anderen Teilen Deutschlands ereignet hat.

Einen Mann konnten wir im Zuge unserer Ermittlungen bereits festnehmen. Es ist jedoch so, dass er einen Komplizen gehabt haben muss. Und eben dieser Mann ist mit großer Wahrscheinlichkeit Ihr Sohn Axel Brender. Es tut mir leid, Ihnen das so schonungslos sagen zu müssen.«

Schröder und Elin warteten auf eine Reaktion, doch das Einzige, was sie sahen, war eine wachsende ängstliche Ungeduld bei Herrn Traber. Er hielt es offensichtlich kaum noch aus in seiner Haut.

»Frau Brender, haben Sie verstanden, was ich gesagt habe?«, fragte Elin.

»Sicher!«, sagte sie mit spitzer Stimme. Sie hatte ihre Lippen so fest zusammengepresst, dass sich kleine Falten um ihren Mund herum bildeten. Sie sahen aus wie kleine Nadelstiche, wie ein zugenähter Mund.

»Frau Brender, wir brauchen jetzt Ihre Hilfe, um Ihren

Sohn ausfindig zu machen. Ich bin Polizeipsychologin und habe ein psychologisches Profil Ihres Sohnes erstellt. Doch um ihn noch besser verstehen zu können, brauchen wir Informationen, die nur Sie uns geben können. Wie es aussieht, hat Ihr Sohn eine ganz besondere Bindung zu Ihnen. Frau Brender, haben Sie einmal in Remscheid gelebt?«

Sie antwortete nicht. Herr Traber sah seine Partnerin an, als sei sie eine Fremde, und er wusste nicht, wie sie hierher in dieses Haus und an seine Seite geraten war. Diese Frau kannte er nicht. Er stand auf und verließ den Raum. Frau Brender schien das wenig zu beeindrucken. Erst als er draußen war, nickte sie, um Elins Frage zu beantworten.

»Das dachte ich mir. Ich vermute, dass Ihr Sohn Ihnen über Jahre gefolgt ist. Wir überprüfen das gerade noch, aber ich denke, dass überall, wo Sie gewohnt haben, auch er hingezogen ist. Wussten Sie das? Haben Sie ihn in letzter Zeit gesehen?«

Sie schüttelte den Kopf und blickte auf ihre Hände.

»Wann haben Sie ihn das letzte Mal gesehen?«, fragte Elin.

Sie antwortete nicht. Ihre Stirn glänzte wie Granit.

»Wir verstehen, dass das alles zu viel für Sie sein muss. Doch wir haben nicht viel Zeit. Er wird wieder töten. Und wir müssen Ihnen ein paar unbequeme und sehr private Fragen stellen.

Frau Brender, Ihr Exmann sagte uns, dass er glaube, dass Sie Ihren Sohn nicht geliebt haben oder nicht lieben konnten. Er denkt, dass zwischen Ihnen etwas vorgefallen ist. Etwas, über das Sie und auch Ihr Sohn niemals gesprochen haben«, sagte Schröder. Er glaubte, dass es Zeit war, sie mit den harten Fakten zu konfrontieren.

Vielleicht musste er sie erst provozieren, um sie aus der Reserve zu locken.

»Welche Beziehung hatte Ihr Sohn zu Wasser?«, zog Elin nach.

Jetzt ging zum ersten Mal ein Flackern über Frau Brenders Augenlider. Sie rieb sich die Finger, so als seien sie beschmutzt.

»Wasser ist etwas sehr Wichtiges für Ihren Sohn. Es ist Teil seiner sadistischen Phantasien! Ihr Sohn hat über dreißig Frauen brutal ermordet und wahrscheinlich noch viel mehr! Ich will Ihnen die Details ersparen, weil sie zu grausam sind, aber ich bitte Sie, reden Sie endlich mit uns! Niemand will Sie beschuldigen. Wir wollen lediglich Informationen!«, sagte Elin.

Frau Brender hob ihren Kopf mit einer Geste, die so etwas wie Stolz ausdrückte und blickte aus dem Fenster. Schröder hatte genug. Er ging hinaus und suchte Traber. Er fand ihn in der Küche über das Spülbecken gebeugt. Der Wasserhahn tropfte.

»Sie haben nichts gewusst?«

»Nein!«, sagte Traber, ohne sich umzudrehen.

»Wie lange kennen Sie sich?«

»Elf Jahre!«

Schröder stellte sich neben ihn und lehnte sich gegen die Arbeitsplatte. So konnte er Trabers Reaktionen im Profil erkennen.

»Was ist Frau Brender für eine Person?«

»Nun, sie weiß, was sie will und wie sie es haben will!«

»Sie kommt mir sehr resolut vor.«

»Ja, sie hat ihren eigenen Kopf. Und manchmal kann sie sehr verschlossen sein.« Traber drehte den Wasserhahn zu.

»Wie haben Sie sich kennengelernt?«

»Über eine Kontaktanzeige.«

»Tatsächlich? Hier in der Osnabrücker Zeitung?«

»Nein, in einem Magazin.«

»Ein Magazin?«

»Ja, wir haben dieselben Vorlieben.«

»Sie meinen …«

»Ja, ich meine! Ich war immer dafür, offen darüber zu sprechen! Das ist nichts, wofür man sich schämen müsste. Wir sind in der Sadomaso-Szene. Ich bin ihr Sklave, sie ist meine Herrin. Und trotzdem lieben wir uns. Das ist sehr wohl möglich!«

»Sie brauchen sich nicht zu rechtfertigen«, sagte Schröder.

»Manche Leute verstehen das nicht.«

»Ich geb mir Mühe, alles zu verstehen«, sagte Schröder.

Elin tauchte in der Tür auf.

»Willst du noch mit ihr sprechen? Mit mir redet sie kein Wort.«

»Nein, wir gehen. Tut mir leid, Herr Traber, wenn wir Sie verstört haben.«

»Nicht Sie haben mich verstört«, sagte Traber.

Schröder und Elin gingen, und Traber suchte seine Partnerin im Wohnzimmer. Die Frau, die er seit elf Jahren liebte, mit der er ein Bett teilte, der er sich seit elf Jahren unterwarf, der er vertraute. Sie war bereits wieder draußen und stopfte die neuen Blumen unsanft in die Erde.

»Willst du drüber reden?«, fragte er und trat hinaus auf die Terrasse.

»Es gibt nichts, was du wissen müsstest«, sagte sie.

Kapitel 33

Sie fuhren zurück ins Revier. Elin war noch völlig aufgebracht über Frau Brenders Sturheit.

»Und, haben Sie mit Ihrer feinfühligen Art noch etwas bei Traber rausbekommen?«

»Sie sind wütend!«

»Was Sie nicht sagen! Die Brender hat sicher allen Grund nichts zu sagen!«

»Sie sind in der SM-Szene!«

»Brender und Traber? Das hat er Ihnen eben mal so erzählt?«, staunte sie laut.

»Er hat keinerlei Problem damit«, sagte Schröder.

Schröders Handy klingelte. Auf dem Display stand Petris Name. Seine Stimme bekam schlagartig eine ganz dunkle Klangfarbe, als er sich meldete.

»Ja?«

»Schröder, du wolltest mich sprechen?«

»Stimmt!«

»Ich bin schon aus Berlin zurück. Wenn du Zeit hast, ich bin im Fitnessstudio.«

»Ich komme«, sagte Schröder und legte auf.

»Wer war das?«, fragte Elin. Schröder fuhr rechts ran.

»Ich muss Sie hier rauslassen! Nehmen Sie sich ein Taxi!«

»Wie bitte?«

»Ich muss was erledigen, allein!«, sagte Schröder.

»Wo wollen Sie hin?«

»Steigen Sie aus!«

»Nein!«, wehrte sich Elin. Sie wollte sich nicht einfach so abschieben lassen.

»Ich sage es Ihnen später!«

»Versprechen Sie mir das?«, fragte Elin und sah ihm tief in die Augen.

»Ja, und jetzt steigen Sie aus!«

Elin verließ den Wagen.

»Machen Sie keinen Unsinn, Schröder!«, sagte sie ängstlich und warf die Tür zu.

Schröder war weg, und Elin hatte keine Ahnung, wo sie war. Ein paar Meter weiter entdeckte sie einen Kiosk.

»Entschuldigung? Können Sie mir sagen, wie die Straße hier heißt?«

»Lotter Straße! Wollen Sie auch was kaufen?«, fragte der Kioskbesitzer.

»Nein, vielen Dank!« Mürrisch setzte sich der Mann wieder, und Elin rief sich ein Taxi über ihr Handy. Während sie wartete, stellte sie sich unter das mit Zeitschriften vollgestopfte Vordach des Kiosks, um sich vor dem Regen zu schützen. Sie drehte dem Besitzer den Rücken zu. Schröders Alleingang gefiel ihr nicht. Nicht nur, dass er sie damit völlig ausschloss und ihr somit das Vertrauen entzog, nein, sie fürchtete auch, dass Schröder sich in etwas verrannte. Er war ein guter Polizist, ohne Zweifel, doch dieser Fall nagte zu sehr an ihm, und seine Schmerzen und die Sorge um seinen Vater belasteten ihn so sehr, dass ihm das alles über den Kopf zu wachsen schien. Warum sagte er nichts, warum hielt er seinen Verdacht geheim, wen versuchte er zu schützen? Ihre Augen wanderten über die Fotos und Überschriften der Zeitungen und Magazine in der Auslage. Die Reifen der vorbeifahrenden Autos zischten auf der nassen Fahrbahn und warfen einen feinen Regen auf den Gehweg. Elin war ganz auf die Fragen in ihrem Kopf konzentriert. Bis etwas sie aus ihren Gedanken riss und zurück in diese Welt holte.

Ihre Augen waren wie von selbst auf einem Foto haften geblieben, als wollten sie ihr sagen: *Sieh hin, sieh genau hin!*

Es war eine Modezeitschrift. Auf dem Titelcover war eine junge Frau vor einem weißen Hintergrund abgebildet. Sie hatte brünettes, langes Haar und ein ovales Gesicht mit hohen Wangenknochen. Sie war wunderschön, dachte Elin. Wunderschön. Der Mörder würde das auch denken. Der Mörder würde sie auswählen, wenn er die Wahl hätte, dachte Elin. Sie glaubte nicht an Zeichen. Aber dieses Bild sprang ihr förmlich entgegen. Die Augen des Models schienen sie festzuhalten, und ihr Mund schien ihr etwas zuflüstern zu wollen. Elin zog das Magazin aus dem Ständer und schlug es auf. Sie wusste nicht, was sie suchte, bis sie es fand. Den Anzeigenteil ganz hinten in der Zeitschrift. Mit dem Zeigefinger fuhr sie über die Überschriften und las und las. Dann blieb ihr Finger auf einer Überschrift stehen. ***Fotograf sucht Model!*** *Ausgebildeter Fotograf sucht Models zwischen 20 und 28 Jahren, brünett, lange Haare, für Aufnahmen in Modemagazin! Tel.: 0168/189109.* Elin blickte lange auf diese Anzeige. Sie fühlte, dass sich dahinter etwas verbarg, dass diese Anzeige eine Maske war, seine Maske! Das Taxi hielt auf der Straße. Als Elin keine Anstalten machte einzusteigen, hupte der Fahrer einmal. Elin schrak auf.

»Ich will die hier!«, sagte sie eilig zum Kioskbesitzer.

»Drei Euro fünfzig!«, sagte er und tippte den Betrag in die Kasse ein. Elin warf ihm einen Fünfeuroschein hin und lief zum Taxi.

»Wo soll's hingehen?«, fragte der Fahrer und blickte Elin im Rückspiegel an.

»Fahren Sie einfach los!«, sagte Elin und legte das Magazin aufgeschlagen neben sich auf den Rücksitz. Die nassen Häuserfassaden huschten an den beschlagenen Fenstern vorbei. Die Regentropfen auf der Scheibe zitterten im Fahrtwind. Elin fragte sich, wie viele Tropfen es wohl sein mochten. Sie zitterten, wie die Menschen vor ihm zitterten, bevor er kam und sie wie der Wind einfach davonschleifte und zerriss. Wie viele? 1000? 2000 Tropfen? Eine noch größere Zahl? *Zahlen! Er liebt Zahlen*, schoss es Elin durch den Kopf. Sie griff so schnell nach der Zeitung, dass eine Seite anriss. Er liebt Zahlen! Sie blickte auf die angegebene Handynummer. *0168/189 109*. Eine sechsstellige Rufnummer war ungewöhnlich. Meistens waren sie sieben- oder achtstellig. 1–8-9-1-0-9. Es musste eine Bedeutung haben! Was bezweckte er? Er wollte über die Anzeige sein nächstes Opfer suchen. Es würde das 109. Opfer sein. Und plötzlich war Elin alles klar. Plötzlich hatte diese Nummer ein System. 18–9-109. 18 Leichen. Das Grab Nummer 9. Und das 109. Opfer. Das war es!

»Langsam müsste ich aber wissen, wo ich hinfahren soll!«, sagte der Fahrer und blickte wieder in den Rückspiegel. Elin hatte ihn gar nicht gehört. Sie rief den Mobilfunkanbieter an.

»Ja, hier Nowak, bieten sie auch Wunschrufnummern an?«

»Ja, das machen wir!«

»Sie meinen, ich kann mir jede beliebige Nummer bei Ihnen aussuchen?«

»Wenn sie nicht schon vergeben ist, ja! Wir müssen nur im Com…« Elin legte auf. Doch nur, um eine weitere Nummer zu wählen. 0168/189 109.

Kapitel 34

Schröder betrat das Fitnessstudio. Er kam an einen Empfang, der eher an ein Hotel gehobener Klasse erinnerte. Ein kräftiger Mann im weißen Oberhemd begrüßte Schröder.

»Guten Tag! Wie kann ich Ihnen helfen?«

»Ich suche Dr. Petri!«, sagte Schröder ungeduldig.

»Dr. Petri ist im Kraftraum. Den Gang runter und die letzte Tür auf der rechten Seite. Sind sie Mitglied?«

»Ja, bin ich.«, sagte Schröder und zeigte seine Polizeimarke. Er ging den Flur entlang und öffnete die Tür zum Kraftraum. Der Raum war fast leer. Ein Mann wickelte sich gerade sein Handtuch um den Nacken und ging an Schröder vorbei nach draußen. Weiter hinten, etwas verdeckt von den Geräten, sah Schröder Petri auf der Drückerbank vor einem großen Spiegel liegen. Er stemmte eine Hantel in die Luft und legte sie auf der Halterung ab. Petri bemerkte Schröder erst, als er bereits neben ihm stand und ihn wortlos anstarrte.

»Ah, Herr Kommissar! Was schleichst du dich so an?«, sagte Petri. »Würde deinem Rücken auch ganz gut tun!«, fuhr er fort und wischte sich den Schweiß von der Stirn.

Schröder stand nur da und versuchte, in seinem Freund das zu sehen, was er in ihm vermutete. Er versuchte, hinter die Maske zu schauen.

»Was ist mit dir? Susanne sagte, du seist so komisch gewesen! Sie hat sich Sorgen gemacht!«

»Hat sie Grund, sich Sorgen zu machen?«, fragte Schröder.

»Was meinst du?«

»Deine Frau! Hat sie Grund, sich Sorgen zu machen?«

»Wovon redest du?«, fragte Petri irritiert.

»Rate mal, wen ich getroffen habe!«, sagte Schröder.

»Sag mir einfach, was du willst! Ich hab keine Zeit für solche Spielchen!« Petri legte sich wieder hin und nahm die Hantel hoch.

»Ich hab Veronika getroffen.«

Petri hielt inne. Das Gewicht balancierte auf seinen ausgestreckten Armen. Dann legte er es wieder ab.

»Was hat sie dir erzählt?«

»Sie hat mir erzählt, was du mir nicht sagen wolltest!«

»Mein Gott, was willst du von mir hören? Soll ich dir vielleicht beichten? Ich bin nicht einer deiner dämlichen Kriminellen!«, fuhr Petri ihn an.

»Wer bist du dann?«, fragte Schröder ruhig.

Petri fixierte Schröder, als hätte er den Verstand verloren.

»Wer bist du wirklich?« Schröder ging ans Kopfende der Bank.

»Mach dich nicht lächerlich! Lass mich trainieren!«, sagte Petri und hob die Hantel erneut aus der Gabel.

»Wie war's in Berlin?«

»Hau ab, Schröder!«, rief Petri.

Schröder legte beide Hände auf die Hantelstange und drückte sie herunter. Petri war überrascht und in dieser Situation sogar entsetzt über Schröder. So kannte er ihn nicht. Mit aller Kraft musste er gegen das Gewicht und den Druck, den Schröder ausübte, ankämpfen. Sein Gesicht rötete sich, die Adern an seinem Hals traten hervor. Er bleckte seine Zähne.

»Bist du es?«, fragte Schröder und beugte sich über ihn.

Die Hantel näherte sich immer weiter Petris Brustkorb. Seine Arme zitterten.

»Bist du es?«, schrie Schröder, und seine Stimme füllte den gesamten Raum an.

Schröder griff um, umfasste die Hantel von unten und warf sie zur Seite. Laut krachend prallte sie auf den Boden. Schröder zog seine Waffe und drückte sie Petri direkt auf die Stirn.

»Winkler wusste von meinem Rücken! Er wusste es von dir! Du hast es ihm erzählt! Du warst es!«

Petri rollte sich zur Seite und presste sich mit dem Rücken gegen die Wand. Die nackte Angst hatte ihn nun gepackt. Von seiner selbstsicheren, überheblichen Art war nichts mehr übrig geblieben.

»Bist du völlig wahnsinnig?«, jammerte er.

»Bist du es?«, schrie Schröder.

»Nein! Nein! Was denkst du denn?« Petri brach in Tränen aus. Er hatte Todesangst vor seinem Freund. Schröder war irre geworden, er hatte den Verstand verloren.

Schröder zielte noch auf ihn. Petri kauerte wie ein Häufchen Elend am Boden. Schröder spürte plötzlich nichts mehr. Dieser Anblick schien alle seine Gefühle ausradiert zu haben. Er war völlig leer. Keine Wut, kein Hass, nichts mehr. Er ließ die Waffe sinken und entfernte sich langsam von Petri. Er ließ ihn nicht aus den Augen, bis er die Tür erreicht hatte. Erst jetzt drehte er sich um und ging.

Teil 5

Land unter

Kapitel 35

Schröder kam aus dem Kraftraum. Er musste einen Moment stehen bleiben und sich sammeln, nur mal kurz Luft holen. Sein Herz raste. Seine Augen brannten. Ein Tropfen fiel ihm auf die Stirn. Schröder sah nach oben. An der Decke verlief ein kleines Rinnsal wie eine feine gläserne Ader. Wieder fiel ein Tropfen. Das Rinnsal schien aus dem Kraftraum zu kommen. Schröder folgte der Wasserader an der Decke und betrat erneut den Raum, in dem er Petri beinahe erschossen hätte. Zu seiner Überraschung war es stockfinster hier. Alle Geräte waren verschwunden, der Raum war bis auf ein Objekt völlig leer. In der Mitte stand ein riesiges, beleuchtetes Aquarium. Eine Frau schwamm regungslos mit dem Rücken zu Schröder im Wasser. Schröder ging näher. Er hörte ein pulsierendes Rauschen in seinen Ohren. Es war sein Blut. Er hörte sein Blut, wie es durch seine Adern gepumpt wurde. Die Haut der Frau schimmerte wie Eis in dem Wasser. Sie war nackt. Schröder ging links um das Aquarium herum. Die Arme der Frau schwebten in der Flüssigkeit, als klammere sie sich an etwas Unsichtbarem fest. Etwas, das sie retten sollte. Schröder sah nun ihre Nasenspitze, ihre Wangenknochen, die Lippen und schließlich ihre Augen. Es war Elin. Sie trug die Perücke, die sie für das Foto gekauft hatte.

Schröder erwachte. Er saß in seinem Auto auf der Straße vor seiner Wohnung. Er musste die ganze Nacht hier verbracht haben. Sein Rücken schmerzte wieder. Der Schmerz zog bis ins Bein und unter die Fußsohle. Schröder rieb sich das Gesicht und sah auf die Uhr. Es war zu spät für eine Dusche oder ein Frühstück. Er fuhr ins Hotel, um Elin abzuholen.

Sie hatten Brender informiert, dass sie seine Exfrau hier in der Stadt ausfindig gemacht hatten und dass sie jede Aussage verweigerte. Ohne lange zu überlegen, hatte Brender darum gebeten, mit ihr sprechen zu dürfen.

Schröder hielt vor dem Haus. Er drehte sich zu Brender um, der hinten saß und ängstlich und entschlossen zugleich zum Eingang des Hauses blickte.

»Ich will nur, dass Sie sich keine falschen Hoffnungen machen!«, sagte Schröder.

»Wir werden sehen!«, sagte Brender und öffnete seine Tür. Sie gingen die Eingangsstufen hinauf und Schröder klingelte. Niemand öffnete ihnen. Schröder klingelte ein zweites Mal, und sie mussten lange warten, bis Herr Traber die Tür endlich aufschloss. Er war schneeweiß im Gesicht, nur seine Augen lagen tief in schwarz geränderten Augenhöhlen. Sogar seine Lippen waren weiß.

»Herr Traber, ist alles in Ordnung?«, fragte Schröder erschrocken.

»Soll ich die Polizei rufen?«, fragte Traber verstört und blickte sie verloren an.

Schröder schob ihn beiseite, zog seine Waffe und ging ins Haus hinein. Elin, Traber und Brender folgten ihm.

»Alles in Ordnung, Herr Traber. Sagen Sie uns, was passiert ist!«, sagte Elin und legte eine Hand auf Trabers Schulter.

»Frau Brender?«, rief Schröder in die obere Etage.

Doch es kam keine Antwort. Schröder ging weiter und entdeckte die offenstehende Kellertür. Das Licht auf der Treppe brannte.

»Frau Brender?«, rief er hinunter.

Es blieb still.

Schröder stieg die Stufen hinab. Im Keller fand er drei Türen. Eine führte in den Heizungskeller, eine andere in den Waschkeller. Die dritte Tür stand offen und war von innen mit Styropor verkleidet. Rotes Licht fiel auf die Bodenfliesen. Schröder hob seine Waffe und blickte in den Raum. Hier hingen Lederfesseln und Ketten von der Decke. Hinten rechts stand ein lederner Liegestuhl, der mit Fesseln versehen war. Lackkostüme und Masken hingen an den Wänden. Auf einem Tisch lagen diverse Waffen und Peitschen. In der Mitte des Raumes stand ein schwarzes Holzpodest. Frau Brenders Beine waren daran hängen geblieben. Ihr Oberkörper schwebte in der Luft, gehalten von einer Galgenschlinge um ihren Hals. Sie war tot. Sie hatte sich erhängt. Unter ihr auf dem Boden lag ein weißer Umschlag. Schröder steckte seine Waffe ein und nahm ihn an sich.

Herr Traber hatte einen Schock erlitten und musste im Krankenhaus behandelt werden. Auch bei Brender waren sich Schröder und Elin nicht sicher, ob er nicht unter Schock stand. Doch er hatte nur ein Ziel. Er wollte die Wahrheit erfahren. Er war sich sicher, dass seine Frau die Wahrheit in ihrem Brief geschrieben hatte. Er konnte nicht länger warten. Das Warten hatte hier ein Ende gefunden. Aber die Wahrheit würde vielleicht nicht das sein, was er sich erhoffte. Sie würde keine Erlösung sein.

Frau Brenders Leiche wurde in einen Leichensack gelegt und mit einem Krankenwagen in die Gerichtsmedizin gefahren. Eine Obduktion sollte Aufschluss über ihren Tod geben. Dies war ihre vorletzte Fahrt, bevor der Leichenwagen sie auf den Friedhof brachte. Eine Fahrt, die Folgen haben würde.

Der Krankenwagen hielt in einer kleinen Parkbucht vor dem Eingang der Gerichtsmedizin. Die beiden Fahrer zogen die Liege mit dem schwarzen Leichensack aus dem Wageninnern und schoben ihn durch eine Tür in den weiß gekachelten Gang.

In seinem Büro öffnete Schröder den Brief. Er faltete ihn auseinander.

»Das ist ein sehr langer Brief«, stellte Schröder fest.

»Bitte lesen Sie endlich!«, sagte Brender.

Schröders Hände waren feucht. Er schwitzte, und sein Hals fühlte sich rau und trocken an. Er hustete einmal in seine Faust und begann zu lesen.

Ich schreibe dies in dem Wissen, dass sich jetzt alle auf mich stürzen werden und mich zur Schuldigen erklären wollen. Und ich weiß, dass dies der einzige Weg ist, dem zu entkommen.

Ich hatte immer Angst, meinem Sohn einmal wieder zu begegnen. Ich habe nicht gewusst, dass er mir folgte, aber irgendwie fühlte ich es. Egal, wo ich war, ich habe mich nie sicher gefühlt. Ich lebte in ständiger Angst.

Aber ich habe doch auch ein Recht auf meine Freiheit. Ich habe doch auch eine Berechtigung für mein Dasein. Mein eigener Mann hielt mich für pervers, behandelte mich wie eine Aussätzige. Aber meine Neigungen waren nun mal da. Ich konnte sie nicht unterdrücken. Es war normal für mich. Das ist es immer noch.

Mein Mann ließ mich im Stich damit und verurteilte mich. Ich war allein. Und in unserem Land konnte man nicht in irgendwelche Clubs gehen, geschweige denn Inserate aufgeben oder im Internet nach dem suchen, was man brauchte. Ich war ganz allein. Und Axel war nun mal da. Es hat sich einfach so ergeben.

Ich bin so furchtbar entsetzt über das, was er getan haben soll. Er war immer ein friedlicher und lieber Junge. Er konnte keinem etwas zuleide tun. Und ich habe ihn geliebt. Er war ein so lustiges aufgewecktes Kind.

Jetzt steht plötzlich die Polizei vor meiner Tür und will mich verantwortlich machen für alles. Ich weiß das. Aber es ist doch nicht meine Schuld. Ich weiß, dass mir keiner glauben wird, dass ich für alles herhalten muss. Aber jeder ist doch selbst verantwortlich für das, was er tut. Ich habe doch keinen Mörder großgezogen.

Diese Frauen tun mir so furchtbar leid. Keine Mutter hört auf, ihren Sohn zu lieben, nicht mal dann, wenn er so schreckliche Dinge getan hat. Aber ich will auch helfen.

Die Polizei fragte mich nach Wasser. Warum ihm Wasser so wichtig sei. Es kam öfter vor, dass wir Wasser im Keller hatten. Manchmal auch sehr hoch. Wenn er ungezogen war und ich ihn da unten einsperren musste, dann stand er manchmal bis zur Hüfte im Wasser oder noch tiefer. Wenn es so weit war, ging ich zu ihm rein und holte ihn zu mir. Ich trocknete ihn ab und wärmte ihn dann bei mir.

Ich drohte ihm damit, ihn für immer dort unten einzusperren, wenn er jemals irgendjemandem etwas erzählen sollte. Da war ein Foto, das ich aus einer Zeitschrift gerissen hatte. Ich zeigte es Axel und sagte, dass er genauso enden würde wie der Mann auf dem Foto. Das hat ihn sehr beeindruckt. Er hatte furchtbare Angst vor diesem Foto. Ich hatte es schon fast vergessen, doch als ich damals nach Remscheid zog, fand ich es plötzlich in meinem Briefkasten.

Schröder machte eine Pause. Brender fügte die Puzzleteile in seinem Geiste zu einem schrecklichen Bild zusammen. Jetzt erklärte sich alles. Sie hatte ihren Sohn missbraucht. Die eigene Mutter. Sie hatte seinen Axel zerstört, hatte ihn getötet dort unten. Sein kleiner Junge war ahnungslos in den Keller hinabgestiegen. Und er war für immer dort unten geblieben. Eingesperrt hinter Gittern. Im Wasser auf seine Mutter wartend, die ihn retten sollte. Aber das hatte sie nicht getan. Sie hatte ihn getötet. Langsam getötet. Jedesmal wieder.

Schröder fand das Foto in dem Umschlag. Es war ein Hochglanzfoto und noch gut erhalten. Darauf war ein völlig abgemagerter Mann zu sehen, der in einem in den Boden eingelassenen Kerker gefangen war. Seine knorrige Hand reckte er durch ein Eisengitter zum Himmel. Im Hintergrund war eine alte Fabrik mit einem Schornstein zu sehen.

Schröder reichte Elin das Foto. Sie erkannte sofort, wie die sadistischen Phantasien des Mörders mit seiner Geschichte zusammenhingen. Ein Bild, für immer in die Seele gebrannt. Brender beugte sich vor und nahm Elin das Foto vorsichtig aus der Hand. Ohne ein Geräusch von sich zu geben, rannen ihm die Tränen aus den Augen. Ein nicht enden wollender Fluss. Ein endloses Rinnsal aus stummen Tränen.

Die Männer schoben die Liege durch die Tür zur Leichenhalle und stellten sie neben einen freien Seziertisch. Weise stand am Waschbecken und trocknete sich gerade seine Hände ab. Einer der Männer übergab Weise den Totenschein.

»Ausnahmsweise mal ein Selbstmord, wie's aussieht!«, sagte er.

Weise las den Schein im Licht der Lampe über dem Tisch durch, während die beiden den Leichensack auf den Seziertisch beförderten. Sie verabschiedeten sich und Weise war nun allein. Er zog sich Latexhandschuhe an und zog den Reißverschluss des schwarzen Plastiksackes auf.

Ein lauter, wimmernder Schrei entfuhr seiner Kehle, als er seine Mutter erkannte.

»Lesen Sie weiter!«, sagte Brender. Schröder nahm die Seiten wieder zur Hand.

Ich wusste, dass nur er das gewesen sein konnte. Sein Vater ahnte ja von all dem nichts.

Seit diesem Tag fühlte ich mich ständig beobachtet. Bis heute. Egal wo ich hinzog, ich konnte dieses Gefühl nicht loswerden. Ich habe Angst vor ihm. Angst, dass er mich eines Tages heimsucht, Angst, dass er sich rächen will. Ich habe Angst, meinem Mann zu begegnen. Angst vor seinen Fragen, Angst vor seinen Augen. Ich bestehe nur noch aus Angst. So habe ich beschlossen, dieser Angst zu entfliehen. Ich hoffe, sie verfolgt mich nicht bis über den Tod hinaus.

Carmen Brender.

Schröder legte den Brief nieder. Minutenlang herrschte Schweigen. Bis Brender die Stille brach.

»Ich will meinen Jungen sehen! Finden Sie ihn, bitte!«

Kapitel 36

»Sie hatten mir etwas versprochen!«, sagte Elin. Sie saßen in einem Restaurant und wollten zu Mittag essen. Schröder spielte gedankenverloren mit seiner Gabel herum. Er drückte die Zinken in die Tischdecke und beobachtete, wie die Abdrücke langsam wieder verschwanden.

»Schröder?«

»Ja, ja! Ich hatte einen Freund verdächtigt! Er ist Arzt. Es passte einfach so vieles.«

»Und jetzt nicht mehr?«

»Ich weiß es nicht. Ich weiß nur, dass der Mörder mich kennt, vielleicht auch Sie! Wir müssen vorsichtig sein. Er ist näher an uns dran als wir an ihm!«, sagte Schröder.

»Was ist mit Ihnen? Sie sehen so deprimiert aus.«, fragte Elin.

»Deprimiert? Ist das ein Wunder nach all dem? Ich habe das Gefühl, dass die ganze Welt nur noch aus Opfern besteht. Wo ich hinsehe, sehe ich nur Opfer.«

»Sie sind ein Pessimist! Ein frustrierter Pessimist!«

»Das ist meine Wahrheit! So begegnen mir die Dinge Tag für Tag. Ich sehe keine reinen Täter mehr. Unser Mann ... etwas Schrecklicheres habe ich noch nie gesehen. Aber wenn ich mir den kleinen Axel Brender dort unten im Keller vorstelle, tut er mir Leid. Er tut mir Leid. Auch Frau Brender tut mir Leid.«

»Aber er bleibt trotzdem ein brutaler Mörder.«, sagte Elin.

»Sicher! Und ich glaube auch, dass Menschen wie er nicht mehr heilbar sind. Wenn Menschen eine gewisse Schwelle übertreten haben, gibt es kein Zurück mehr.

Diese Menschen sind verloren, und man kann nichts weiter tun, als alle anderen vor ihnen zu schützen. Das ist doch deprimierend. Und wenn Sie glauben, dass Sie besser damit umgehen können, belügen Sie sich selbst!«, sagte Schröder.

»Was macht Sie da so sicher?«, wollte Elin wissen. Schröder hatte sie zwar nicht beleidigt, doch sie empfand es als einen Angriff auf ihre Persönlichkeit.

»Sie sind jung und hübsch, haben aber keinen Mann und keine Kinder. Sie reisen herum und, wie Sie selbst sagen, haben Sie kein Zuhause. Freunde können Sie auch kaum welche haben bei Ihrem Arbeitspensum. Sie sind eine Streberin, wollen immer nur die Beste sein. Sie sind umgeben von Mord und Leid und denken, es könnte Ihnen nichts anhaben. Sie sind einfach noch zu jung, um bestimmte Dinge zu verstehen.«

»Und was ist mit Ihnen, haben Sie Frau und Kinder? Freunde stehen bei Ihnen bestimmt auch nicht gerade Schlange!«, wehrte sich Elin schroff.

»Nein. Aber raten Sie mal, was ich vermisse!« Schröder stach mit der Gabel wieder ins Tischtuch. Elin senkte den Blick und sah ihr eigenes Gesicht sich merkwürdig verformt in ihrem Teller widerspiegeln.

»Warum sind wir eigentlich essen gegangen?«, fragte Schröder lustlos.

»Weil wir irgendwann was essen müssen«, antwortete Elin.

Sie sah ihn an und überlegte, ob sie ihm von der Anzeige in der Zeitschrift und ihrem Anruf erzählen sollte. Der Fotograf arbeitete hier in Osnabrück. So einen Zufall konnte es doch nicht geben. Zumindest gestern hatte sie so gedacht. Sie war sich ganz sicher gewesen. Heute erschien alles in einem anderen Licht. Vielleicht lag es an dem, was sie heute Morgen erlebt hatten, vielleicht an dem, was Schröder gesagt hatte, aber die Überprüfung des Fotografen war nur noch zu einer Nebensächlichkeit geschrumpft. Sie würde hinfahren und ihn sich mal ansehen. Sie allein. Schröder musste das nicht wissen, erst recht nicht, wenn sie sich geirrt haben sollte.

Schröders Bedenken das Alter seiner Partnerin betreffend, hatten nie impliziert, dass sie nicht intelligent genug, nicht wissend genug in ihrem Alter sein konnte. Seine Bedenken zielten auf eine andere Tatsache ab. Wenn man jung war, hatte man noch nicht so viele Rückschläge, Niederlagen und Enttäuschungen gesehen und erlebt wie ältere Menschen. Wenn man jung war, wusste man noch nicht, wie hart und ungerecht und böse diese Welt sein konnte. Das war der Grund, warum man als junger Mensch so mutig und frei war. Man wusste es noch nicht besser.

Elin war noch zu jung. Und sie wollte Schröder genau das Gegenteil beweisen. Deshalb fuhr sie allein zu dem Fotografen. Schon bald sollte sie schmerzhaft erfahren, was für ein großer Fehler das gewesen war.

Kapitel 37

Schröder präsentierte das Foto aus dem Brief von Frau Brender einer kleinen Gruppe von Polizisten. Elin hatte ihn gebeten, dieses Treffen allein abzuhalten. Sie würde später hinzukommen, hatte sie gesagt. Dieses Verhalten war ungewöhnlich, doch Schröder hatte nicht weiter nachgehakt.

Schröder hielt das Foto vor seine Brust, während er mit den Männern sprach.

»Die Spuren, die wir an den Opfern gefunden haben, Hämatome, Verletzungen und so weiter, passen alle zu diesem Szenario. Unser Täter stellt diese Szene nach. Die Frauen werden in einen ebensolchen Kerker gesperrt. Ich will, dass wir diesen Ort finden! Wir suchen nach einem stillgelegten Fabrikgelände. Osnabrück ist klein, so viele Orte kann es nicht geben, die diesem hier ähneln. Wo stehen alte Fabrikschornsteine? Finden Sie diesen Ort, dann finden wir vielleicht auch ihn! An die Arbeit!«

Elin fuhr mit dem Taxi zu der Adresse, die der Fotograf ihr genannt hatte. Es war ein mehrstöckiges Haus im Gewerbegebiet Hasepark. Dieses Gebiet war in den Neunzigern entstanden und sollte so etwas wie ein moderner, lebendiger Industrie- und Gewerbepark werden. Man hatte versucht, alles in ein hübsch begrüntes Areal nahe der Hase einzubetten. Der Plan ging schief, und jetzt war der Park seit Jahren eine tote Baustelle mit leerstehenden Häusern, verwaisten Flächen, auf denen nichts wuchs als Unkraut, und einigen wenigen Geschäften und Bürokomplexen.

»Sechs Euro fünfzig sind es dann!«, sagte der Taxifahrer.

»Können Sie vielleicht hier auf mich warten? Es wird nicht lange dauern.«, sagte Elin.

»Aber die Fahrt müssen Sie schon erst bezahlen!«, sagte der Mann.

»Natürlich!« Elin gab ihm das Geld, und er stellte das Taxameter wieder an, während Elin ausstieg. Sie ging einen gepflasterten Weg entlang, der inmitten von brachliegender, schlammiger Erde verlief, in der sich tiefe Pfützen gebildet hatten. Die ersten beiden Etagen des Gebäudes standen leer, soviel konnte Elin bereits jetzt erkennen. Auf den Klingelschildern war nur in der obersten Reihe ein Name eingetragen: Kramer. Elin drückte den Knopf, der Summer ertönte. Sie sah das letzte Mal zum Taxifahrer und ging dann hinein. Der Fahrstuhl war außer Betrieb. Ein Aufkleber war quer über der Schiebetür angebracht, und aus der fehlenden Abdeckung der Knopfleiste hingen bunte Kabel heraus. Elin musste die Treppe nehmen. Sie ging vier Stockwerke hoch durch ein Geisterhaus mit leeren Büroräumen und unfertigen Lichtinstallationen. Überall quollen Kabel aus den Wänden. Gut, dass sie tagsüber hierher gekommen war. In der Dunkelheit brauchte man sicher eine Taschenlampe hier im Treppenhaus, dachte sie. Oben angekommen, las sie das Schild *Fotostudio Kramer* auf der Tür. Sie öffnete ihre Handtasche und prüfte, ob sie ihre Waffe dabei hatte. Dann holte sie tief Luft und klopfte an.

Weise war durcheinander. Dieser Schock saß noch tief in seinen Gliedern. Er war nicht so klar im Kopf wie sonst, sondern irgendwie fahrig und unkonzentriert. Und da war dieses Gefühl, dass etwas fehlte, dass man ihm etwas genommen hatte. Seine Mutter war tot. Ein Zustand, den er sich seit seiner Kindheit gewünscht, ja, herbeigesehnt hatte. Früher noch mehr als heute. Heute war es nicht ihr Tod, sondern ihr Leiden, dass er sehen wollte. Doch ihr Leid war nun vorbei. Sie hatte es selbst beendet. Axel fühlte sich von ihr um seine Rache betrogen, und er fühlte gleichzeitig einen großen Verlustschmerz. Trotz all des Hasses, den er für seine Mutter empfand, war es, als hätte man seine Wurzeln gekappt. Er war wie ein Baum, der ohne Halt in der Erde stand und zu kippen drohte.

Ihren Körper aufzuschneiden, diesen Körper, den er so sehr verachtete, der ihn so sehr abstieß, hatte ihn unglaubliche Überwindung gekostet. Eine Untersuchung hatte er nicht durchgeführt. Ihre Leiche musste nur die typischen Narben einer Obduktion aufweisen, um keinen Verdacht zu erwecken. Das reichte.

Er hatte immer gedacht, dass es das Höchste wäre, der Höhepunkt seines Schaffens, wenn es zu dem Moment kam, da er seiner Mutter erklären konnte, was er getan hatte und dass er es nur für sie getan hatte. Am Ende aller Morde, am Ende des Tötens sollte sie stehen. Sie hätte sein letztes Opfer werden sollen. Dann wäre sein Hunger gestillt. Aber eine Erkenntnis hatte ihm dieser Tag gebracht, an dem seine Mutter auf seinen Seziertisch gelegt worden war: Es würde nie aufhören! Im Gegenteil. Jetzt, da sie tot war, wütete es noch mehr in ihm. Ein wilder, unbändiger Sturm war losgebrochen, der alles zerstören wollte.

Er musste die Kontrolle behalten. Er durfte sich nicht gehen lassen. Das erste Mädchen heute Morgen, das auf seine Anzeige gekommen war, hatte ihn nur noch rasender gemacht. Sie war sechzehn gewesen und mit ihrer Mutter aus Münster gekommen. Sie war zu jung gewesen, genauso wie damals dieses Mädchen, das Winkler aufgelesen hatte. Sie passte nicht, und obendrein war eine Begleitperson zu gefährlich. Doch er brauchte heute ein Mädchen. Er brauchte es dringend. Er zitterte ein wenig, als er das Klopfen hörte. Das war sein zweiter Termin für heute. Sie musste die Richtige sein, sie musste es einfach sein! Er ging zur Tür und öffnete. Alles war vorbereitet für sie. Die Videokamera lief bereits. Es konnte beginnen.

Als Elin Weise erkannte, gefror ihr freundliches Lächeln zu Eis. Auch Weise hatte ein Begrüßungslächeln aufgesetzt, das jäh zerbrach, wie eine Maske aus Ton. Elins Verstand suchte zunächst nach anderen Erklärungen für den Umstand, Weise hier anzutreffen, die jedoch alle nicht so plausibel waren, wie diese eine: Weise war der Mörder. Und trotz seines veränderten Äußeren, erkannte Elin in Weises Gesicht die Augen des jungen Axel wieder. Sie hatte sich dieses Foto und vor allem seine Augen eingeprägt. Augen veränderten sich nicht. Sie stachen aus dem fremden Gesicht hervor, und was nun in ihnen stand, konnte seine Identität nicht länger leugnen. Weise machte eine Metamorphose durch. Er wurde vor ihren Augen zu Axel Brender. Weise, der Gerichtsmediziner, war nur eine Hülle gewesen, ein Kostüm, das er nun abstreifte, um sein wahres Ich zu präsentieren.

Dieser Erkennungsmoment war ein Moment der vollkommenen Ruhe zwischen ihnen. Ein Vakuum, das platzte, als Elin herumwirbelte und das Treppenhaus hinunterflüchtete. Jeder Muskel ihres Körpers war zum Bersten gespannt, die Panik riss an ihrer Haut, riss an ihrem Verstand. Sie lief und lief und gab einen tiefen durchdringenden Schrei von sich, der aber nicht laut genug war, um Axels Schritte oder sein wütendes Schnauben zu übertönen. Wie ein Monster flog er die Treppen hinunter und schraubte sich in ihren Rücken, bis er ein Stück ihres Mantels zu fassen bekam. Ein heftiger Ruck zog Elins Körper nach hinten, während ihr Kopf nach vorn auf ihre Brust geworfen wurde. Ihre Beine verloren den Boden unter den Füßen, und sie fiel rücklings auf die Stufen. Sie schrie nicht einmal, als die Steinstufen gegen ihre Wirbel prallten. Sogleich sah sie Axels Fratze verkehrt herum über sich. Breitbeinig stand er da und hielt noch den Mantel in seiner

Hand, als seine andere wie eine Klaue vorschnellte und sie am Haarschopf packte. Elin riss ihren Kopf nach vorn und schlüpfte aus dem Mantel. Axel behielt ein Haarbüschel in seinen Händen zurück. Er schleuderte es weg wie auch den Mantel und hastete weiter hinter seinem Opfer her. Elin hatte den zweiten Stock erreicht. Nur noch vier Treppen. Sie sprang die Stufen hinunter. Als sie aufkam, wurde sie auch schon von der Wucht von Axels Körper umgerissen. Er war auf sie gesprungen, und sie prallten beide gegen die Wand und fielen zu Boden. Axel lag jetzt auf ihr, und Elin senkte ihren Kopf, schloss ihre Augen ganz fest und begann, um sich zu schlagen und zu treten. Sie traf Axel, wusste aber nicht, wo und wie heftig. Dann wurde sie direkt auf die Stirn getroffen. Ein Schlag wie ein Hammer. Sie dachte, ihr Kopf würde zerspringen. Ein Schmerz schoss in ihren Nacken, und sie spürte, wie die Kraft aus ihrem gesamten Körper wich und die Schwärze ihren Kopf füllte. Sie war ohnmächtig geworden. Axel packte sie an den Füßen und zerrte sie die Treppe hinauf.

Er warf ihren schlaffen Körper auf die kleine weiße Couch, auf die eine Fotokamera und eine Videokamera gerichtet waren. Blut floss aus Elins Nase und tränkte den weißen Stoff. Axel ging zum Fenster und achtete darauf, dass man ihn von außen nicht sehen konnte. Der Taxifahrer war ausgestiegen und hatte sich eine Zigarette angezündet. Er blickte ungeduldig auf seine Uhr und spähte dann hoch zu den Fenstern. Regen setzte ein und pochte gegen die Scheiben. Der Taxifahrer warf fluchend seine Zigarette fort und flüchtete sich ins Auto. Er hupte zweimal. Axel blickte zu Elin, doch sie war noch bewusstlos. Der Taxifahrer hupte ein drittes Mal. Dann kam eine Gaswolke aus dem Auspuff, und das Auto fuhr davon.

Jetzt war Weise endlich allein mit Elin.

Kapitel 38

Schröder hatte schon viermal versucht, Elin über Handy zu erreichen, doch vergebens. Das war ihm nicht geheuer. Es war nicht ihre Art. In ihrem Hotel fragte er nach und erhielt die Antwort, dass sie mit einem Taxi weggefahren sei. Schröder ließ sich den Namen des Taxiunternehmens nennen und setzte sich gleich in sein Auto. Er rief im Revier an.

»Hört zu, die Nowak ist heute früh mit einem Taxi weggefahren. Ich will, dass ihr bei City Taxi anruft und die Adresse herausfindet!«, sagte Schröder.

»Die haben eben bei uns angerufen und gesagt, einer ihrer Fahrer hätte eine junge Frau zu einem Haus gefahren, und er hatte unten auf sie warten sollen. Sie ist aber nicht wieder rausgekommen. Die Beschreibung passt auf die Nowak!«

»Wo hat er sie hingefahren?«

»In den Hasepark 4!«

Axel hatte Elin gefesselt und auf der Rückbank angeschnallt. Er musste nicht lange fahren. Mit seinem schwarzen Mercedes hielt er vor einem schweren Eisentor. Er stieg aus, entriegelte das schwere Schloss und fuhr den Wagen hinein. Das Tor war in eine rote, sehr hohe Backsteinmauer eingelassen, die ein großes Gelände einfasste. Wie ein schwarzer Schlund verschluckte der Eingang das Auto, Elin und Axel. Der eiserne Rachen schloss sich wieder und würde nicht wieder preisgeben, was in ihm verschwunden war.

Schröder war an dem leerstehenden Gebäude angekommen. Er klingelte bei Kramer, und als nichts passierte, schoss er kurzerhand mit seiner Pistole durch die Scheibe, schlug das Glas heraus und öffnete von innen. Im zweiten Stock sah er sofort das Blut auf den Stufen. Sie war ihm tatsächlich in die Falle gegangen. Warum hatte sie das getan, warum hatte sie ihn nicht eingeweiht und das alleine durchziehen wollen? Jetzt war sie in seiner Hand. Und es war nur noch eine Frage der Zeit, bis sie sein nächstes Opfer werden würde. Schröder hastete die Treppe nach oben. Er wartete nicht lange, sondern schoss sofort zwei Kugeln in das Türschloss. Ein Tritt genügte, und die Tür flog auf und krachte gegen die Wand des Studios. Mit fest umklammerter Faust hielt er seine Waffe und betrat den Raum. Er war leer. Er sah die Scheinwerfer, die Kameras, die Couch und wusste, was der Mörder hier vorgehabt hatte. Als er das Blut auf der Couch entdeckte, rief er sofort Wegener an.

»Bernd, hier ist Schröder!«

»Schröder, wo bist du? Wir haben fünf Fabrikgelände gefunden, die auf die Beschreibung passen.«

»Bernd!«, rief er, um sich Aufmerksamkeit zu verschaffen, »Er hat Elin! Ich bin hier in einem Gebäude im Hasepark 4. Fotostudio Kramer. Findet heraus, wer der Mieter ist. Er ist der Mörder! Ruft mich an!« Er legte auf, ohne eine Antwort abzuwarten. Wie ein Tiger im Käfig lief er durch die Wohnung, suchte nach einem Anhaltspunkt, suchte nach einer Lösung.

»Wo hast du sie hingebracht? Wo hast du sie hingebracht!?« Er stoppte abrupt in seiner Bewegung, als ihm auffiel, dass die Videokamera ein sirrendes Geräusch von sich gab. Sie lief noch. Schröder griff nach dem Gerät und spulte zurück. Es musste alles aufgezeichnet haben. Gebannt stierte er auf den kleinen Bildschirm. Einige Zeit konnte man nur die leere Couch erkennen, bis plötzlich zwei Personen auftauchten. Er drückte die Stopp-Taste, und das Band wechselte in den Wiedergabemodus. Elin lag auf der Couch. Ein Mann ging zu ihr. Er hatte der Kamera den Rücken zugedreht. Er griff unter Elins schlaffen Körper und hob sie auf seine Arme. Dann drehte er sich um und ging aus dem Bild. Es war zu schnell, um ihn erkennen zu können. Schröder war so aufgeregt, dass er kaum die kleinen Knöpfe bedienen konnte. Er spulte erneut zurück, wartete den Moment ab, in dem man das Gesicht des Mannes sehen konnte und drückte dann die Pause-Taste. Was er nun sah, schrillte wie ein Schrei durch seinen Kopf. Ein Bild wie ein Kreischen. Es war Weise! Er war die ganze Zeit so nahe gewesen! Sie hatten neben ihm gestanden und ihm die Hand geschüttelt. Und er hatte alle seine Opfer selbst obduziert. Übelkeit überfiel Schröder. Benommen wählte er Wegeners Nummer.

»Wegener!«, meldete sich sein ehemaliger Partner energisch.

»Es ist Weise!«, sagte Schröder mit einer Stimme, die nicht wie seine eigene klang.

»Was ist los?«

»Es ist Weise aus der Gerichtsmedizin! Er ist unser Mann!«

Es folgte eine Stille, dass Schröder fast vermutete, die Verbindung sei getrennt worden.

»Bernd, ich will, dass ihr die Fabrikgelände alle mit Satellitenaufnahmen durchcheckt! Wenn man irgendwo eine Art Kerker erkennen kann, ruf mich sofort an. Beeil dich! Elin hat nicht mehr viel Zeit!«

»Bist du dir wirklich sicher?«, fragte Wegener.

»Er ist unser Mann! Ich habe ihn auf Video gesehen!«

Schröder war zurück in seinem Wagen und öffnete einen kleinen metallenen Koffer. Zwei automatische Pistolen lagen darin. Schröder überprüfte die Magazine und steckte sich dann eine Waffe in das Holster, die andere hinten in den Gürtel. Seinen Revolver legte er auf den Beifahrersitz. Dabei fiel ihm ein kleiner Zettel mit einer Telefonnummer aus der Jackentasche, dem er aber keine Beachtung schenkte. Jetzt war er vorbereitet, so gut es ging. Er brauchte nur noch einen Ort, eine Adresse, ein Haus, in dem der Mörder saß, wie die Spinne in ihrem Netz. Er hatte seine Beute bereits bei sich und würde sie einspinnen und verschlingen, bei lebendigem Leib verschlingen. Sein Blick fiel durch die regenverschwommene Scheibe auf eine Fabrik mit Schornstein. Sie lag direkt vor ihm. Schröder kannte sie. Es war eine Stahlfabrik, die jedoch noch in Betrieb war. Dennoch startete er den Wagen und fuhr los. Er verließ den Hasepark und bog auf die Mindener Straße. Dabei fiel sein Blick auf den kleinen Zettel im Fußraum, und diesmal griff er nach ihm. Die Nummer war ihm unbekannt. Eine Ahnung beschlich ihn. Wegener konnte allerdings jeden Moment anrufen, dann wäre er nicht erreichbar, wenn er jetzt telefonierte. Er griff trotzdem zu seinem Handy. Etwas sagte ihm, dass diese Nummer von Bedeutung war. Und er wollte sich nicht vorwerfen müssen, einen Hinweis ignoriert zu haben.

»Maslow?«, meldete sich eine Stimme.

»Oberkommissar Schröder! Ich hatte mir Ihre Nummer notiert, weiß aber nicht mehr, worum es ging!«

»Ach, Herr Schröder! Hier ist Maslow, das Aquariengeschäft! Sie hatten mich damals nach einer Spezialanfertigung gefragt.«

»Ja, richtig! Und?«

»Ich habe da etwas gefunden! Ist schon lange her. Eine Anfertigung bestehend aus fünf Aquarien aus Plexiglas. Jeweils zwei Meter hoch und vier Meter lang! Hat damals fast 20 000 Mark gekostet.«, sagte Maslow.

»War der Auftraggeber ein Arzt?«

»Nein, ein Künstler! Er sagte, es solle eine Installation werden. Ein Herr Kramer.«

»Wohin haben Sie geliefert?«, fragte Schröder.

»In die Brucknerstraße 13.«

Schröder legte auf und beschleunigte den Wagen, dass der Motor aufheulte. Die Brucknerstraße war nicht weit entfernt. Sie ging von der Mindener Straße ab und führte runter zu den Bahngleisen. Der Regen war so dicht und heftig, dass der Scheibenwischer es kaum schaffte, die Wassermassen von der Scheibe zu schieben. Es war, als schütte jemand beckenweise Wasser über dem Auto aus. Die Reifen pflügten sich durch tiefe Pfützen und warfen das Wasser lautstark in die Radkästen und an die Seite der Straße. Der Regen war unbändig. Er fiel nicht einfach nur, er wurde vom Himmel geschleudert und schlug auf die Dächer der Häuser ein. Er drohte die ganze Stadt zu ertränken.

Wegener stand hinter Petersen, dem Computerspezialisten. Sie hatten die Adressen bereits herausgesucht und mussten sie nur noch bei Google Earth eingeben. Sofort hatten sie Zugriff auf ein Satellitenbild. Petersen erhöhte den Zoom, und ein Fabrikgelände wuchs größer und größer auf dem Bildschirm. Sie erkannten zwei große Gebäudekomplexe, von denen eins einen Schornstein besaß. In einem Innenhof war ein Pool zu erkennen. Man konnte deutlich das bläulich schimmernde Wasser darin sehen. Petersen erhöhte den Zoom erneut. Für einen Pool war das Becken zu klein. Jetzt konnte man sogar die Gitterstäbe erkennen und zwei Personen, die auf das Becken zugingen. Eine Person war fast nackt. Wegener musste schlucken. Das war wie eine makabre Peepshow. Sie konnten nicht sagen, um wen es sich handelte, aber Weise führte gerade eins seiner Opfer zum Kerker. Nach dieser Aufnahme hatte die junge Frau nicht mehr lange zu leben. Wegener wählte Schröders Nummer.

Das Handy klingelte, als Schröder gerade das alte Wasserwerk passiert hatte.

»Schröder, es ist die Brucknerstraße 13! Hast du verstanden?«, rief Wegener ins Telefon.

»Hab ich!«, rief Schröder zurück, warf das Handy auf den Beifahrersitz und hupte sich seinen Weg über eine große Kreuzung frei. Hinter der Tankstelle bog er rechts ab. Das Heck brach aus auf dem wassergefluteten Asphalt. Er steuerte dagegen und schoss eine kleine Straße hinunter. Da konnte er den Schornstein bereits sehen. Er erreichte die rote Backsteinmauer mit dem eisernen Tor.

Kapitel 39

Elin saß bekleidet und gefesselt auf einem Stuhl in einem weißen Lichtkegel, als sie aufwachte. Um sie herum war Finsternis. Sie hörte Schritte, die sich ihr näherten. Mit Todesangst starrte sie in die sie umgebende Schwärze, bis Axel aus dem Schatten trat. Sein Gesicht tauchte in das Licht ein wie in eine Flüssigkeit. Er grinste.

»Da sind wir nun! Sie haben gute Arbeit geleistet, Frau Nowak! Sie haben mich analysiert bis ins kleinste Detail. Ich bin erstaunt über Ihre Fähigkeiten, das muss ich schon sagen. Aber ich werde Sie für Ihre Arbeit belohnen! Sie werden alles erfahren, was Sie wissen wollten! Sie werden es sehen, hören und fühlen!«

Elin wusste, dass sie ihm hilflos ausgeliefert war. Sie hatte keine Möglichkeit, sich zu schützen. Er würde tun, was er tun wollte mit ihr, und es würde furchtbar werden. Die Angst vor den Schmerzen lastete wie ein tonnenschweres Gewicht auf ihrem Körper. Sie dachte, sie würde zerquetscht. Wie tief unten im Ozean, verloren in der schwarzen Kälte, umgeben von nichts als schwarzem Wasser, das sie unbarmherzig erdrücken würde.

Axel zog eine Fernbedienung aus der Innentasche, richtete sie nach rechts und drückte einen Knopf. Eine große Lichtquelle begann zu flackern. Ein riesiger Kubus aus Glas, gefüllt mit einer klaren Flüssigkeit, erhellte die Fabrikhalle. In der Vorderseite des Würfels befand sich eine Aussparung. Darin stand ein roter, lederner Sessel wie ein Thron aus Blut. In der Flüssigkeit erkannte Elin die abgetrennten Zungen der Opfer.

»Ist er nicht wunderschön?«, fragte Axel. »Da sind sie alle. Jede hat ihren Platz. Können Sie sich auch nur im Ansatz vorstellen, was ich empfinde, wenn ich dort sitze? Nein, das können Sie nicht. Dafür kann ich nicht nachempfinden, wie es ist, auf Ihrem Stuhl zu sitzen. Wollen Sie sehen, was Sie als Nächstes erwartet? Natürlich wollen Sie. Neugier ist ein Teil Ihrer Natur, nicht wahr?«

Axel drückte einen weiteren Knopf auf der Fernbedienung, und eine in den Stein eingelassene Videoanlage mit drei Überwachungsmonitoren sprang an. Die Monitore zeigten Bilder von der Straße und von dem Gebäude. Auf dem Kubus stand ein Beamer, der einen Lichtkegel auf die Wand gegenüber warf. Ein riesiges Bild von Annette Krüger erschien. Sie saß auf dem Stuhl, genau wie Elin jetzt, nur dass sie nackt war. Elin blickte entsetzt auf das Bild. Alles, was sie sich versucht hatte auszumalen, was sie sich vorgestellt hatte, lief plötzlich so real vor ihren Augen ab, dass etwas in ihr zerbrach. Es war, als würde ihr Herz brechen. Sie weinte, als Annette Krüger anfing, um ihr Leben zu betteln.

»Bitte, bitte, tun Sie mir nichts! Bitteee! Ich will nach Hause! Bitte, bitte! Ich will zu meiner Mama, meine Mama, Mama, Mamaaaa!«

Das Bild verschwamm vor Elins Augen. Ihre Lippen zitterten.

»Faszinierend, nicht? Alle werden wieder zu Kindern, zu Babys im Angesicht des Todes. Sie schreien nach ihrer Mutter. Alle tun das! Ist das nicht unglaublich? Wie wichtig muss eine Mutter für einen Menschen sein?«

Er beugte sich zu Elin herunter. Sein Gesicht war ganz nah an ihrem. Sie spürte seinen Atem auf ihrer nassen Haut. Er war kalt. Eiskalt. Plötzlich dröhnte ein lautes Donnern wie ein Kanonenschlag durch das Gebäude. Axels Kopf fuhr herum. Auf einem der Monitore sah man ein Auto, das gegen das Haupttor gefahren war. Es setzte wieder zurück.

Schröder war einfach aus voller Fahrt gegen das Tor gerast. Die Airbags waren ausgelöst worden, und Schröder musste das weiße Kissen zerschneiden, um wieder etwas sehen zu können. Er legte den Rückwärtsgang ein und fuhr zurück bis auf den anderen Gehweg. Dann schoss er wieder auf das Tor zu. Doch auch bei diesem Versuch konnte er das Tor nicht brechen. Mit quietschenden Reifen setzte Schröder erneut zurück, warf den ersten Gang ein und drückte das Gaspedal durch. Die Reifen drehten durch, bekamen Asphalt zu fassen, griffen, und das Auto beschleunigte. Diesmal sprang das Tor auf. Schröder raste in eine Halle und rammte Weises Wagen. Mit vorgehaltener Waffe stieg er aus seinem zerbeulten Auto.

Die Halle war leer, doch da war eine Tür. Sie führte in die zweite Halle, in der der Kubus stand. Schröder wuchtete die Stahltür auf und sicherte den Raum. Er wollte Elin finden, musste Elin finden, deshalb registrierte er nur beiläufig den Wasserwürfel und dessen Inhalt. Auch dem Video, in dem Axel gerade Annette in den Kerker stieß und das Gitter schloss, schenkte er nur wenig Aufmerksamkeit. Hinter dem Stuhl, an dem noch die abgetrennten Fußfesseln Elins hingen, entdeckte er eine weitere Tür. Das war die einzige Fluchtmöglichkeit aus dieser Halle. Er lief hinüber und drückte die schwere Eisentür auf.

Es goss in Strömen. So sehr, dass der gesamte Hof zentimeterdick unter Wasser stand. In der Mitte des Hofes stand Axel Brender. Auch Schröder musste erkennen, dass es Weise nicht mehr gab. Dieser Mann hatte niemals existiert, war nie etwas anderes als eine Illusion gewesen. Die Wahrheit wartete dort im Hof auf ihn. Doch was ihn beunruhigte, war, dass nirgends eine Spur von Elin zu sehen war.

Schröder fixierte Axel über den Lauf seiner Waffe hinweg. Mit ausgebreiteten Armen stand er da, als wolle er sich stellen oder Schröder wie einen alten Freund empfangen.

»Ich weiß, dass jetzt alles vorbei ist! Sie haben mich gefunden! Hier endet alles!«, sagte Axel.

Schröder machte vorsichtig einen weiteren Schritt nach vorn.

»Wo ist sie?«, fragte Schröder. Er musste fast schreien, um gegen das Rauschen des Regens anzukämpfen.

»Es war mein Pech, dass das Schicksal zwei Menschen wie Sie und Frau Nowak zusammengeführt hat! Es gibt Dinge, die kann man nicht kalkulieren. Sie ist eine sehr starke Person, wissen Sie, aber auch gleichzeitig so schwach!«

»Wo ist sie?«, schrie Schröder noch lauter und streckte Axel seine Waffe entgegen. Axel schloss die Augen und lächelte genussvoll. Schröder hielt das nicht aus. Er sprang nach vorn, packte Axel an der Kehle und drückte ihm den Lauf seiner Waffe an die Schläfe.

»Wo ist sie?«

Axel hielt immer noch seine Augen geschlossen, auch sein Lächeln, dieses verfluchte Lächeln wollte nicht aus seinem Gesicht verschwinden. Schröder wollte ihn schlagen, wollte ihm wehtun, ihn quälen. Er wollte, dass er endlich leiden musste. Da fiel sein Blick auf den Boden hinter Axel. Die prasselnden Regentropfen hatten es unmöglich gemacht ins Wasser zu schauen. Doch jetzt erkannte Schröder eine Stelle im Boden, die anders auf den Regen reagierte. Er stieß Axel beiseite und sah das Gitter. Der Kerker stand komplett unter Wasser, wie der Rest des Hofes auch. Schröder fiel schreiend auf die Knie, packte die Gitterstäbe und riss daran. Nichts bewegte sich. Er wühlte mit seinen Händen im Wasser herum und suchte nach dem Schloss. Endlich bekam er es zu fassen, entriegelte es und warf mit aller Kraft das Eisengitter auf. Im Wasser blähte sich ein Stück Stoff auf, auf dem die Regentropfen hohl zerplatzten. Schröder griff mit beiden Armen ins Wasser und spürte Elins kalten Körper. Er zog sie heraus. Leblos lag sie in seinen Armen. Das Leben war aus ihr gewichen, Schröder fühlte es deutlich. Panisch robbte er zurück und legte Elin auf den Rücken. Sie atmete nicht mehr, und er konnte keinen Puls fühlen. Sie war ihm entglitten. Er hätte auf sie aufpassen müssen, doch er war zu spät gekommen. Er wollte ihren Tod nicht akzeptieren, alles in ihm bäumte sich dagegen auf. Er musste sie beatmen. So lange, bis Hilfe kam.

In diesem Moment sprang die eiserne Tür auf, und ein Einsatzkommando stürmte den Hof. Schwarze, maskierte Männer schwärmten aus, sicherten mit Gewehren das Gelände und das Dach. Der Hof füllte sich mit Menschen. Nur einer fehlte. Axel Brender. Er war spurlos verschwunden.

»Einen Krankenwagen! Einen Krankenwagen!«, schrie Schröder. Wegener, Keller und Trostmann betraten den Hof. Entsetzt sahen sie, was passiert war. Ein Notarzt und zwei Sanitäter stürmten an ihnen vorbei.

»Sie ist ertrunken!«, rief Schröder ihnen entgegen. Die Männer knieten nieder und begannen Elin zu reanimieren. Schröder stand auf und trat zurück. Ein Sanitäter beatmete sie mit einem Blasebalg. Der andere führte die Herzdruckmassage durch, während der Arzt einen Zugang für eine Infusion legte. Elin lag einfach nur da. Der Regen fiel auf ihre weiße Haut. Schröder nahm das alles wie in Zeitlupe wahr. Der Ton war abgestellt. Nur ein leichtes Rauschen füllte seine Ohren, wie wenn man an einer Muschel lauschte. Um ihn herum bewegte sich alles in Hektik. Wegener schrie Anweisungen heraus, und die Einsatzkräfte durchsuchten alles nach Axel Brender. Sie fanden ihn nicht.

Schröder beobachtete das Wasser im Hof. Die Wassermassen schoben sich auf ihn zu. Er stand wie in einer Strömung, einem Fluss. Er drehte sich um. Das Wasser lief auf eine Stelle zu und wirbelte sich um sie herum.

Dort war ein Gully im Boden. Schwarz schimmerte er durch das Wasser. Schröder spürte, wie das Wasser an seinen Beinen zog, wie es ihn auf die Öffnung im Boden lenken wollte. Und er begriff, dass das Wasser ihn zu Axel führen würde. Das Wasser ging mit ihm. Es ließ ihn nicht mehr los.

Kapitel 40

Der Schmerz kam zurück. Reißend, mahlend, quetschend. Schröder hatte den Gullydeckel gegen den Sog des Wassers angehoben. Sein Rücken schrie auf und zwang ihn in die Knie. Doch Schröders Bewusstsein war nur auf eine Tatsache konzentriert. Er musste Axel Brender finden. Er musste hinter ihm her. So nah wie jetzt würde er ihm nie wieder kommen. Wenn er jetzt nicht dranblieb, wäre alles verloren. Mit letzter Kraft schob er das eiserne Gitter beiseite und blickte hinunter in den schwarzen Tunnel, in den sich die Wassermassen ergossen. Rostige Eisensprossen führten in die Kanalisation, und Schröder stieg hinab. Hinab in eine unterirdische Welt, hinab in die Dunkelheit, wo der Mörder auf ihn wartete.

Seine Füße tauchten in schmutziges, stinkendes Wasser. Wie ein Wasserfall prasselte der Regen auf seinen Kopf und seinen Körper, sodass er völlig durchnässt war, als er unten ankam. Ein dunkler, schwarz und feucht schimmernder Tunnel erstreckte sich hier. Ratten liefen herum und schwammen im Wasser. Es roch nach Exkrementen und Schimmel. Schröder entschied sich nach links zu laufen, mit dem abfließenden Wasser.

Er ging einer Welt entgegen, die tief unter der eigentlichen Welt lag, ein paralleles, finsteres Universum, nass und feucht und feindselig. Hier unten gab es kein Licht, hier unten war man gefangen. Eine Hölle aus Wasser, das Herz der Finsternis, und er lief durch die Adern dieses Systems, das das dreckige Blut zum Herzen pumpte, bis dahin, wo er ihm begegnen würde. Dem Kind dieser Finsternis, der sein Leben lang hier unten gelebt hatte, der für immer hier gefangen war.

Schröders Schritte wurden schneller. Axel war nicht zu sehen. Der Tunnel hatte ihn verschluckt. Seine Füße pflügten sich durch den dunklen Fluss, seine Arme ruderten wild, sein Atem keuchte. Er war völlig ungeschützt. Er würde direkt in sein Verderben laufen, wenn Axel hier irgendwo auf ihn lauerte. Aber Schröder glaubte nicht, dass er das tat. Die Polizei würde ihm bald folgen, bald wären Hunderte von Polizisten hinter ihm her. Axel musste flüchten, so schnell er konnte. Jetzt gab es keine Zeit mehr für ihn zu verlieren. Nicht einmal er konnte sich die Eitelkeit erlauben, über Schröder zu triumphieren.

Schröder entdeckte einen Gullyschacht. Eine matte Lichtsäule fiel durch ihn hindurch. In ihr schimmerten leuchtende Fäden aus Regen. Schröder zog seine Waffe aus dem Holster und näherte sich vorsichtig der Kanalöffnung. Er blickte in das kalte Licht und sah, dass die Gullyabdeckung fehlte. Axel musste hier aus dem Kanal gestiegen sein. Es wäre ein Leichtes für ihn, oben darauf zu warten, dass Schröder herauskam, und ihn dann zu töten. Es gab keine Möglichkeit für Schröder, sich gegen einen Angriff zu schützen. Er überlegte einen Augenblick, ob er das Risiko eingehen sollte, doch er wollte verdammt sein, wenn er es nicht versuchte. Axel hatte Elin getötet.

Sie war jämmerlich ertrunken. Schröder würde ihn dafür bestrafen. Egal, was er dafür hinnehmen müsste. In diesem Moment fühlte Schröder sich unbesiegbar. Seine Wut war wie ein Schutzschild. Sie war stärker als alles, was ihm widerfahren konnte.

Schröder ergriff die erste Sprosse. Gerade als er den Fuß heben wollte, nahm er eine minimale Reflektion an der Wand wahr. Ein kleiner Lichtpunkt huschte über den schwarzen Stein. Schröder drehte seinen Kopf, und hinter ihm in einem Schatten blitzte ein Stück Metall auf. Ein blankes, poliertes Stück Metall. Eine Klinge. Die Klinge eines Skalpells. Da traf ihn auch schon ein harter Tritt in den Rücken. Der Schmerz explodierte in alle Richtungen. Er prallte gegen die rostigen Sprossen und verlor dabei seine Pistole, die sogleich im dunklen Wasser verschwand. Ein weiterer Tritt schleuderte ihn zu Boden. Axel Brender löste sich aus dem Schatten, als sei er ein Teil der Dunkelheit, und stellte sich über den im Wasser liegenden Schröder. In seiner linken Hand hielt er das Skalpell. Schröder dachte an die Waffe hinten in seinem Gürtel. Sicher hatte Axel sie gesehen, doch jetzt war sie unter Wasser. Er musste schnell sein. Er schleuderte herum und griff gleichzeitig nach hinten in seinen Gürtel, doch da hatte Axel schon seinen Arm gepackt und entriss ihm die Waffe. Mit dem Ellbogen schlug er Schröder ins Gesicht, der darauf nach vorn fiel und Blut spuckte.

»Nun sieht es schlecht aus für dich, Schröder! Hättest du gedacht, einmal so zu enden? So würdelos? Ja? Würde ist etwas, das man schnell verliert hier unten. Und man verliert sie für immer. Sie kehrt nicht zurück. Nie mehr. Du warst ein guter Gegner! Ich mochte dich! Vielleicht hätten wir Freunde werden können, unter anderen Umständen. Aber was nützt es, zu träumen? Träume sind

Betrügereien! Man betrügt sich selbst, wenn man träumt! Ich muss mich jetzt von dir verabschieden!«

Axel packte Schröder an der Schulter und drehte ihn auf den Rücken. Schröders Wirbelsäule fühlte sich an, als sei er von einem rostigen Speer durchbohrt worden. Er schrie jämmerlich auf. Seine Stimme hallte durch den endlosen Tunnel. Axel drückte ihm ein Knie auf die Brust und stellte den anderen Fuß auf Schröders Gesicht und drückte es zu Boden. Schröders Oberkörper überstreckte sich, und seine Arme suchten verzweifelt nach Halt in dem dunklen Wasser. Sein nackter Hals leuchtete weiß im einfallenden Licht. Seine Halsschlagader trat dick und bläulich hervor. Man konnte sie pulsieren sehen. Axel hob das Skalpell.

»Der ideale Ort, um zu verbluten, findest du nicht?«, sagte Axel. Seine Hand näherte sich Schröders schutzlosem Hals. Die glänzende Klinge wollte sich gerade auf die aufgewölbte Ader legen, als Schröder im Wasser seine Waffe zu fassen bekam. Blitzschnell schoss sein Arm aus dem Wasser, drückte Axel den Lauf auf die Brust, und er zog den Abzug. Axel wurde nach hinten geschleudert und fiel rücklings ins Wasser. Leblos blieb er im Wasser liegen. Das Skalpell löste sich aus seinen Fingern und versank. Die Strömung nahm Axels Körper mit sich. Schröder zielte noch immer auf ihn. Er wartete und wartete, doch Axel regte sich nicht mehr. Er trieb davon wie ein Stück Holz. Schröder senkte seinen Arm und lehnte sich erschöpft gegen die Wand. Es war vorbei.

Die Kälte machte die Schmerzen nur noch schlimmer. Schröder zitterte am ganzen Körper. Kraftlos zog er sein Handy aus der Tasche. Es funktionierte noch. Trotz der Nässe. Er wählte Wegeners Nummer. Es tutete. Einmal, zweimal. Dann hörte Schröder, wie sich etwas im Wasser aufbäumte. Wie ein Krokodil, das aus dem Fluss schoss, um seine Beute anzugreifen, zu packen und mit sich in die Tiefe zu ziehen. Schröder riss seine Waffe hoch, noch bevor er Axel sehen konnte. Doch Axel war schneller. Er griff nach dem Lauf der Waffe und schlug mit der anderen Hand in Schröders Gesicht. Er fiel auf die Knie und war ihm jetzt ganz nah. Seine Augen waren weit aufgerissen, jeglicher Verstand war aus ihnen gewichen. Es waren die Augen eines Irren, die Augen eines verrohten menschlichen Geistes. Und kaum hatte Schröder diesen Gedanken beendet und dabei mit aller Kraft versucht, sich gegen den Angreifer zu wehren, versuchte dieser ihn auch schon zu beißen. Er bleckte seine Zähne wie ein wildes Tier, sein Kopf schnellte vor, und seine Kiefer schlugen zusammen. Ihre Hände rangen um die Waffe. Wieder schoss Axels Kopf vor. Er wollte ihn in die Gurgel beißen. Ein tödlicher Biss, wie von einem Wolf. Schröder zuckte zurück, und Axel verpasste seinen Hals nur knapp. Schröder konnte Axels Kraft nicht länger Stand halten. Seine Arme wurden schwächer, seine Muskeln versagten. Er spürte, wie ihm die Waffe entglitt. Jetzt war es aus. Jetzt würde er sterben. Es gab nichts mehr, das er Axel hätte entgegensetzen können. Schröders Körper war zu schwach. Er gab auf und ergab sich seinem Schicksal. Sie hatten gekämpft, und nun würde der Unterlegene den Todesstoß bekommen. Schröder atmete aus und entspannte sich. Axel schleuderte die Waffe mit einer wuchtigen Armbewegung nach hinten. Er kniete sich über ihn. Seine Hände wurden zu Klauen, sein Gesicht zu einer Fratze des Bösen. Er fletschte seine Zähne, packte Schröder am Haarschopf und an der Brust und riss seinen Kopf nach hinten. Er wollte ihm die Kehle herausbeißen. Er wollte das Leben aus ihm herausbeißen. Er wollte es fühlen zwischen seinen Zähnen, auf seiner Zunge und dann ausspucken. Es würde wunderbar schmecken.

»Axel!« Ein kläglicher Schrei hallte durch den Tunnel. Keiner von ihnen hatte bemerkt, dass sie nicht mehr allein waren. Sie hatten die Schritte nicht gehört, die Lichtkegel der Taschenlampen nicht gesehen. Axel sah auf. Vier Männer der Einsatzpolizei standen im Tunnel und zielten mit Gewehren auf ihn. Vier Laserpointer ihrer Zielfernrohre trafen sich in einem Punkt auf Axels Brust. Hinter den Männern waren Wegener, Keller und Trostmann zu erkennen, doch die Stimme, die Axel gehört hatte, gehörte einem anderen.

»Nicht schießen, bitte!« Da war sie wieder, diese Stimme, die Axel ganz tief in seinem dunklen Herzen gespeichert hatte. Er erkannte sie sofort, und sein Herz schlug augenblicklich schneller. Sein Vater tauchte hinter den Männern auf. Er ging an Wegener vorbei und kam durch die Barriere der vier Polizisten auf sie zu. Schröder blickte nur auf Axel. Wenn er überleben wollte, durfte er ihn nicht aus den Augen verlieren. Axel war wie erstarrt.

Schröder sah einen Tropfen, der sich aus einer zitternden Haarsträhne an Axels Kopf löste.

»Axel! Axel, mein Junge!«, sagte der Vater. Diese Worte waren wie ein Zauberwort, eine Zauberformel, die Axel plötzlich verwandelte. Er wurde wieder zum Kind. Seine Gesichtszüge verjüngten sich, der Ausdruck in seinen Augen wich einer naiven, hilflosen Verletzlichkeit. Seine Lippen zogen sich breit und breiter, die Unterlippe stülpte sich um, die Mundwinkel zogen sich nach unten. Er weinte, er weinte wie ein kleines Kind.

»Mein Junge!«, sagte Brender erneut und streckte seine Arme aus. Axels kindliches Gesicht verwandelte sich immer weiter. Der Ausdruck von Schmerz und Qual ließ das Gesicht zu einer schrecklichen Grimasse werden. Sein Mund öffnete sich zu einem stummen Schrei, so weit, dass seine Haut zu reißen drohte. Ein heiserer, krächzender Laut entfuhr seiner Kehle. Seine Augen glänzten in heißen Tränen, und er begann zu heulen. Er heulte wie in einem Krampf. Zuckungen ruckten durch seinen Körper. Seine Brust hob und senkte sich wie in einem Spasmus. Jetzt streckte auch er seine Hände aus. Er wollte die Hände seines Vaters nehmen und sich von ihnen halten lassen. Er wollte zurückkehren nach Hause. Brender ging auf die Knie und berührte die Finger seines Sohnes. Die Berührung durchfuhr beide wie ein Stromschlag. Schröder lag jetzt zwischen ihnen wie eine Barriere. Er wollte sich dem entziehen, wollte aus der Gefahrenzone heraus. Es war jetzt eine Sache zwischen Vater und Sohn, ihnen und ihrer Vergangenheit. Schröder winkelte sein Bein an und wollte sich nach oben schieben, doch sein Körper war taub. Taub vor Erschöpfung und taub vor Kälte. Er rutschte herunter. Eine kurze Bewegung, ein kleines Geräusch, und schon fuhr ein anderer Mensch zurück in Axels Körper wie eine Hand, die sich in einen Handschuh schob. Sein Blick war wieder wach, die Grimasse fiel von ihm ab. Er blickte zu Schröder, blickte zu seinem Vater und den Männern, die hinter ihm standen. Dann explodierte seine Bewegung förmlich. Er schoss nach vorn und griff das Gesicht seines Vaters mit beiden Händen. Und er begann zu schreien. Brender verlor das Gleichgewicht und fiel nach hinten um. Sein Sohn drückte ihn unter Wasser. Und schon fielen die Schüsse. Sie waren so laut, dass Schröder glaubte, der Tunnel bräche zusammen. Axels Hemd platzte an mehreren Stellen auf. Die Kugeln durchschlugen seinen Körper und warfen ihn nach hinten. Brender tauchte wieder auf, und die

Schützen hoben ihre Gewehrläufe in die Luft. Die Schüsse hallten noch durch die Kanalisation, als Brender zu seinem Sohn kroch und ihn an sich riss. Er hielt seinen Kopf und wiederholte immerzu ein Wort, wie in einem endlosen Gebet. »Nein, nein, nein!« Seine Stimme wurde immer lauter und steigerte sich zu einem Schreien. Jedes Mal, wenn der Körper seines Sohnes ihm zu entgleiten drohte, hob er ihn wieder auf seine Beine und hielt ihn fester. Es war, als wolle Brender seinen Sohn dem Tod entreißen, dem Wasser entreißen, dem dunklen Gewölbe entreißen, seiner Mutter entreißen. Er wollte ihn retten, endlich retten, endlich das tun, was er sein Leben lang hatte tun wollen. Doch es war zu spät. Es gab kein Zurück mehr. So sehr er sich auch dagegen wehrte.

Die Stimme Brenders hallte durch die Adern der Stadt. Tief unter ihrer Haut breitete sich sein Schreien aus, füllte jede Ader, jede Vene, jede Kapillare. Seine Stimme war überall zu hören. Traber hörte sie, Marie hörte sie, Mike hörte sie, Annettes Eltern hörten sie. Sie hörten die Stimme und wussten, was sie bedeutete.

Kapitel 41

Schröder erwachte in einem Krankenzimmer. Er war in ein Stufenbett gelagert, in dem seine Beine im Neunzig-Grad-Winkel auf einem Schaumstoffwürfel lagen. Eine Infusion hing an seiner linken Hand. Karl saß an einem kleinen Tisch vor dem Fenster und las in der Tageszeitung.

»Papa?«

Karl fuhr herum und sah seinen Sohn mit großen Augen an.

»Junge!«, sagte sein Vater und kam zu ihm ans Bett.

»Du bist wach! Wie kann man eigentlich so lange schlafen?«, fragte Karl und legte Schröder eine Hand auf die Wange.

»War ziemlich müde.«, sagte Schröder.

Ein zweiter Stuhl wurde nach hinten geschoben. Er stand verdeckt hinter dem Stufenbett, sodass Schröder nicht sehen konnte, wer sich noch im Raum befand.

Als Elins Gesicht plötzlich auftauchte, durchfuhr Schröder ein Stromstoß. Es war, als schlüge ihm eine riesige Faust auf die Brust und sein Herz bliebe plötzlich stehen.

»Hallo, Schröder!«

Schröder war zu keiner Antwort fähig. Er war einfach nur unendlich erleichtert, dass er ihr Gesicht sah, auch wenn er nicht verstand, wie das sein konnte.

»Ich war tot und bin schneller wieder auf den Beinen als Sie!«, sagte Elin.

»Zähes Frauenzimmer, was?«, sagte Karl und stand auf. Elin setzte sich auf das Bett.

»Wir sind Flurnachbarn«, erklärte Elin, »Ich wohne drei Türen weiter.«

»Sie sind ein dummes Ding!«, sagte Schröder.

»Sie haben recht!«

»Ich weiß!«

»Ich werde morgen entlassen.«

»Ich bringe Sie zum Bahnhof.«

»Gut!«, sagte Elin und grinste.

Schröder schloss die Augen.

Der Regen hatte eine Menge Leid mit sich gebracht und über der Stadt abgeworfen. Diesen Sommer würde man nicht vergessen. Dieser Sommer war der wichtigste Sommer seit Langem gewesen. Er hatte Regen mit sich gebracht, eine Unmenge an Regen. Doch er hatte auch etwas beendet, dieser Sommer. Und auch der Regen hatte irgendwann aufgehört. Die Häuser und Straßen, Parks und Plätze trockneten langsam. Das Wasser versickerte im Boden. Es tropfte nun nur noch in die dunkle Tiefe unter der Stadt. Unter der Stadt floss das dunkle Wasser unaufhörlich weiter. Es nahm alles auf, was von oben durch die Gullys, Schächte und Abflüsse kam. Hier unten, im Keller der Stadt, wurde es aufgefangen.

Im Keller hatte man immer Wasser.